普通高等学校"十一五"规划教材

Authorware 多媒体课件设计与制作实用教程

主编　崔向平

副主编　郭靖花　杨琳　齐菊红

国防工业出版社

·北京·

内 容 简 介

应用多媒体课件辅助教学是当代教师必须掌握的一门技术。Authorware 是非常成熟的多媒体制作工具。本书以多媒体课件设计理论、Authorware 的应用技巧、实训为主线组织编写，内容包括：多媒体课件设计基本理论，多媒体课件素材的设计，Authorware 基础知识，显示图标和等待图标的应用，擦除图标和群组图标的应用，移动图标的应用，计算图标的应用，声音图标和数字电影图标的应用，交互图标的应用，判断图标、框架图标和导航图标的应用，知识对象和ActiveX 控件的应用，调试和发布课件，多媒体课件设计与制作实训。

本书设有资源网站 http://sfxy.gsu.edu.cn/News/Up loadFile/dmt.rar，进入后查看"教学成果"一栏，其中收录了本书所有实例及其相关素材，此外还包括"课件集锦"内容。

本书结构清晰、实例丰富、通俗易懂、学以致用。可作为高等院校师范类专业、计算机专业及相关专业的教材，也可以作为中小学教师的自学和培训教材。

图书在版编目(CIP)数据

Authorware 多媒体课件设计与制作实用教程/崔向平主编. —北京：国防工业出版社,2010.6
普通高等学校"十一五"规划教材
ISBN 978-7-118-06884-9

Ⅰ.①A… Ⅱ.①崔… Ⅲ.①多媒体－计算机辅助教学－软件工具,Authorware－高等学校－教材 Ⅳ.①G434

中国版本图书馆 CIP 数据核字(2010)第 095554 号

※

国防工业出版社出版发行

（北京市海淀区紫竹院南路 23 号 邮政编码 100048）
北京奥鑫印刷厂印刷
新华书店经售

＊

开本 787×1092 1/16 印张 22 字数 550 千字
2010 年 6 月第 1 版第 1 次印刷 印数 1—4000 册 定价 36.00 元

(本书如有印装错误,我社负责调换)

国防书店：(010)68428422 发行邮购：(010)68414474
发行传真：(010)68411535 发行业务：(010)68472764

前　　言

多媒体技术在教育教学领域的应用是教育改革实践中的一种新探索,也是实现教育手段现代化的必由之路。教学媒体作为一种具有特殊功能的教学手段,越来越受到广大教师的重视。多媒体课件辅助教学使课堂的直观性更加突出,更重要的是多媒体"活化"了教材,为学习者在学习内容、学习方式、先后次序、重现次数等方面提供了自由选择、自主控制的条件,调动了学生在整个教学过程中参与的积极性和主动性,实现了传统教学手段无法达到的教学效果,大大地提高了教与学的效率。

多媒体课件的设计涉及到教育学理论、心理学理论、学习理论、教学设计、美学等多方面的知识,并非一个简单的过程。如何综合运用相关理论和工具设计并制作出实用性、适应性和艺术性强,交互方便的多媒体课件,是本书关注的焦点问题。书中提供了大量丰富生动的脚本、实例及相关素材,由浅入深地介绍了课件脚本的设计方法和课件制作工具 Authorware 的使用技巧,方便读者学习和参考。

本书设有资源网站 http://sfxy.gsu.edu.cn/News/Up load File/dmt.rar,进入后查看"教学成果"一栏,其中收录了本书所有实例及其相关素材,此外还包括"课件集锦"内容。

本书特色如下:

(1) 采用 Authorware 软件新版本对多媒体课件的制作重新进行了创作,注重新技术的应用。

(2) 强调了多媒体课件的设计理论和多媒体素材的设计。

(3) 每章都有明确的"学习目标"。

(4) 增加了实训部分,每个实训项目都有具体的实训目的、要求和指导。

(5) 本书的资源网站中,既有本书所有实例及其相关素材,还包括"课件集锦"内容。

本书共分 3 篇。第 1 篇和第 2 篇介绍多媒体课件设计理论和制作工具 Authorware,共 12章;第 3 篇为多媒体课件设计与制作实训。第 1 章的 1.4 和 1.5 节、第 2 章和第 3 篇(实训)由崔向平编写;第 3、4、5、6、7、8 章(应用实例除外)由杨琳编写;第 9、10、11、12 章(应用实例除外)由郭靖花编写;第 1 章的 1.1、1.2 和 1.3 节,第 4、5、6、8、9、10、11 章的应用实例由齐菊红编写。由于编者水平有限,加之时间仓促,书中难免有疏漏与不妥之处,在此敬请广大读者和同仁批评指正。

本书引用的有关图片和视频素材仅供教学使用,版权归原作者所有,在此谨对原作者表示衷心感谢!

编　者

目　录

第1篇　多媒体课件设计理论

第2篇　多媒体课件制作工具 Authorware 的应用

第 3 篇　多媒体课件设计与制作实训

第1篇　多媒体课件设计理论

第1章　多媒体课件设计基本理论

学习目标：

1. 理解多媒体课件的概念、结构和类型。
2. 知道多媒体课件设计的理论基础。
3. 阐述多媒体课件设计的原则。
4. 明确多媒体课件的开发步骤。
5. 了解多媒体课件的发展趋势。

课件是教育领域的一个热门话题，大部分教师对课件都有所了解。那么，到底什么是课件呢？课件有哪些结构和类型呢？课件的理论基础、设计原则、开发步骤和发展趋势又是什么？下面就一一回答这些问题。

1.1　多媒体课件概述

1.1.1　多媒体课件的概念

"课件"一词来源于英文 Courseware，英汉辞典上的解释是："一种教学软件，专门用于教育和训练的计算机程序。"它是一种根据教学目标设计的，表现特定的教学内容，反映一定教学策略的计算机教学程序。广义地讲，凡是具备一定教学功能的教学软件都可称之为课件。由于课件集合了与教学内容相关的各种媒体，也可以认为是一种课程组件。关于"教学软件"（Introductional Software）的概念，人们的认识有所不同。一种观点认为教学软件就是课件，凡是能够在教学中应用的各类软件就可称之为教学软件。另一种观点认为，教学软件不全是课件，教学软件是一个泛指的概念，它包含了在教学中应用的工具软件和直接作用于教学的课件。如果把教学软件等同于课件，在概念上容易引起混乱，因为，与教学内容无直接关系的工具软件不是专为教学而设计制作的，它具有通用性。

早期的课件往往把教学内容部分跟反映教学策略和程度部分紧密地束缚在一起，是一种封闭式的程序产品，或称教学程序。后来，课件编制工作逐渐转向以写作系统为开发平台，课件制作者主要关心教学内容的组织和媒体化工作，而无须关心编程问题，课件产品变为开放式，即课件的学习材料库与教学控制程序可以单独存在。这时的课件可被看作为结构化的学习材料。

我们认为，所谓课件，就是依据教学大纲，将教学内容利用通用程序设计语言或写作语言编写成可自动运行的课程软件。毫无疑问，课件属于教学软件，它与课程内容有着直接联系。依此类推，所谓多媒体课件是根据教学大纲的要求和教学的需要，经过严格的教学设计，并以多种媒体的表现方式和超文本结构制作而成的课程软件。课件的容量可大可小，一个大的课件可以是一门完整的课程内容，可运行几十课时；小的课件只运行几十分钟，也可更少时间，这类课件在国外称为"堂件"（Lessonware）。

1.1.2 多媒体课件的结构

多媒体课件结构是指课件中各教学信息的逻辑化和程序化关系及教学控制策略的组合。多媒体课件的结构一般由两个部分组成：一是教学信息单元之间的逻辑关系或先后顺序；二是教学控制策略，这是受学习者认知规律所制约的。如先易后难，先简后繁，由浅入深，推理或归纳等。当然，知识系统的逻辑关系与学习的认知策略不是截然对立的，它们之间往往互相影响。只有根据教学任务和需求，将知识信息的呈现顺序与学习者的认知规律结合起来，才能组成相应的多媒体课件结构。多媒体课件的结构可以根据教学的需要，设计成各种各样。它们体现着特定的教学思想、学习理论、教学任务和教学内容。任何多媒体课件都要根据教与学的需要来组织信息内容的呈现顺序，以及教与学的控制策略。因此，可以认为，在教与学的控制策略制约下，信息单元之间形成的特定关系便是多媒体课件的结构。与多媒体课件结构密切相关的概念有"超文本"、"超媒体"、"节点"和"链"等。

在多媒体课件中，由于使用了不同的教学策略、不同的内容组织形式、不同的教学流程控制方式及其在计算机中不同的运行方法，这就形成了多媒体课件的不同结构，常见的结构有固定结构型、生成型、知识库型、智能型等四种类型。

1. 固定结构型

固定结构型的课件一般以框面（Frame）为单位来组织教学内容，若干框面组成一个教学单元，这是一种最早期，也是最常见的结构类型，教学控制方法即教学内容按照预先设置好的结构固定不变。其特点是结构简单、自定步调、及时反馈，但学生的行为完全在预先设计的流程控制下进行，难以完全适合学生的不同要求和情况的变化。

2. 生成型

生成型课件的控制策略和教学内容可以随机或根据学生情况来生成。生成型课件比固定结构型课件所占的存储空间小，而且内容和形式变化较多。其特点是随机呈现教学内容、自主调节教学单元的执行顺序、提供丰富的补充学习材料等。

3. 数据库型

所谓数据库就是一种能"在计算机上实现的按一定的数据模型组织、存储和使用的相关数据的集合"。将教学内容存入数据库，就构成数据库型的课件系统。其特点是系统具有存储、检索、排序、更新等功能，学生可以比较自由地输入一些数据，获取相关的信息，开发成本较高。

4. 智能型

智能型课件是依据人工智能（Artificial Intelligence）原理，把人工智能技术应用于计算机辅助教学（CAI），以提高课件的智能程度，即产生了智能计算机辅助教学（Intelligent Computer Assisted Instruction，ICAI）。智能计算机辅助教学系统主要在知识表示、推理方法和自然语言理解三个方面应用人工智能技术。"知识表示用来建立课件的知识库，表示学科专业知识和教学策略知识；推理方法表现为一些规则，推理机制运用这些规则和知识库的知识进行推理，以解答学生的问题，评价学生的作业；自然语言理解用来改善人机界面，使学生可以用自然语言与计算机对话。"智能型教学系统实际上是一个基于知识的面向教学的专家系统（Knowledge based expert system），主要有专家模块、学生模块、教师模块三大部分。

1.1.3　多媒体课件的类型

由于多媒体课件在教学过程中的作用和使用方式的不同，从而形成了不同风格的课件类型。根据内容与作用，可将多媒体课件分为个别指导型、练习测试型、模拟型、游戏型、问题解决型、资料型和演示型等。

1.　个别指导型（Tutorial）

个别指导型课件主要完成对学生个别化学习的辅导。其基本策略是：根据教学的目标和要求，向学习者呈现一定的学习内容。学习者给予应答后，计算机进行评判和诊断。若是错误的应答，则给予适当的补充学习。若应答是正确的，则转向下一步内容的学习。

2.　练习测试型（Drill Test）

练习测试型课件是以复习巩固为目的的，通常也把它称之为题库式。它是以选择题（单项或多项）、填空题、是非题为主，采用提问式、应答式或者反馈式等形式，先由计算机提出问题，学生自主回答，然后计算机加以判断，并及时反馈结果。这种模式主要考虑的是操练题目的设计编排、学生应答信息的输入、计算机如何判断以及结果如何处理、操练成绩如何反馈等问题。其具体要求是要有比较完善的操作系统、题库的容量要基本涵盖课程内容、系统能够自动出题、自动阅卷等。其基本策略是：拥有大量的问题（如试题）、提出问题（呈现试题）、学习者解答试题核对判断、进行下一步的学习。

练习测试型课件是针对某个知识点提供反复练习的机会，或者在教学活动进行到下一个阶段后用于评价学生的学习成果，以决定下一阶段的学习进程，这种课件通常用于教师指定家庭作业或者进行教学评价。练习测试型课件往往用于复习规律性的知识，在学生需要补充练习而教师又不可能个别辅导时，练习测试辅助教学就显得特别重要。练习测试型课件也可以渗透到其他类型的课件中去，用来巩固新授知识或检测学生的学习情况，调节学习的进度和内容。该类型的课件可以马上判断学生的回答正确与否，这是一般的教科书或课外参考书、测验卷不可能做到的。课件中实施的测验基本上采用传统教育中所使用的选择、填空等题型来测试学习者对某一问题的了解程度，并记录对错题数、分数等。它的优点是题量不受限制、阅读迅速准确、成绩易于统计，容易随机出题、客观性强。

3.　模拟型（Simulation Demonstration）

模拟型课件是通过计算机软件、硬件以及相应的外部设备，把那些在一般条件下不易实现的实验操作、技能训练等内容进行模拟、仿真，以期达到学习目的的基本方式。这种方式有情境学习（Situated Learning）和虚拟现实（Vitual Reality）两种主要类型。常见的有医学手术模拟、物理实验模拟、化学实验模拟、自然现象模拟等。也可以把它划分为三种形式，即①操作的模拟：通过模拟样本化的操作练习，使学生掌握一定的技能。例如训练汽车驾驶员时，可以模拟出交通事故时驾驶员的应急操作。②状况的模拟：根据需要以各种方式模拟某些现象的变化步骤。例如核反应过程的"慢镜头"，解剖图的动态变化等。③信息的模拟：即形象地表现某些现象或系统的原理或规则。例如生态系统的演变、经济发展分析、不同情景中人们的行为或态度等等。一般是在假设的前提下将有关信息样本化及数量化，先收集数据，研究可能的变数，然后找出可能产生的模拟结果。让学生通过这种方式，直接获得学习。

4. 游戏型（Game）

游戏型课件集教育性、科学性和趣味性为一体，是一种以游戏的方式来安排教学内容，对那些小学生、中学低年级的学生来讲是特别有吸引力的。这种模式的最大特点是借鉴娱乐游戏的规则，引入竞争机制来构建学习环境，游戏的内容、过程都与教学目的联系起来，富有挑战性，寓教于乐。其具体要求是把知识的获取作为游戏闯关的结果并建立相应的激励措施，且这种激励措施应积极向上，有趣健康；注重知识的科学性、教育性和完整性。

5. 问题解决型（Problem Solving）

问题解决型课件的主要思想是让学习者通过解决问题去学习，以实现既定的教学目标。主要是用来培养学习者分析问题和解决问题的能力。问题解决型课件通过设置特定的问题环境，引起学习者的求解欲望，计算机在适当的时候提供必要的资料和数据，学习者输入解决问题的方案，计算机给予判断，若无错误，则允许学习者继续进行下一步的求解活动。

6. 资料型（Material）

资料型课件的本质是一种教学信息库，包括各种电子字典、电子工具书、图形库、动画库、语音库等等。其主要目的是向学习者或课堂教学提供学习信息资源，通常用于学生课外查阅和在课堂上进行辅助教学。自从超文本、超媒体技术趋于成熟并广泛应用于多媒体课件后，分册、分篇的零散教材得以有机地链接起来，学习者在整个学习过程中可以根据需要在这类软件的各章节之间跳转，将各相关的内容有机地联系起来，加速融会贯通，建构出知识新体系。资料型课件的编排大致有两类：一种是"仓储式"的安排，即把教学中所需要的各种"媒体"，如文本、图片、视频和声音等分类集合存放；另一种是"百科全书"式的安排，即按教学内容内在的逻辑关系或类属关系来编排。资料型课件是超文本、超媒体技术的具体应用，它适合于单机更适合于网络，是信息时代开放式学习环境所不可缺少的教学形态。

7. 演示型（Demonstration）

演示型课件的主要目的是在课堂教学中辅助教师的讲授活动。在课堂教学中往往有一些内容教师难以用语言表达清楚，或者变化过程比较复杂，或者用眼不能看清，或者在常态下根本不能看到，这时就需要用计算机多媒体来采用各种有效方式形象、生动地把这些内容呈现出来，达到事半功倍的效果。其特点是注重对学生的启发、提示、反映问题解决的全过程，主要用于课堂演示教学。这类课件基本上遵循着传统课堂授课的方式，比较容易被教师理解和接受，也比较容易设计和制作。

1.2　多媒体课件设计的理论基础

1.2.1　现代教育思想及其指导意义

面对全球性问题，联合国"国际21世纪教育委员会"提出了一个解决方案即"四大支柱"教育思想，主要指教育应能支持现代人在信息社会有效地工作、学习和生活并能有效地应付各种危机的四种能力，即"学会认知，学会做事，学会合作，学会生存"。倡导一要注重认知方法和能力的培养，二要注重和谐的"人—人"关系和思想品德的培养。在我国第三次全国教育工作会议上做出的《中共中央、国务院关于深化教育改革，全面推进素质教育的决定》中指出，"实施素质教育，就是全面贯彻党的教育方针，以提高国民素质为根本宗旨，以培养学生的创新精神和实践能力为重点，造就'有理想、有道德、有文化、有纪律'的德智体美全面发展的社会主义事业建设者和接班人。"

可见素质教育、创新精神和实践能力的培养已作为现代教育思想的重要内容。作为一种新的教育手段，多媒体教材的设计、创作无疑应遵循现代教育思想并从中获取以下指导意义：充分发挥学习者的主体作用，采用启发式教学，激发学习者独立思考，增强其创新意识；注重协作式交互环境设计，使学习者的群体思维与智慧得到共享，培养学习者和谐的"人—人"关系；应能使学习者感受、理解知识产生和发展的过程，培养学习者的科学精神和创新思维习惯；应在信息的收集处理、新知识的获取、问题的分析解决、语言文字的表达等方面，利于学习者创新能力的培养。

1.2.2 学习理论及其指导意义

1. 行为主义学习理论及其指导意义

行为主义（Behaviorist）是 20 世纪 20 年代在美国产生的一个心理学派，其代表人物是爱德华·桑代克（Edward L.Thorndike）和斯金纳（B.F.Skinner）等。他们主要研究人对环境或外力做出反应时做了些什么。认为人的行为主要是由环境决定的，把外在的环境看作是刺激，把伴随而来的有机体行为看作是人的反应。因而，这些学说关注的是环境在个体学习中的重要性。学习者学到些什么不是由学习者个体决定的，学习就是建立外部刺激与个体反应之间的联结，即 S-R（刺激—反应）联结，教师的工作就是提供合适的刺激，以促进学生的学习。

行为主义学习理论认为学习是一种行为的变化，它认为人的大脑是一个黑箱，对黑箱的内部我们一无所知，也没有必要去知道。行为主义反对对人的大脑内部进行研究，只重视外部的输入和反应，也就是给予一个刺激，人就要作相应的反应，从这些反应中，选出我们所需要的进行强化，从而使学习者形成教育者所希望的行为，所以行为主义认为把学习者置于一个特定的环境里，给他以特别的刺激，当他作出明确反应时学习就发生了，该理论强调刺激、反应和强化。行为主义学习理论为多媒体课件设计提供的设计原则是：①接近原则，即反应必须在刺激之后立即出现。②重复原则，重复练习能加强学习和促进记忆。③反馈与强化原则，与反应正确性有关的信息可以促进学习。④提示及其衰减原则，在减少提示的情况下，朝着期望的反应引导学生，从而完成学习。

行为主义理论强调客观环境因素对学习者的影响，强调有什么样的刺激，便会产生什么样的反应，并注意及时强化在建立正确行为中的重要作用。所以，该理论有较浓的生物性色彩。它在指导对错误行为的矫正和正确行为的建立等方面有着重要作用，它为早期的程序教学以及 CAI 课件的编制奠定了理论基础。行为主义虽然片面夸大了外部作用而忽视了人的机能，但对于我们在多媒体教材创作中运用适当的媒体信息和表现手法，避免无关的刺激而最大限度地增加与正确反应有关的刺激以促使学生强化认识仍具有积极的指导意义。

早期斯金纳程序教学的基本原则为多媒体课件设计提供了一些指导意义，这些原则的主要内容是：

(1) 小步子。就是把教学内容按其内在的逻辑关系细划为许多小的单元，每个小单元称作一个小步子，它为不同程度的学习者提供了由浅入深、由易到难、循序渐进地学习机会。

(2) 积极反应。每学习一步都要求学生作出积极反应，以保持学习的积极性。

(3) 即时强化。对学习者作出的反应，必须立即予以判断，"及时强化"或"即时确认"。

(4) 自定步调。所编制的程序教材应该让学生能够根据自己的能力进行有选择地学习，教学应该以个别学习的方式进行。

(5) 低错误率。在小步子教学策略的引导下，学生能够尽量地减少错误。

2. 认知主义学习理论及其指导意义

联想—认知主义是 20 世纪 70 年代美国产生的一个心理学派，代表人物是爱德华·托尔曼（Edward C.Tolman）和罗伯特·加涅（Robert M.Gagne）等。认知主义学习理论所讨论的学习角度正好与行为主义相反。他们认为刺激与反应之间的联系是通过有机体的内部状态产生的，即 S-O-R（刺激—个体行为变化—反应），认为学习是较行为主义观点远为复杂的和抽象的过程，它不是一种简单的过程，而是一种认知或辨别的过程，认知如感知、记忆、反应等是有结构的。学习正是由这个认知结构把输入的信息与过去的经验联系起来，并且对此进行强有力地条件化（形成联结）而实现的。

认知主义学习理论带给我们的指导意义是显而易见的，即要体现教师的主导作用和学习者的主体地位，要以学习者的认知结构为依据进行知识结构的设计，要为学习者提供进行信息加工的良好环境和条件。认知信息加工理论认为人的学习过程与电脑的信息处理过程一样，是一个对信息进行探测、编码、贮存和复现的过程，信息加工流程如图 1-1 所示。

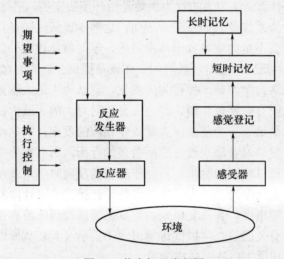

图1-1　信息加工流程图

认知主义学习理论既强调外在的环境因素，也强调学习者内在心理结构因素，而且极力主张重点应该放在两者的有机结合上。强调学习就是将外在事物的关系（结构）内化为学习者自己的心理结构（认知结构）的过程。为了便于将外在的客观事物的关系内化成学习者内在的认知结构，该理论特别强调基本概念的形成、概念与概念之间的关系，强调概念与命题、命题与命题之间的关系。因此，概念分类清晰、命题逻辑关系合理的学习材料，就成为学习者认知活动良好的外部条件。从这个基本思想出发，对多媒体课件知识内容的设计和开发就要注重概念特征的突出，概念与概念之间，概念与命题之间，命题与命题之间的关系要处理得条理清晰，逻辑关系合理。可得出如下多媒体课件设计的原则：①逐渐分化的原则：是指先让学习者了解最一般的、包容性最广的观念，然后根据具体细节对内容逐渐加以分化。②综合协调原则：是指要对不同学科中相关的内容加以综合协调，使学习者的认知结构进一步分化和完善。③类别化处理原则：是指对教学内容所表达的事物和现象要依据它们的属性或关键特征进行分类处理。④积极参与原则：是指在学习过程中，学习者不是在被动地接受刺激后才作出反应，而是积极主动地参与学习活动。

3. 人本主义学习理论及其指导意义

人本主义学习理论产生于 20 世纪 50 年代末 60 年代初，其代表人物是美国的卡尔·罗杰斯（Carl R.Rogers）。人本主义学习理论认为学习的实质是形成与获得经验，是个人对知觉的解释过程，是学习者发挥内在潜能的愉快过程。最好的学习是学会如何进行学习，最有效的学习是对学习者有价值、有意义的学习，并强调"做中学"。

因此我们必须对学习者的实际需求进行认真分析，以此论证多媒体教材编制的必要性，应重视问题、练习、回答、评价等方式的设计，提高学习者"做中学"的主体参与程度并使其内在潜能得以充分发挥。

4. 建构主义学习理论及其指导意义

建构主义（Constructivism）学习理论产生于 20 世纪 90 年代，是学习理论由行为主义到联想—认知主义之后的进一步发展。基本观点认为学习是：①学习具有自主性。学习是建构内在心理表征的过程，学习者并不是把知识从外界搬到记忆中，而是以已有的经验为基础，通过与外界的相互作用来建构新的理解。建构主义认为，学习是学习者通过已有的经验、知识结构对新知识进行主动建构，而不是被动接受；在学习过程中，学习者一方面要利用原有的知识结构同化新知识，赋予新知识以某种意义，另一方面要顺应新知识，对原有认知结构进行改造与重组。通过自主学习，学习者进行知识意义的主动建构。②学习应该在一定的情境中进行。建构主义批评传统教学使学习失去情境化的做法，提倡情境学习。情境学习是在所学知识的真实的与应用的环境中，通过目标定向活动而进行的学习，斯皮罗（Spiroetal）等人倡导的认知灵活性理论（建构主义中的一支）主张，为发展学习者的认知灵活性，形成对知识的多角度理解，应把知识学习与具体情境联系起来。通过多次进入重新安排的情境，使学习者形成背景型经验，从而掌握知识的复杂性及相关性，在情境中形成知识意义的多方面建构。③学习具有社会性。建构主义认为，学习者与周围环境的相互作用对于知识意义的建构起着关键性的作用。事物的意义并非独立于我们而存在，而是源于我们自己的建构。每个人都以自己的经验基础、以自己的方式理解到事物的某些方面。通过协作交流，学习者对知识的理解将更加丰富和全面，认知从一个水平提升到另一个更高水平。"协作学习"是整个学习群体共同完成对所学知识的社会性建构，体现一种积极主动的建构过程，而这种建构过程具有同化或顺应的双向性，对问题不同的理解使学习者的建构产生多元化。学习者的建构过程应处于真实情境之中，且认为协作环境及学习者与周围环境的交互作用对知识意义的建构起着关键性作用。我们应从建构主义学习理论中获取以下指导意义：①以学习者为中心，充分发挥其主动性，让其能根据自身行动的反馈信息来形成对客观事物的认识和解决问题的方案，即实现自我反馈。②让学习者处于实际的社会文化背景（情境）中，便于其利用原有的认知结构的有关经验，去同化和索引当前学习到的新知识，从而赋予新知识以某种意义。③突破简单演示型模式，为学习者提供各种赖以利用的探求工具和信息资源，帮助学习者进行自主学习和协作式探索。

1.2.3 美学理论及其指导意义

美学是研究美、美感及美的创造规律的科学。马克思主义者认为，所谓美就是人的本质力量在对象世界的感性显现。人的本质力量即人创造生活、改造世界的实践活动。美一方面是一个规律的存在，体现着自然和社会的发展规律，另一方面又是人的实践活动创造的结果，所以美是包含或体现社会生活的本质、规律，能够引起人们特定情感反映的具体形象（包括社会形象、自然形象和艺术形象）。多媒体教材揭示事物的客观规律，成为人们认识世界、改造世界的工具，其本身就是一种美的形态，其创作过程就是一种美的创造过程，它应该具有以下审美价值：和谐、新奇、简明的科学美；直观、形象、生动的艺术美；奇异、多变、神秘的技术美；多样、统一、宜人的形式美；简约、节省、实用的经济美；快速、优质、高效的教育美。

1.3　多媒体课件设计的原则

多媒体课件的制作必须遵循教学设计的基本规律，强调运用系统方法，以教学理论和学习理论为其设计的理论基础，按照教学设计的一般步骤，具体分析学习需要、学习内容、学生特征，阐明学习目标，并对其设计成果进行有效的评价，修正和完善课件的不足之处。多媒体课件是为优化教学过程，满足教学需要，提高教学效果和效率而设计开发的。为了达到这一目的，多媒体课件的编制就必须符合相应的要求，这就是多媒体课件开发制作的基本原则。

1. 教育性原则

开发、编辑、制作的多媒体课件，从内容上看，要从课程的教学目标和教学对象的实际出发，有助于解决教学重点、难点，能激发学生兴趣，启迪学生思维，增强学生能力；从表现方法上看，要符合教育学、心理学和教学法的要求，体现师生双边活动的需要，有助于启发式教学，有利于开发学生的智力和培养学生分析与解决问题的能力；从认识结构上看，要符合学生观察、思考的规律，能使学生逐步地理解和掌握知识。

2. 科学性原则

制作多媒体课件，要选择那些具有典型性、代表性、真实性的材料；阐述的科学原理，引用的资料、名词、术语、计算单位等都要准确、可靠；表现的图像、声音、色彩要真实；示范性操作、表演等也要准确规范。

3. 艺术性原则

教学是一门艺术，多媒体课件要充分体现这一特点。完成的多媒体课件必须具有丰富的感染力和表现力，从而激发学生的情感，引起学生的学习兴趣，让学生乐于接受所学知识，同时受到美的陶冶。为此，编制教学软件要注意设计的艺术构思和制作的艺术加工。如在画面上，要把构图、色彩、文字造型、光线、景物、道具以及进入画面的人物等诸多要素精心布置、巧妙安排，创造美好的视觉形象；在声音上，要悦耳动听，有艺术表现力；声画结合的，还要注意声音和画面的相辅相承、和谐统一。

4. 技术性原则

编制教学软件，要符合设计要求与技术标准，使其具有良好的技术质量和工艺水平。如图像是否清晰、稳定，声音是否清楚、标准，视频信号和音频信号通过技术检测是否达到相应的技术规格等等。

5. 经济性原则

编制教学软件，要注意节省人力、经费、材料和时间，讲究经济效益，要根据教学要求，确定编制最经济的教材类别，制定过程要做到合理地调配人力、物力与使用材料、核算经费，安排时间。力求以最小的投入，取得最大最好的效果。

6. 整体性原则

设计制作多媒体课件，要树立整体构思的观念，要注重课件自身各部分的联系，注重形、声、色之间的协调，同时还要重视和其他不同教材的功能联系及与其他教学手段的配合作用，形成最佳组合的整体效应。因此，在开发多媒体课件之前，必须对课件总体框架进行严格的设计，即进行教学目标分析，使课件中的知识点形成一个"金字塔"式的总体结构。然后，自顶向下按模块化编程方法完成编程任务，以保证课件的前后连贯一致。

7. 导航性原则

多媒体课件不同于其他声像教材，多媒体课件打破了其他声像教材线性表现规律的结构，以非线性的方式呈现教学内容。多媒体课件必须具有鲜明、准确的导航功能，使得学生能够按照自己的要求去自主地学习而不致迷航，陷于知识节点中不知所归。导航的图标、文字、物体、区域、菜单等要易于发现具有明显的特征，否则会给初期使用课件的学习者带来不必要的烦恼，影响学习的兴趣，甚至放弃使用它。

8. 结构化分析原则

结构化分析是应用系统分析的方法，将事物按组成要素分解，直至所有的要素都能够被清楚地理解和表现为止。使教学内容层次清楚，从而为多媒体课件设计好学科内容与展开的框架。也就是说，覆盖知识要全面，结构层次要清晰，注意系统的开放性和可扩充性。

9. 反馈和激励原则

设计良好的交互界面，激发学生的学习兴趣，保持学生良好的学习状态，及时强化教学效果，自动及时地反馈学生的学习情况，发挥正向激励作用。所谓正向就是争取热情的、友好的、主动的、帮助性的、不伤自尊心的反馈。

10. 模块化设计原则

模块化设计就是根据结构化分析的框架图，把相同或相近的部分设计成模块，从而为结构化编程打下基础，使多媒体课件的风格统一，制作程序化。

11. 面向用户的原则

认知学理论认为，人的个性差异是普遍存在的规律。在多媒体课件的设计过程中，我们必须承认这种差异。坚持多媒体课件面向用户的开发原则，实际上这也就如同生产厂家坚持"用户是上帝"的生产原则一样。这就是说多媒体课件会不会令人满意，取决于它是否满足用户要求。如果学生运用这种课件解决不了想解决的问题，那还有谁去使用它呢？这就是面向用户的教学设计方法的重要性。面向用户的设计原则还要考虑到那些在逻辑上可能使用该产品的人群阶层，即潜在的用户。同时还要明确这些潜在用户在解决问题时的可能态度和方法。

1.4　多媒体课件的开发步骤

一个高质量课件的开发是一项复杂的系统工程，需要开发小组中全体人员的通力合作，因此需要对开发过程的各个步骤和任务作出具体的规定以作为行动的指南。由于不同的课件开发人员对开发的理解程度、文化背景以及兴趣爱好等方面存在差异，导致了各种不同的多媒体课件开发模型的出现。一般说来，多媒体课件开发的以下几个阶段：环境分析、教学设计、脚本设计、软件编写、评价与修改是最基本的，由此所构成的多媒体课件开发步骤如图1-2 所示。

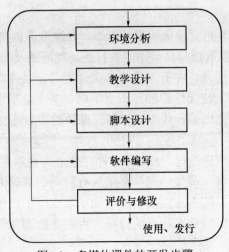

图1-2　多媒体课件的开发步骤

1.4.1　环境分析

多媒体课件的环境分析主要包括课件目标分析、课件使用对象分析和开发成本估算等任务。

在这里，教学目标不仅包括该学科领域以及教学内容的范围，而且应对教学提出具体要求。例如，学习新概念，巩固已经学过的知识，训练求解某种问题的能力，要求掌握的程度及检查方法等。

课件使用对象分析，即分析学习者在从事新的学习或进行练习时，其原有知识水平或原有的心理发展水平对新的学习的适合性。该项分析通常涉及以下三个方面：

(1) 学习者的一般特点，包括年龄、性别、文化程度、工作经历、学习动机，以及文化背景等。

(2) 学习者对学习内容的态度以及已经具备的相关基础知识与技能。

(3) 学习者使用计算机的技能。

开发多媒体课件的成本估算通常也是不可缺少的。在这里，开发的总费用一般包括开发组成员的劳务费用，各种参考资料费，磁盘、打印纸等各类消耗材料费以及软件维护费等。

1.4.2　教学设计

教学设计是课件开发过程中最能体现教师教学经验和教师个性的部分，也是教学思想最直接和具体的表现。该阶段的主要任务包括详细分析教学内容、划分教学单元、选择适当的教学模式等。

教学内容分析指的是根据前述确定的教学目标，具体划分出教学内容的范围，揭示教学内容各组成部分之间的联系。

根据教学内容将课程教材按段落和时间分成若干课，即课时分配。因为在多媒体教学过程中不再考虑黑板书写及教师思考等时间，所以多媒体教学每节课的课时应比传统的课堂教学课时短一些。然后，把每课内容按单纯的教学目划分成若干个相对独立的小块，一个小块就是一个教学单元。教学单元划分的依据是教学大纲，应当仔细分析教材和参考书，把教学目标逐步演化成一系列的教学单元。并根据教学内容的难易程度和知识体系情况，选择控制教学单元前进的策略，即确定课件的结构方式。一个教学单元的功能，就是进行一小段相对独立的教学活动。一般说来，在一个教学单元中主要进行一个新概念或一个知识点的教学，然后从学生那里取得回答信息，并对回答作出反馈。为此，需要具体确定要传授的教学内容，详细规定呈现教学内容的信息形式、向学生提出的问题，以及对学生回答问题的各种可能答案作出预计并准备相应的反馈信息。

一般说来，个别指导型模式主要适用于呈现信息和引导学习两个阶段；练习型模式适用于练习和评价阶段；模拟型模式则适用于上述四个阶段的任意组合；教学游戏模式主要用于练习阶段；问题求解模式通常适用于呈现信息、引导学习以及练习这三个阶段。我们也可在一个教学单元中同时采用多种教学模式进行有机结合，从而适应不同的教学需要。

1.4.3 脚本设计

脚本是在教学设计基础上所作出的计算机与学生交互过程方案设计的详细报告，是下一阶段进行软件编写的直接蓝本，是课件设计与实现的重要依据。因此，脚本设计阶段也是课件开发过程中由面向教学策略的设计到面向计算机软件实现的过渡阶段。

脚本的描述并无规定格式，但所包含的内容是基本一致的，即在脚本中应注明计算机屏幕上要显示的内容（包括文字、动画、图像和影像等）、音响系统中所发出的声音，以及这些内容输出的具体顺序与方式。

下面以小学数学内容《认识几何图形》为例进行课件脚本的编写，供广大教师写课件脚本时参考。

(1) 制作一张表格，主要填写课件题目、教学目标、创作平台、创作思路和内容简介等信息，如表 1-1 所示。

表1-1　课件教学目标等信息的描述

课件题目	认识几何图形	创作思路	依次认识几种几何图形，最后进行复习
教学目标	认识几种简单的几何图形并学习其特征	内容简介	三角形、简单的四边形、圆、椭圆
创作平台	Authorware7.02		

(2) 逐步完成脚本卡片的编写，如表 1-2 所示。

表1-2　脚本卡片的编写（共9个模块）

模块序号	1	页面内容简要说明	题目
屏幕显示	以卡通图片做背景 显示题目：小学数学课件		
说　明	给该页面加特效 "小学数学课件"设置为艺术字		

模块序号	2	页面内容简要说明	进入界面
屏幕显示	以卡通图片做背景 显示："欢迎访问本课件，这里是：小鲤鱼乐园"		
说　明	"全部文字"设置为艺术字 给该页面加特效		

模块序号	3	页面内容简要说明	课程表
屏幕显示	以卡通图片做背景 显示："小鲤鱼的课程表；第一节：认识三角形；第二节：认识简单的四边形；第三节：圆、椭圆"		
说　明	"课程表"设置为艺术字　　　　给该页面加特效		

模块序号	4	页面内容简要说明	三角形
屏幕显示	显示："锐角、钝角、直角三角形的几何图形，以及两个问题"		
说　明	"全部文字"设置为艺术字　　　　给该页面加特效		

模块序号	5	页面内容简要说明	三角形的性质
屏幕显示	显示："锐角、钝角、直角三角形各自的特点及其共同点"		
说　明	"特点"、"共同点"设置为艺术字 给该页面加特效		

模块序号	6	页面内容简要说明	四边形
屏幕显示	显示："正方形、长方形、平行四边形的几何图形，以及一个思考"		
说　明	"正方形"、"长方形"、"平行四边形"设置为艺术字 给该页面加特效		

模块序号	7	页面内容简要说明	四边形的性质
屏幕显示	以带树叶的图片做背景 显示："正方形、长方形、平行四边形的特点"		
说　明	"特点"设置为艺术字　　　　给该页面加特效		

模块序号	8	页面内容简要说明	圆
屏幕显示	显示："圆和椭圆的几何图形"		
说　明	"圆和椭圆"设置为艺术字　　　　给该页面加特效		

模块序号	9	页面内容简要说明	复习
屏幕显示	以两张小图片做背景 显示："一、复习三角形、四边形、圆和椭圆的特点；二、复习三角形、正方形、长方形、平行四边形的面积公式"		
说　明	给该页面加特效		

　　通过课件脚本的编写，可以体现出作者的设计思想，也为软件的制作提供直接依据，如果课件不是设计者亲自制作的话，也方便沟通设计者和制作者思路。

1.4.4　软件编写

该阶段的任务是将教学设计阶段所确定的教学策略，以及脚本设计阶段所得出的制作脚本，用某种计算机语言或多媒体软件工具加以实现。

为了提高效率，应该尽量收集、利用现有的多媒体素材，根据课件内容需要进行编辑加工。在多媒体素材采集、编辑完成后，就可以用多媒体创作（编辑）工具进行集成。各种常见的多媒体创作工具，如 Authorware、Tool Book 等，其主要用武之地即在于此，它们与多媒体硬件和其他各类媒体的编辑工具一起构成多媒体制作环境。

使用 Authorware 开发多媒体应用有三个层次：第一个层次是适用于普通用户的基本制作方式，只要使用 Authorware 提供的十几个功能图标，无需编程即可开发一般的多媒体应用；第二个层次是面向中、高级使用人员的函数与变量，能否熟练掌握 Authorware 提供的函数与变量，是开发者用好 Authorware 并最大限度地发挥它强大功能的关键所在；第三个层次是面向专业程序员的 UCD 扩展模块，它为 Authorware 提供了无限的功能延伸。

课件程序编写完成后应当进行仔细的调试，调试的目的是为了找出程序中隐含的各种可能错误并加以排除，其中包括教学内容上和计算机程序编写上的各种错误。

1.4.5　评价与修改

课件评价与修改是课件开发过程中的一个重要内容，该项工作实际上存在于课件开发的环境分析、教学设计、脚本设计、软件编写的每一个阶段之中。

由于多媒体课件类型、应用对象的多样性，目前国内外评价多媒体课件质量的指标体系不尽相同，但是其基本内容还是比较一致的，主要是对其教育性、科学性、技术性、艺术性和实用性等要素的评价。具体评价指标如表 1-3 所示。

表1-3　多媒体课件评价表

评价项目	评 价 标 准	权重	评价等级			
			优	良	中	差
			4	3	2	1
教育性 (40分)	选题恰当，符合课程标准要求及学生实际情况	3				
	突出重点，突破难点，深入浅出，易于接受	3.5				
	以学生为主体，促进思维，培养能力	2.25				
	作业和练习典型，分量适当，有创意	1.25				
科学性 (20分)	内容正确，逻辑严密，层次清楚	2.5				
	模拟仿真形象，举例恰当、准确、真实	1.25				
	场景设置、素材选取、名词术语、操作示范符合有关规定	1.25				
技术性 (20分)	图像、动画、声音、文字设计合理	1.25				
	画面清晰、动画连续、色彩逼真、文字醒目	1.25				
	声音清晰，音量适当，快慢适度	1.25				
	交互设计合理，智能性好	1.25				
艺术性 (10分)	媒体多样，选用适当，创意新颖，构思巧妙，节奏合理	1.5				
	画面悦目，声音悦耳	1				
使用性 (10分)	界面友好，操作简单、灵活	1.25				
	容错能力强，文档齐备	1.25				
总分						

1.5　多媒体课件的发展趋势

1. 多媒体化、智能化和协作化

目前多媒体课件在实际应用中存在一些不尽如人意的地方，例如只是用显示器代替黑板，用键盘取代粉笔，用户界面呆板，缺乏交流，不符合学生的认知规律，学生接受知识处于被动状态等。由于上述原因的存在，大大地影响了多媒体课件的应用。为了提高多媒体课件的质量，扩大其教学效果和效益，我们要充分利用多媒体的特性、人工智能技术和协作化学习模式，探索多媒体课件发展的新路子。

多媒体化是指将多媒体技术引入计算机辅助教学领域，将音像技术、计算机技术和通信技术三大信息处理技术结合起来，形成一种人机交互处理多种信息的新技术。多媒体化主要体现在多媒体课件大多数都有图形、图像、声音、动画等多种媒体，以实现多种感官的综合刺激，有利于知识的获取和保持，符合人们的认知规律，实现最理想的学习环境。

在多媒体课件的制作中，充分利用人工智能技术，形成智能化多媒体课件，不但能实现因材施教，而且能使每个学生都享有学习的主动权。智能化多媒体课件应具备：能回答学生提出的问题，能诊断学生错误的原因，能解决指定教学内容中各种问题，能仿真虚拟现实世界。上述功能的实现过去是不可想象的，因为需要有高速的逻辑判断、运算能力和大量的多媒体数据库支持，才能实现与对象的实时交互。而在计算机技术高度发展的今天，我们完全可以编写出实现因材施教的智能化多媒体课件。

教育的群体化环境效应逐渐引起人们的重视，有些学习场合更多依赖于师生、同学之间的交互作用和群体动力，协作学习模式更能取得好的教学效果。同学共处的学习环境是十分重要的，也是十分有益的，好胜心和互助性可以促进学习，竞争性环境则有助于学习和获取知识。面对面课堂教学有着一种无可比拟的吸引力，很大的原因是由于它提供了一个符合学生认知规律的学习环境，提供了一个促进学习的合作环境。"虚拟教室"将扮演越来越重要的角色。鉴于上述原因，在多媒体课件的制作中要充分考虑协作学习的模式和利用计算机的协同技术，并创造实现协作学习的应用环境。多媒体课件正向多媒体化、智能化和协作化发展。

2. 多媒体课件新形式——积件

现代信息技术解决了大信息量和超大信息量的记录、存储、传输、显示、加工等问题，功能越来越强，成本越来越低，为多媒体课件的编制提供了崭新的理念和技术。现在任何一门课程的课件都可以设计制作成囊括该领域与教学有关的巨大知识信息的集合，从而产生出一种被称之为"平台化课件"的现代课程设计与编制的新思想。基于这种认识，从课件到积件将成为学校课堂教学多媒体课件的新发展。将组织开发直接面向学科教师的资料型软件和具有开放性、灵活性的工具平台软件，使教师能够根据不同教学特点组织教学。

积件是由教师和学生根据教学需要自己组合运用的教学信息和教学处理策略库与工作平台。积件是从课件的经验中发展出来的现代课件建设的重要理念转变，是新一代的多媒体课件。

积件由积件库和组合平台构成。积件库可将大量的知识信息素材提供给教师和学生在课堂教学中自由使用。组合平台是供教师和学生用来组合积件库并最终用于教学使用的软件环境。积件的组成如图1-3所示。

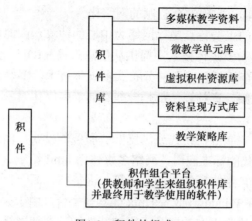

图1-3 积件的组成

积件库包括：多媒体教学资料库、微教学单元库、虚拟积件资源库、资料呈现方式库和教学策略库。

多媒体教学资料库是以知识点为基础的，按一定检索和分类规则组织的素材资料，包括图形、表格、公式、曲线、文字、声音、动画、视频等多维信息的素材资源库。

微教学单元库是以帮助教师讲授某个教学难点，或帮助学生学习某个知识技能点为目的而设计的无需封面设计、无需多余背景、无需解说配音的"小课件"。

虚拟积件资源库是适应当前全球网络化的发展趋势，一个学校、一个地区、全国、全世界的教学信息资源都可以由师生在课堂教学中检索、重组，灵活地结合当前教学需要运用。只要提供各资源的网址就可在教学中方便调用。

资料呈现方式库是将多种多样的资料呈现方式进行归纳分类，设计成供教师容易调用与赋值的图标。

教学策略库是将不同的教学策略方式设计成可填充重组的框架，以简单明了的图标表示，让教师在教学中根据自己需要将不同素材、微教学单元与不同的资料呈现方式和教学策略方式相结合，灵活地应付各种教学情况。

积件组合平台的基本特点：

(1) 无需程序设计。

(2) 方便地组合积件库各类多媒体资源。

(3) 面向普通高校及中、小学的教师，易学易用。

目前我国一些高校、军队院校、计算机公司正在着手研制适合中国学校教学需要的积件组合平台，已取得可喜的进展，积件将迅速普及到每一位教师的课堂教学中。

3. 网上多媒体课件的发展与教育应用

随着计算机处理信息能力的不断提高，以及人们不断地对计算机产生的依赖，对计算机网络以及网络内、网络间的数据传输能力提出了越来越高的要求。网络的发展势必对传统的教育形式提出严峻的挑战。终身教育将成为教育、教学概念的主体。同时计算机技术及相关技术的发展，尤其是多媒体技术、网络通信技术的巨大发展，为多媒体网络教育提供了有力的物质保障。

网上多媒体课件具有课件多媒体化、资源全球化、学习自主化、不受物理空间和时间的限制等特点。同时除了考虑多媒体课件的基本性能和结构外，更强调软件的横向联系，注意内容选择上的共性，使之真正实现教育资源的网络化。

当前计算机技术发展的主要特点是以网络为中心的计算，因此多媒体技术发展的必然趋势是综合了计算机、通信和多媒体技术，提供从信息点播（IOD）到计算机支持的协同工作（CSCW）的多种多样的全新信息服务的分布式多媒体技术。多媒体的组成，如传真传送、图像、交互视频、现场视频、音频等，都是一些存储于多媒体对象中的基本数据类型的外部可见的表现形式。

网络多媒体采用客户／服务器模式或浏览器／服务器模式，而浏览器作为最通用的网络客户端程序也成为.net 时代的标准应用。网络多媒体由 html 组织。开发人员只要将制作好的多媒体课件发布到服务器，用户所需要的只是接入因特网，而无论他在世界的哪个角落，也不必关心他是在 Microsoft Windows 或者 Unix 等其他平台。由于大量数据将通过局域网从服务器传到客户机，网络将成为潜在的瓶颈而影响其性能。即使网络不是瓶颈，大量数据传输也可能引起性能问题。

本 章 习 题

1. 什么是多媒体课件？
2. 多媒体课件的结构和类型是如何划分的？
3. 简述多媒体课件设计的原则。
4. 简述多媒体课件的开发步骤。
5. 多媒体课件的发展趋势主要体现在哪几个方面？

第 2 章　多媒体课件素材的设计

学习目标：
1. 获取和处理文本素材。
2. 获取和处理图像素材。
3. 获取和处理声音素材。
4. 获取和处理动画素材。
5. 获取和处理视频素材。

多媒体素材是指多媒体课件中所用到的各种听觉、视觉材料。一般地，根据素材在磁盘上存放的文件格式不同，可将素材划分为文本（Text）、声音（Sound）、图像（Image）、动画（Movie）、视频（Video）等种类。

由于计算机不能直接识别照片、录音带、录像带中的信息，为了将它们当中所包含的信息转换为计算机能够识别的课件素材，则需要专门做一些工作。通常将从现有的各种资料中提取信息，转换、加工为多媒体编辑工具可以引用的素材的过程，称为多媒体素材的"采集"与"编辑"。

2.1　文本素材的设计

2.1.1　文本素材

各种媒体素材中文字素材是最基本的素材，文字素材的处理离不开文字的输入和编辑。文字在计算机中的输入方法很多，除了最常用的键盘输入以外，还可用语音识别输入、扫描识别输入及笔式书写识别输入等方法。目前，多媒体课件多以 Windows 为系统平台，因此准备文字素材时应尽可能采用 Windows 平台上的文字处理软件，如 Word、写字板等。Windows 系统下的文字文件种类较多，如纯文本文件格式（*.txt）、写字板文件格式（*.wri）、Word 文件格式（*.doc）、Rich Text Format 文件格式（*.rtf）、WPS 文件（*.wps）等。选用文字素材文件格式时要考虑课件集成工具软件是否能识别这些格式，以避免准备的文字素材无法插入到课件集成工具软件中。纯文本文件格式（*.txt）可以被任何程序识别，Rich Text Format 文件格式（*.rtf）的文本也可被大多数程序识别。

有些课件集成工具软件中自带有文字编辑功能，但对于大量的文字信息一般不采取在集成时输入，而是在前期就预先准备好所需的文字素材。

文字素材有时也以图像的方式出现在课件中，如通过格式排版后产生的特殊效果，可用图像方式保存下来。这种图像化的文字保留了原始的风格（字体、颜色、形状等），并且可以很方便地调整尺寸。

2.1.2 文本素材的设计要求

文本是多媒体课件中使用最多的元素，对文本设计时应注意以下几个方面：

1. 文本内容要尽量少

虽然文本是多媒体课件中使用最多的元素，但绝不是越多越好。以最少的文字说明最大量的学习内容是多媒体课件的一个特点。因为人们通常不喜欢阅读满屏幕的文本。尽管有些诸如百科全书或电子书本等课件，基本上是由文本构成，但在大多数课件中通常不需要大量的文本。

2. 选用容易阅读的字体

灵活多样的文本字体虽然看起来赏心悦目，但是有些字体不容易看清其"庐山真面目"，如"华文彩云"、"华文琥珀"、"方正舒体"等。一般除了标题可选择一些带有美术色彩的字体外，正文应选择易读的字体。如果字体太难读，会直接影响到学习效果。

3. 颜色设置要合理

文本的颜色也要认真设计，不同内容的文本应设计为不同的颜色。例如：标题设为蓝色，内容用黑色，热字用红色加下划线等。但要避免单屏颜色过多，过多的颜色或者过多的装饰也会影响对正文的识别。

2.2 图像（图形）素材的设计

2.2.1 图像（图形）素材

一般来说，图像格式大致可以分为两大类：位图（Bitmap）和矢量图（Vector Graphic）。位图是以二维点阵形式来描述图像；矢量图是在绘制线条、矩形、圆形等的基础上去创建图像，矢量图像实际上是存储了表示许多单个对象的一系列指令。一般说来，矢量类图像的表达细致、真实，缩放后的分辨率不变，同时，它所需的存储空间也比较小。

在介绍图像格式前有必要先了解一下几个主要指标：分辨率、色彩数、灰度。图像的分辨率包括屏幕分辨率和输出分辨率，前者用每英寸行数表示，数值越大则质量越好；后者衡量输出设备的精度，以每英寸的像素点数表示。图像的色彩数和图像灰度用位（Bit）表示，通常写成 2^n，n 代表位数。当图像达到 24 位时，可表现 $2^{24} \approx 1677$ 万种颜色，即真彩。

图像素材的常用文件类型包括：

1. BMP 格式

BMP（Bit Map Picture）格式是 Windows 使用的基本图像格式，是一种位图格式文件，用一组数据（8 位至 24 位）来表示一个像素的色彩。大多数图像软件（如 Windows 下的画笔软件）都支持 BMP 格式。BMP 格式文件的规模比较大。

2. GIF 格式

GIF（Graphics Interchange Format）格式是目前因特网上使用最普遍的图像文件格式之一，主要用于在不同平台上进行图像交流传输。GIF 格式文件的压缩比比较高，文件规模较小，但它仅能表达 256 色图像。目前的 GIF 格式文件还支持图像内的小型动画，它使得因特网上的网页显得生动活泼。

3. JPG 格式

JPG（Joint Photographic Expert Group）格式也称 JPEG 格式，是一种十分流行的图像格式，

它采用了 JPG 方法进行压缩，因此文件可以非常小，而且可以通过降低压缩比来获得较高质量的图像资料。但 JPG 格式是一种有损压缩，因此不适于存储珍贵的图像资料或原始素材。

2.2.2　图像的获取与编辑

1. 图像的获取

图像是多媒体课件中必不可少的素材。在课件制作中，除了自己绘制图像外，还可以利用屏幕捕捉软件、扫描仪等工具来获取现有的图像。

用于屏幕捕捉的软件很多，如 SnagIt 就是一个常用的屏幕捕捉软件。它不仅可以捕捉屏幕上的静态图像，还可以捕捉动态屏幕影像和屏幕文字。下面就以该软件为例来说明屏幕图像的获取方法。

1) 捕捉屏幕上的图像

(1) 准备工作。打开屏幕捕捉软件 SnagIt，如图 2-1 所示。

图2-1　屏幕捕捉软件SnagIt的主界面

(2) 单击【Capture】|【Input】|【Region】命令，即确定输入源为屏幕的任何区域。单击【Capture】|【Output】|【File】和【Preview in Editor】命令，确定输出方式是以文件形式保存，并且有显示捕捉结果的预览窗口。

(3) 捕捉影像。在 SnagIt 主界面上单击【Capture】或者按"Ctrl＋Shift＋P"键，这时就可以通过拖动鼠标来确定屏幕上的区域，SnagIt 将自动把所确定区域的图像捕捉进预览窗口。

(4) 保存图像。单击预览窗口上的【Save】按钮，在弹出的窗口中选择保存路径和类型，并输入文件名，单击【保存】按钮即可将捕捉来的图像保存起来。在保存类型下拉列表框中选择所保存图像的文件格式，可以是 BMP、JPG、GIF、TIE 等格式。

2) 通过扫描仪获取图像

要从书本、杂志、照片等非数码资源中获取图像，扫描仪是一类最常用的工具。扫描仪的工作原理和复印机相似，用一列光传感器电子化地捕捉图像。传感器每次把一行光转换成颜色和光强，直到整个页面被扫过。各类扫描仪的性能有很大的不同，在分辨率方面可以达到 100 dpi（每英寸的点数）至 1000 dpi 的质量。

扫描仪由软件控制,这些软件将计算机与扫描仪连接起来。由软件管理传感器的预热，控制扫描仪的机械运动，将扫描出来的图像经过转换后保存到硬盘上。该扫描软件由于扫描仪的类型不同而不同，但是无论使用哪种扫描软件，扫描图像的步骤基本上是一样的：预扫描→设定扫描区域→扫描→保存图像。

2. 图像的编辑

通过上述手段获取了数字化图像以后，通常还需要对图像进行编辑或加工。图像编辑工具十分丰富，从 Windows 自带的"画笔"软件到功能十分强大的 Photoshop 软件都可选用。利用它们能完成基本的绘制图像功能，并具有对从外部文件输入的图像数据进行编辑修改的能力。

Adobe 公司开发的 Photoshop 集位图和矢量图绘画、图像编辑、网页图像设计、网页动画制作、网页制作等多种功能于一体，是多媒体课件制作中不可缺少的图像素材编辑软件，Photoshop 的主界面如图 2-2 所示。

图2-2　Photoshop软件的主界面

Photoshop 的主要功能可分为图像编辑、图像合成、校色调色及特效制作等。

图像编辑是图像处理的基础，可以对图像做各种变换，如放大、缩小、旋转、倾斜、镜像、透视等，也可进行复制、去除斑点、修补、修饰图像的残损等处理。

图像合成则是将几幅图像通过图层操作、工具应用形成完整的、意义明确的图像。Photoshop 提供的绘图工具让图像可以很好地融合起来，使图像合成得天衣无缝。

校色调色是 Photoshop 中深具威力的功能之一,利用它可以方便快捷地对图像的颜色进行明暗、色彩的调整和校正，也可以切换颜色以满足图像在不同多媒体作品中的应用。

特效制作在 Photoshop 中主要由滤镜、通道及工具综合应用完成，包括图像的特效创意和特效字的制作，如油画、浮雕、石膏画、素描等常用的传统美术技巧都可通过 Photoshop 特效完成。

2.2.3 图像素材的设计要求

图像素材的设计要求如下：

(1) 尽量使用容量小的图像。

(2) 用作教学内容的图像要准确。

(3) 用作背景的图像要淡一些，不可冲淡教学内容。

2.3 声音素材的设计

2.3.1 声音素材

在多媒体课件中，语言解说和背景音乐是课件的重要组成部分。按照声音的内容不同，可以将多媒体课件中的声音划分为解说、效果声与音乐声等类型。

声音素材的常用文件类型如下。

1. 波形声音文件

波形声音是 Windows 操作系统下的标准数字音频，它是对实际声音的采样。因此，它可以重现各种类型的声音，包括噪声、乐声，以及立体声、单声等。该文件的扩展名为WAV。

波形声音的主要缺点是文件的容量较大。例如，以 16 位量化级 44.1K 采样率进行采样的 1 分钟单声道声音文件大约可达 5 MB，因此，它不适合于记录长时间、高质量的声音。

由于原始声音数据量太大，我们的解决方法之一是利用硬件或软件方法进行压缩，另外一种方法是适当降低音质，例如，对于一般人的声音，使用 8 位量化级和 11.025K 采样率就可以比较好地进行还原，这样可以将数据量降为原来的 1/8。

2. MIDI 文件

MIDI（Musical Instrument Digital Interface）文件即乐器指令数字接口文件，文件扩展名为 MID，MIDI 文件中的数据是一系列指令。它将乐器弹奏的每个音符表示为一串数字，用来代表音符的声调、力度、长短等，在发声时，经过声卡上的合成器将这组数字进行合成并通过扬声器输出。

与波形文件相比，MIDI 文件的容量要小得多，因此在多媒体课件中的应用广泛。它的主要缺陷是表达能力有限，无法重现自然声音；其次是 MIDI 文件只能记录有限的几种乐器组合，如许多中国民族乐器的乐声就不能记录。

3. MPEG Layer 3 文件

它是目前最流行的声音文件格式之一，因其压缩率大，在网上音乐、网络可视电话等领域应用十分广泛，但音质与 CD 唱片相比要差一些。该文件的扩展名为 MP3。

4. CD Audio 文件

即音乐 CD 唱片所采用的文件格式，其扩展名为 CDA。该格式文件所记录的是声音的波形流，音质纯正，缺点是无法编辑且文件长度太大。

2.3.2 声音的录制与编辑

多媒体计算机的数字音频系统由计算机、声卡，以及外部音频部件如麦克风、音箱和耳机等组成，如图 2-3 所示。在声卡中，模数转换器把从麦克风和其他音频源来的音频模拟信号转换成数字信号，数模转换器把存储在计算机中的数字信号变回模拟信号，通过放大器放大或直接输出该信号进行声音播放。

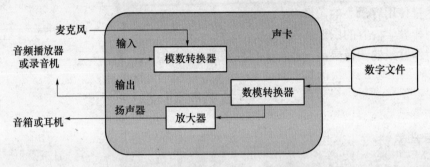

图2-3　多媒体计算机的数字音频系统

在制作多媒体课件时，通常都是利用上述声卡及专用软件来完成声音的录制和播放。录制和编辑声音素材的最简便方法就是使用 Windows 自带的"录音机"程序，下面就以此为例作简单介绍。

1. 声音的录制

制作多媒体课件的过程中，可以通过用麦克风录制声音文件、截取正在运行的程序中的声音等方法来录制声音，并保存为 WAV 格式文件。

1）用麦克风录制声音文件

(1) 准备：首先将麦克风插入声卡的麦克风（MIC）插口，双击 Windows 任务栏右边的小喇叭图标，弹出音量控制对话窗口，如图 2-4 所示，单击【选项】|【属性】命令，在弹出的窗口中，选择【录音】选项，单击【确定】按钮。

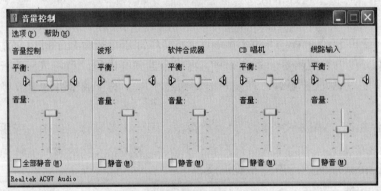

图2-4　音量控制对话窗

(2) 录音：单击任务栏上的【开始】|【程序】|【附件】|【娱乐】|【录音机】，打开 Windows 环境下的录音机程序。单击录音机程序上的"录音按钮"●，此时即可通过麦克风进行录音。完毕后，单击"停止按钮"■即可结束录音，如图 2-5 所示。为了保存录制好的声音文件，只需单击图中【文件】菜单中的【保存】命令即可。

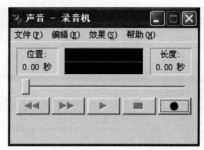

图2-5 Windows中的录音机

2) 截取正在运行的程序中的声音

(1) 做好录音前的准备工作，并打开录音机程序，其方法如前所述。

(2) 打开所要运行的程序（如课件、游戏软件等），并找到想要录制的内容。

(3) 激活 Windows 录音机程序，并单击录音机上的"录音按钮" ●。如果上一步打开的程序窗口是满屏的，可以按快捷键 Alt+Tab 来切换窗口，使录音机窗口处于被激活状态。

(4) 激活待运行的程序，或按快捷键 Alt+Tab 切换到待运行程序的窗口，播放想要录制的声音。

(5) 要结束录音时，只需激活录音机程序（可按快捷键 Alt+Tab），按"停止按钮" ■。最后保存声音文件即可。

在声音录制或采集时，声卡和麦克风的质量将直接影响到所录制的声音文件的质量。此外，确定采样位数与采样频率是十分关键的。一般说来，采样频率越高，采样位数越大，声音质量就越好，但相应的声音文件也越大。在 Windows 录音机中，为了设置录音质量，可以在【编辑】菜单中选择【音频属性】，然后在【录音】栏中选择高级属性，并在弹出的窗口中调节"采样率转换质量"，一般情况下都选择"一般"，若要录制高质量的声音则需要调节到"最佳"。

2. 声音文件的编辑

1) 声音文件的插入

在声音素材的编辑过程中，对于分别进行录制的声音文件 A 和 B，有时需要将文件 B 插入到文件 A 中，操作如下：

(1) 打开文件 A：只需启动录音机程序，单击【文件】菜单下的【打开】命令，在弹出的窗口中，打开一个已录制好的声音文件 A。

(2) 确定文件 B 的起始位置：调整录音机的滑块并定位，滑块的位置是文件 B 待插入的位置。

(3) 插入文件 B：单击【编辑】菜单下的【插入文件】，如图 2-6 所示。此时弹出一个窗口，在窗口中找到要插入的声音文件 B，单击【打开】按钮。此时声音文件 B 就插入到声音文件 A 中了。

(4) 保存新文件：单击【文件】菜单中的【另存为】命令，在弹出的窗口中，选择保存路径及输入文件名并单击【保存】按钮，此时所保存的新文件就是由原来的文件 A 和 B 组成的。

2) 前景声音和背景音乐的合成

如果我们需要将已经录制的课文朗读声音文件配上背景音乐，则过程如下：

(1) 打开一个背景音乐文件：启动录音机程序，单击【文件】菜单下的【打开】命令，在弹出的窗口中，打开一个背景音乐文件，通常应尽量选择音量较小的声音文件。

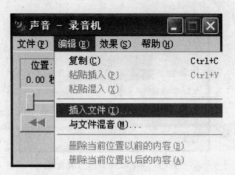

图2-6　用录音机插入声音文件

(2) 前景声音与背景音乐的合成：单击【编辑】菜单下的【与文件混音】命令，如图 2-6 所示。在弹出的【与文件混音】的对话框中，选择一个已录制好的朗读声音文件。单击【打开】按钮，此时，朗读声与背景音乐就合成在一起了。

(3) 保存新生成的声音文件：单击【文件】菜单中的【另存为】命令，在弹出的窗口中，选择保存路径及输入文件名后，单击【保存】按钮即可。

3) 其他的编辑功能

除了上述简单的编辑以外，还可以利用 Windows 的录音机软件对声音文件进行其他方式的编辑和加工。例如，把声音的多余部分剪掉，在朗读声与背景音乐合成之前降低背景音乐的音量，给某一声音添加回音等等。其操作方法与上述基本相似，这里就不详细介绍了。

事实上，用来进行声音素材处理的软件很多，例如 Ulead Audio Editor、CooleditPro 等等，这些软件的编辑、合成及效果等功能远比 Windows 的录音机程序要强大，它们所生成的声音文件格式也较多。如果需要时，还可以通过专用软件对声音文件的不同格式进行相互转换。

2.3.3　声音素材的设计要求

在多媒体课件中的声音的主要作用是引起注意、舒缓等候、提示反应、表示事件进程、提供情景音效、提供反馈等。在一个课件中不可无声，但也不可滥用声音，要从所呈现的教学内容出发。设计声音时要注意：不要使用过多的声音，音量最好能够进行调节，多用间歇性的短音乐，声音要与文本、图像、视频等内容相配合。

2.4　动画素材的设计

2.4.1　动画素材

动画是由一系列的图像画面组成的队列，画面中的内容通常是逐渐演变的，因此当动画播放时给人的感觉是画面中的对象在变化和运动。

Flash 是目前最为流行的动画格式，Flash 文件的扩展名为 SFW。与 GIF 和 JPG 格式的文件不同，Flash 动画是由矢量图组成的，不管怎样放大、缩小，它还是清晰可见的。Flash 动画的文件很小，便于在互联网上传输，而且它采用了流技术，能一边播放一边传输数据。交互性更是 Flash 动画的迷人之处，可以通过点击按钮、选择菜单来控制动画的播放，其编辑环境界面如图 2-7 所示。

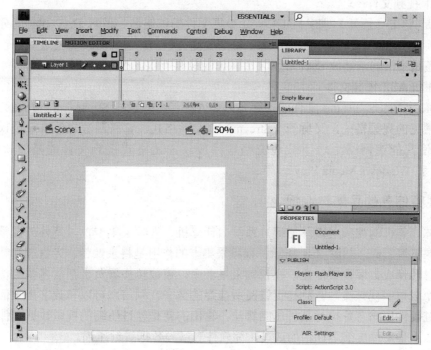

图2-7 Flash界面

2.4.2 动画素材的设计要求

动画素材设计的要求是：动画在屏幕上出现的位置要保持基本一致。一般放在屏幕的中央或右半部，大小一般不超过屏幕的1/4，可以依内容的多少和学习者的爱好而加以调整，但若有叠加文本或标题时，视频窗口大小宜保持一定。为方便使用者操作，在视频窗口下方设计播放、停止、快进、倒退、录制等控制按钮，类似家庭录像机的控制按钮。

2.5 视频素材的设计

2.5.1 视频素材

视频素材也称影像素材，它是指在多媒体课件中所播放的一种既有活动画面又有声音的文件。一般说来，视频画面的质量比动画要差一些，因此它不可能完全取代动画素材。

视频素材的常用文件类型包括以下几种。

1. AVI 视频文件

AVI（Audio Video Interleaved）是 Windows 使用的标准视频文件，它将视频和音频信号交错在一起存储，兼容性好、调用方便、图像质量好，缺点是文件体积过于庞大。AVI 视频文件的扩展名为 AVI。

2. MPG 视频文件

MPG（Motion Picture Experts Group）文件家族中包括了 MPEG-1、MPEG -2 和 MPEG-4 在内的多种视频格式。通过 MPEG 方法进行压缩，具有极佳的视听效果。就相同内容的视频数据来说，MPG 文件比 AVI 文件规模要小得多。

3. DAT 视频文件

DAT 是 VCD（影碟）或卡拉 OK-CD 数据文件的扩展名。虽然 DAT 视频的分辨率只有 352×240 像素，然而由于它的帧率比 AVI 格式要高得多，而且伴音质量接近 CD 音质，因此整体效果还是不错的。播放 DAT 视频文件的常用软件有 XingMPEG、超级解霸等。

4. RM 和 ASF 视频文件

RM（Real Video / Audio 文件的扩展名）和 ASF（Advanced Streaming Format）是目前网络课件中常见的视频格式，又称流（Stream）式文件格式。它采用流媒体技术进行特殊的压缩编码，使其能在网络上边下载边流畅地播放。上述格式视频文件的播放软件主要有 RealPlayer 和 Windows Media Player 等。

2.5.2 视频信息的采集与编辑

多媒体计算机的视频采集（捕捉）系统由计算机、视频采集卡，以及外部视频设备如录像机、摄像机等组成，如图 2-8 所示。视频采集卡的作用是将录像带、光盘等视频源上的模拟视频信息转换成数字视频信息。在视频采集卡中，模数转换器负责把从视频源传来的模拟视频流转换成数字视频流，音频捕捉线路所捕捉的数字音频信息可以和数字视频信息结合在一起，通过硬件压缩芯片执行某种压缩算法，输出的便是经过压缩的视频数据文件。也有的视频采集卡不带硬件压缩芯片，而通过压缩软件对视频数据进行压缩。

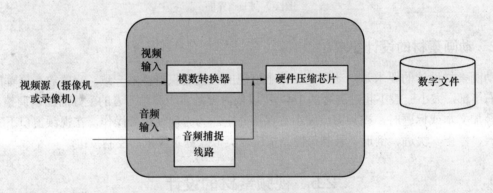

图2-8 多媒体计算机的视频采集系统

一般来说，视频采集卡提供了连续采集、单帧采集和视频图像的数字化播放等功能。为了对数字化视频信息进行编辑加工，可以采用专门的视频编辑软件。例如，Adobe 公司的 Premiere 软件、Ulead 公司的 Video Studio 软件。

Premiere 是一个基于非线性编辑的视音频编辑软件，被广泛应用于电视编辑、广告制作、电影剪辑等领域，是 PC 机平台上应用最为广泛的视频编辑软件。非线性编辑系统实现了将传统的电视节目后期制作系统中的切换机、录像机、录音机、编辑机、调音台、字幕机、图形创作系统等设备集成于一台计算机内，用计算机来处理、编辑图像和声音等，再将编辑好的视音频素材输出成各种格式的文件或通过录像机录制在磁带上。Premiere 就是一个优秀的非线性编辑软件。

1. Premiere 软件的主界面

当启动 Premiere 时，就会出现如图 2-9 所示的程序界面，其中，Monitor（监视器）窗口用于监视源信号和输出预监视；Timeline（时间线）窗口是进行视音频编辑的工作区域；Project

（工程项目）窗口是用于管理素材源的工作面板；Navigator（导航）窗口用于显示当前编辑区的映射图；Transitions（过渡）面板提供了 Preimere 的几十种过渡特技；Video 面板提供了 Premiere 的数十种视频特技。

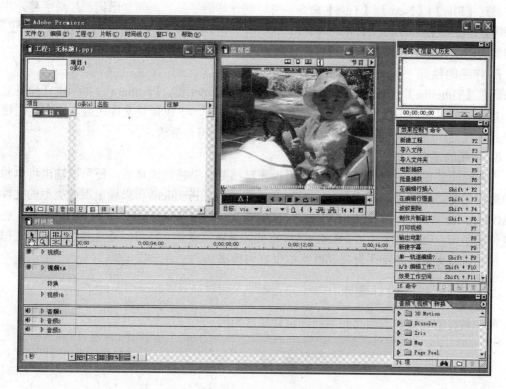

图2-9　Premiere界面

2. 素材的采集和导入

通过【File】|【Capture】命令，借助编辑平台的视音频捕捉卡，可以采集来自各种介质上的视音频素材；或者通过【File】|【Import】命令，直接导入计算机硬盘中各种格式的视音频素材，包括 AVI、MOV 格式的视频文件，WAV、MP3 格式的音频数据文件，动画 FLC 格式文件，PTL 格式字幕文件，BMP、JPG、PCX、TIF 格式的图像文件等。所有采集和导入的素材都将出现在 Project 窗口中。

3. 素材的加载

时间线窗口有多个轨道放置视频和音频素材，是用于把素材汇编成影视作品的。用鼠标选取工程项目库中的相应素材，然后拖到时间线的相应视音频轨上，即实现了素材的加载。

4. 素材的剪辑

利用时间线窗口中的剪辑工具，根据分镜头稿本，减除掉不需要的视音频素材，并进行整理，使素材很好地组接在一起。

5. 特技的叠加

在 Premiere 中，所有过渡特技都在 Transitions 面板中进行，过渡特技创建的方法就是从 Transitions 面板中将所需特技拖拉到时间线上的过渡特技轨上（在 VideoA 和 VideoB 之间，使 A 和 B 轨中的视频很好地组接在一起）。同样，所有视频特技的创建都在 Video 面板中进行，创建视频特技的方法就是从 Video 面板中将所需特技拖拉到时间线上的相应素材上。

Premiere 6.0 以上版本均增加了编辑关键帧的功能，使用户可以轻易地在轨道中添加、移动、删除和编辑关键帧，关键帧的加入使 Premiere 对于控制高级的二维动画游刃有余。

6. 字幕的制作

通过【File】|【New】|【Title】命令，可以制作标题字幕、新闻、唱词、片头字幕、片尾字幕等，并生成 PTL 字幕文件，同时会出现在工程项目库中，然后将字幕文件拖到时间线上，叠加到相应的视频上，需要特技时可叠加合适的特技。

7. 作品的预览

通过【Timeline】|【Preview】命令，或者直接按 Enter 键，Premiere 会显示建立预览对话框，并给出节目的总长度以及生成预览文件所需的时间。生成预览文件之后，将会在监视窗口中显示预览，按 Enter 键反复预览并进行修改，直到符合要求。

8. 作品的输出

当在时间线窗口中完成了素材的剪辑，并对预览结果感到满意后，便可以输出可单独播放的影视文件。通过【File】|【Export Timeline】命令，Premiere 可以输出很多类型的文件，包括 Video for Windows 格式的 AVI 文件、Quick Time for Windows 格式的 MOV 文件，也可以是位图序列、动画文件 FLC、Real video 格式的 RM 文件等，还可以通过录像机录制在磁带上，使其作品可以在各种平台以及网络中很好地传播。

2.5.3 视频素材的设计要求

视频素材的设计要求与动画素材的设计要求相同。

本 章 习 题

1. 文本素材的设计要求有哪些？
2. 图像素材的设计要求有哪些？
3. 声音素材的设计要求有哪些？
4. 动画素材和视频素材的设计要求有哪些？

第 2 篇　多媒体课件制作工具 Authorware 的应用

第 3 章　Authorware 基础知识

学习目标：

1. 了解 Authorware 的基础知识。
2. 熟识 Authorware 的界面。
3. 熟悉菜单栏和各个工具栏的功能。
4. 熟练 Authorware 的基本操作。
5. 了解 Authorware 的帮助功能。

　　Authorware 是美国 Macromedia 公司的产品，自 1987 年问世以来，获得的奖项不计其数，其面向对象、基于图标的设计方式，使多媒体开发不再困难。Authorware 成为世界公认的领先开发因特网和教学应用的多媒体创作工具，被誉为"多媒体大师"。Authorware 的版本不断更新，功能不断增强，当前最常用的版本为 Authorware7.02。

　　本章主要介绍 Authorware7.02 的启动和退出、Authorware7.02 的工作界面、Authorware7.02 的基本操作以及 Authorware7.02 的帮助功能。

3.1　Authorware 的工作环境

3.1.1　Authorware 的启动和退出

1. 启动 Authorware7.02

启动 Authorware 非常简单，具体方法如下。

(1)选择【开始】|【程序】| Macromedia | Macromedia Authorware7.02 命令，即可启动 Macromedia Authorware7.02。

(2) Authorware7.02 启动后，会出现一个欢迎画面，稍等片刻，进入 Authorware7.02 主界面，这时屏幕上出现一个【新建】对话框，如图 3-1 所示。

　　这是使用知识对象（Knowledge Object）的有关内容。在【新建】对话框中显示出 3 种常用的知识对象项目类型，选择任一类型并单击【确定】按钮，Authorware 就能快速地创建出程序的框架。关于知识对象在此暂不涉及，在以后章节中将详细介绍。此处只需单击【取消】

按钮或【不选】按钮，Authorware 7.02 就可以成功启动。

　　2. 退出 Authorware7.02

　　如果要退出 Authorware7.02，通常情况下，只需选择【文件】|【退出】命令，或者单击标题栏中的【关闭】按钮即可。

　　退出 Authorware7.02 之前应对程序文件进行保存，否则将弹出提示是否保存当前程序的对话框，如图 3-2 所示。单击【是】按钮，保存程序并退出 Authorware7.02；单击【否】按钮，则不保存程序并退出 Authorware7.02；单击【取消】按钮，则返回 Authorware7.02 的编辑状态。

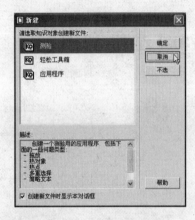

图3-1　【新建】对话框

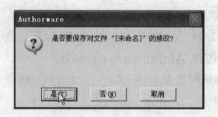

图3-2　提示对话框

3.1.2　Authorware 的工作界面

　　成功启动 Authorware7.02 之后，就进入了 Authorware7.02 的工作环境，其界面如图 3-3 所示。

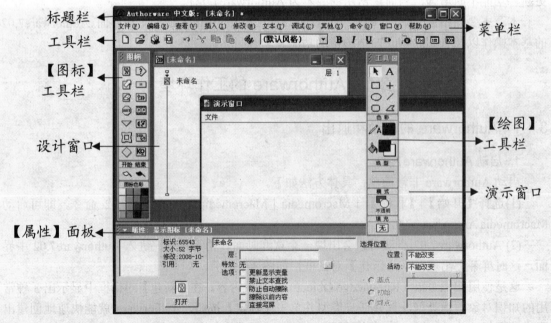

图3-3　Authorware7.02工作界面

1. 标题栏

Authorware7.02 的标题栏位于工作界面的最上方，表示软件的图标及名称。和其他 Windows 窗口的标题栏一样，主要用来对软件窗口进行控制。Authorware7.02 的标题栏能实现 3 种功能：显示 Authorware7.02 这个应用程序的名称；指明哪个窗口正处于活动状态；控制窗口状态，包括移动、最大化、最小化、关闭窗口等功能。

2. 菜单栏

位于标题栏下面的长条是菜单栏。如果单击菜单栏中的菜单名，就会打开一个菜单并显示命令选项列表供用户选择。Authorware7.02 的菜单栏共包括 11 个菜单，如图 3-4 所示。11 个菜单的功能分别介绍如下。

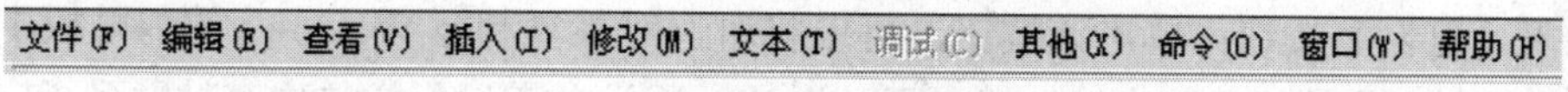

| 文件(F) 编辑(E) 查看(V) 插入(I) 修改(M) 文本(T) 调试(C) 其他(X) 命令(D) 窗口(W) 帮助(H) |

图3-4　Authorware7.02菜单栏

- 【文件】菜单：用于对文件的各种操作，包括新建、打开、关闭、保存、导入、发布、参数的设定以及退出等。
- 【编辑】菜单：用于对文件中的对象进行各种操作，包括复制、粘贴、查找等。
- 【查看】菜单：用于控制 Authorware7.02 工作界面中的工具栏、浮动菜单、网格等是否显示。
- 【插入】菜单：用于插入图标、图像、OLE 对象、ActiveX 控件、Media 和其他各种插件。
- 【修改】菜单：用于修改设计按钮、显示对象和文件等的属性设置，还可以设定显示对象的前景和背景。
- 【文本】菜单：用于对文本进行各种设置，包括字体、字号等的操作。
- 【调试】菜单：用于对已完成的程序进行调试和修改。
- 【其他】菜单：用于库链接检查、拼写检查、图标大小报告等。
- 【命令】菜单：用于查找在线资源，进行 SCO 的编辑，打开 RTF 对象编辑器，还可以对程序中用到的 Xtras 文件进行查找。
- 【窗口】菜单：用于对流程图的各种操作和工作界面中各种窗口的控制。
- 【帮助】菜单：用于各种帮助，包括 Authorware7.02 的各种信息、注册和技术支持。

3. 工具栏

菜单栏的下方是 Authorware7.02 窗口工具栏，Authorware7.02 的工具栏上有与其他 Windows 应用程序相同的工具图标，也有其独特的部分。Authorware7.02 的工具栏包括 17 个工具按钮和一个文本风格下拉列表框，其中每一个按钮对应一个使用频率较高的菜单命令，如图 3-5 所示。当光标在某一个按钮上停留片刻，屏幕上会显示该按钮所代表的菜单名称。熟练掌握这些工具图标的使用，可以提高工作效率，达到事半功倍的效果。单击【查看】|【工具栏】命令，可以将工具栏隐藏。各工具栏的功能叙述如下。

| 🗋 🗁 🖳 🗐 ↻ ✂ 🖺 🖺 🍮 (默认风格) ▾ B I U 🕩 .͜ ⬜ ⬜ ⬜ |

图3-5　工具栏

- 🗋【新建】按钮：单击该按钮，Authorware7.02 会弹出一个名为"未命名"的设计窗口。 
- 🗁【打开】按钮：单击该按钮，弹出一个【选择文件】对话框，选择打开一个已存文

31

件；如果当前文件未保存，会同时提醒用户是否保存当前的文件。

- 【保存】按钮：单击该按钮，Authorware7.02 会自动保存当前文件。
- 【导入】按钮：单击该按钮，弹出【导入哪个文件】对话框，可以在当前的文件中导入外部的图像、文字、动画或者 OLE 对象文件。导入后，Authorware7.02 会根据所导入文件的类型在流程线上建立相应的图标，并以该文件的文件名作为图标名。
- 【撤销】按钮：单击该按钮，可以撤销上一次的操作。如果再单击该按钮，可以继续撤销再上一步的操作。
- 【剪切】按钮：单击该按钮，可以将所选对象剪切至 Windows 的剪贴板。剪贴板的内容可以是已编辑好的图标，也可以是图标里的文字、图像、动画等。
- 【复制】按钮：单击该按钮，可以将所选对象复制至 Windows 的剪贴板中。
- 【粘贴】按钮：单击该按钮，可以将 Windows 的剪贴板中的内容粘贴到指定位置上。
- 【查找】按钮：单击该按钮，弹出一个【查找】对话框，可以查找指定类型的对象，并可以根据用户的需要将所查找的对象用另一个对象替换。
- (默认风格) ▼ 【文体风格】下拉列表框：单击该下拉列表框右侧的下三角按钮可以选择已定义过的文本风格并应用到当前文件中。
- **B**【粗体】按钮：单击该按钮，可以使所选的文本内容以粗体显示。
- *I*【斜体】按钮：单击该按钮，可以使所选的文本内容以斜体显示。
- U【下划线】按钮：单击该按钮，可以给所选的文本内容加上下划线。
- 【运行】按钮：单击该按钮，将从程序的起始点运行程序。当在程序中使用了【开始】（Start）标志旗，单击该按钮，将从【开始】标志旗处开始运行程序。
- 【控制面板】按钮：单击该按钮，弹出【控制面板】对话框，并整合在 Authorware7.02 工作窗口的右边，用于控制程序的运行，如图 3-6 所示。在控制面板中单击"显示跟踪"按钮将弹出·"跟踪"窗口，用于跟踪程序的执行。
- 【函数】按钮：单击该按钮，弹出【函数】面板，并整合在 Authorware7.02 工作窗口的右边，用于加载函数，如图 3-7 所示。

图3-6 【控制面板】对话框

图3-7 【函数】面板

- 【变量】按钮：单击该按钮，弹出【变量】面板，并整合在 Authorware7.02 工作窗口的右边，方便使用变量，如图 3-8 所示。
- 【知识对象】按钮：单击该按钮，弹出【知识对象】面板，并整合在 Authorware7.02 工作窗口的右边，如图 3-9 所示。

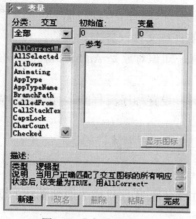

图3-8 【变量】面板

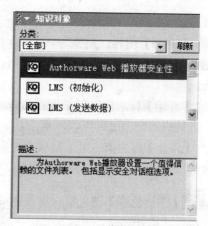

图3-9 【知识对象】面板

4. 【图标】工具栏

【图标】工具栏是 Authorware7.02 的核心组件，其中共包括 14 个图标，如图 3-10 所示。

* ![] 【显示】图标：用来显示文本和图形。这些文本和图形既可以从外部引入，又可以从 Authorware7.02 内部提供的绘图工具得到。

* ![] 【移动】图标：用来为选定的显示对象实现移动的效果，在 Authorware7.02 中共有 5 种动画效果可以选择。

* ![] 【擦除】图标：用来擦除程序运行中的各种对象，包括各种文本、图像、动画、声音等。可以采用不同的擦除方法产生丰富多彩的擦除效果。

* ![] 【等待】图标：用来使程序暂停，直到出现可以使程序继续运行的条件，这种条件是在使用该图标时设置的，可以是等待一定的时间，也可以是单击鼠标等。

* ![] 【导航】图标：用来在程序运行中使程序跳到指定的位置，建立超链接，通常与框架图标结合使用。

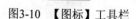

图3-10 【图标】工具栏

* ![] 【框架】图标：框架图标提供了一个简单的方式在程序中建立一个页面结构。该结构可以包含各种对象，右边可以下挂许多图标，包括显示图标、群组图标、移动图标等，下挂的每一个图标被称为框架的一页，而且它也能在自己的框架结构中包含交互图标和判断图标，甚至是其他的框架图标内容，功能十分强大。

* ![] 【判断】图标：用来控制程序流程，完成不同路径的选择。

* ![] 【交互】图标：用来设置交互式的分支结构，共有 11 种交互方式，与显示图标相似，交互图标中同样也可插入图片和文字，是 Authorware7.02 中最重要的图标之一。

* ![] 【计算】图标：用来为程序中的变量赋值、进行函数运算、编写程序等。

* ![] 【群组】图标：用来整合流程线上的一系列图标形成下一级流程线，既能简化程序结构，又可增强程序的可读性。

* ![] 【数字化电影】图标：用来导入多种格式的数字化电影文件，利用相关的系统函数与变量可以轻松地控制视频动画的播放状态，实现回放、快进/慢进、播放/暂停等功能。

* ![] 【声音】图标：与【数字化电影】图标的功能相似，用来导入多种格式的声音文件，

并控制播放。

- 【DVD】图标：用来导入 DVD 格式的视频文件，并控制播放。

- 【知识对象】图标：用来导入知识对象。知识对象是 Authorware7.02 根据逻辑关系封装的功能模块。

- 【开始】标志旗：用于调试执行程序时，设置程序流程的运行开始的位置点。单击【图标】工具栏的空白处可以收回标志旗。

- 【停止】标志旗：用于调试执行程序时，设置程序流程的运行终止点。单击【图标】工具栏的空白处可以收回标志旗。

- 【图标色彩】调色板：对程序的运行没有影响,仅仅用来改变图标的颜色，起到标识作用，增强程序的可读性。

5. 设计窗口

设计窗口是 Authorware7.02 的主要工作区域，如图 3-11 所示。设计窗口由标题栏和设计平台两部分组成。

第一部分是标题栏：用以显示当前文件的名称及当前的活动状态。

第二部分是设计平台：设计平台用来显示一个多媒体设计程序的逻辑结构，并将这种逻辑结构通过主流线、支流线以及设计图标在设计平台上反映出来。由流程线、手形标志、层级标识等内容组成。

图3-11　设计窗口

(1) 流程线：在设计平台的左侧有一条竖直的线段，该线段称为流程线，用于加载各种图标，进行程序设计。流程线两端有两个矩形标记，位于流程线上端的矩形标记用来标记文件的开始，称为文件起始标记；位于流程线下端的矩形标记用来标记文件的结束，称为文件结束标记。

(2) 手形标志：用于指示图标插入点的位置。

(3) 层级标识：位于设计窗口右上角，用于表示当前设计窗口的层级。层 1 表示第一级设计窗口，即该设计窗口显示的是主流程线。如果在主流程线上添加【群组】图标，双击该图标，弹出一个新设计窗口，该设计窗口的层级为 2。依此类推，如果再在该设计窗口中添加【群组】图标，双击该图标，则再打开的设计窗口的层级是 3。

6. 演示窗口

在流程线上双击【显示】图标或【交互】图标，会同时弹出演示窗口和绘图工具箱，如图 3-12 所示。演示窗口可以用来输入文字和图形，而且也是媒体程序完成后的输出窗口。

7. 绘图工具箱

绘图工具箱是 Authorware7.02 中处理文字和图片的主要工具。当打开一个【显示】图标时，绘图工具箱也将自动打开，如图 3-13 所示。绘图工具箱中的各项目介绍如下。

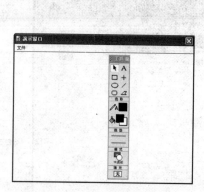

图3-12　演示窗口和绘图工具栏

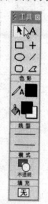

图3-13　绘图工具箱

- ▶【指针】按钮：用来选择窗口中的文本对象和图形对象，可以移动所选择的对象，也可以对所选择对象的大小进行调整。
- A【文本】按钮：用来输入文字，并对文字信息进行编辑。单击演示窗门将出现一条标尺，在标尺的下方会有光标出现，在光标出现处就可以进行文本的输入。
- □【矩形】按钮：用来绘制大小不同的矩形和正方形，画正方形时按住 Shift 键。
- +【直线】按钮：用来绘制与水平、垂直方向成 45°角整数倍的直线。
- ○【圆形】按钮：用来绘制椭圆和圆，画圆时按住 Shift 键。
- /【斜线】按钮：用来绘制各种角度的斜线。
- ▢【圆角矩形】按钮：用来绘制圆角矩形和圆角正方形，画圆角正方形时按住 Shift 键。
- ◿【多边形】按钮：用来绘制任意多边形。每单击一次鼠标，就生成一段直线的终点，结束画图时就双击鼠标。当起点和终点重合时，双击鼠标，就生成封闭的多边形，当起点和终点不重合时，生成的是不封闭的多边形。
- ✏A【线型】按钮：用来设置绘图线条的宽度和线条的形状，如图 3-14 所示。
- 🪣【填充】按钮：用来对封闭的区域进行效果填充，如图 3-15 所示。
- ▬【模式】按钮：设置对象的覆盖模式，如图 3-16 所示。

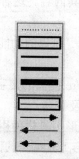

图3-14　【线型】按钮

图3-15　【填充】按钮

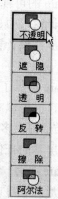

图3-16　【模式】按钮

8. 知识对象窗口

在启动时，系统会提示在新建文件时是否需要使用知识对象，如图 3-17 所示。在对话框中可以使用提供的知识对象来进行程序设计。

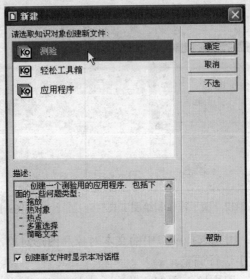

图3-17 【新建】对话框

在程序设计中，单击工具栏中的 按钮，打开【知识对象】窗口，如图 3-9 所示。在该窗口中可以选择不同的知识对象进行程序设计。具体应用在后面章节详细阐述。

3.2　Authorware 的特点

Authorware 软件是由 Macromedia 公司推出的著名的多媒体制作工具之一，它是一种面向对象的、以图标流程线逻辑编辑为主导、以函数变量为辅助的开发工具。与其他软件的不同之处在于它不用写程序、使用流程线以及一些工具图标就能制作出精美的作品。它既可以显示静态画面，也可以显示动态画面，还能够播放数字电影和视频文件。此外，作为一种多媒体平台，它能将 Photoshop 和 Director 等软件制作的成果集成起来，使它们发挥更大的作用。Authorware 的出现，使许多非专业人员创作交互式多媒体软件成为可能。综合起来，Authorware 具有以下特点。

(1) Authorware 的可视化编程同别的软件相比，最大特色在于它的程序流程是可视的。在 Authorware 的设计窗口中显示有程序的流程线。Authorware 有 14 个设计图标，设计程序时，把这些图标依次放在设计窗口的主流程线上，双击打开并编辑其内容。这种编辑方式新颖独特，使用方便。

(2) Authorware 提供了直接在屏幕上编辑文字、图像、动画等对象的功能，既可以轻松地制作多媒体程序，又可以实现复杂的功能。

(3) Authorware 提供多样化的文字处理能力。利用 Authorware 提供的文字处理工具，可以将文字对象放在屏幕的任何地方，可以编辑文字的大小、颜色及字体。

(4) Authorware 具有一定的图形处理功能。它本身具有的图形工具栏使用户能够方便地编辑各种所需的图形，还可以导入用 Photoshop 等更为强大的图形工具编辑的图像。

(5) Authorware 具有强大的人机交互功能。人机交互是现代多媒体技术的特点，Authorware

提供了 11 种交互响应方式，例如按钮、热区、热物体、文本、下拉菜单等，利用这些交互方式可以很好地实现交互功能，创作出优秀的多媒体作品。

(6) Authorware 具有强大的数据处理能力，用户可以使用系统提供的众多函数和变量。

(7) Authorware 同样具有动态链接功能。利用这个功能，可以将任何一种语言创建的程序或其他成果导入 Authorware 程序。

(8) Authorware 提供了库和模板功能，可以重复运用多种素材，大大减少了系统资源的占用，同时提高了开发的效率。特别是 Authorware7.02 中提供的知识对象为用户完成某种特定的程序功能提供了强大的技术支持。

(9) Authorware 具有很好的兼容性。

(10) Authorware 提供网络支持。用户可以很容易地将作品分段和压缩，做成 HTML 文件发布到网络上。

在以上基础上，Authorware7.02 还新增了以下特性：共同使用 Macromedia 系列界面；支持导入 Microsoft PowerPoint 文件；在应用程序中整合播放 DVD 视频文件；支持 XML 的导入和输出；支持 JavaScript 脚本；增加学习管理系统知识对象；具有一键发布的学习管理功能。Authorware 是具有相当强大功能的多媒体制作软件，利用 Authorware 完善的功能，制作精美的多媒体软件不再是专业人员的特权，只要肯下工夫，任何人都可以成为出色的多媒体大师。

3.3 文件基本操作

3.3.1 新建项目文件

在 Authorware7.02 中，通常可以使用两种方法建立文件。

第一种方法：启动 Authorware7.02 后，打开的窗口就是新文件的设计窗口，如图 3-18 所示。

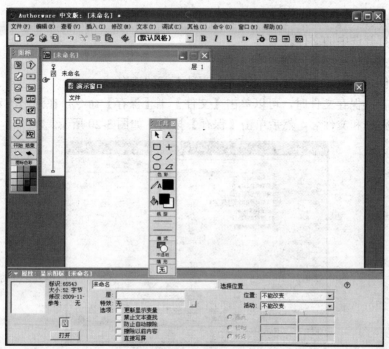

图3-18 新建文件

第二种方法：

(1) 在编辑状态下，如果需要建立新文件，可以单击【文件】|【新建】|【文件】命令，或者单击工具栏中的【新建】按钮即可。

(2) 在【新建】子菜单中，有【文件】、【库】和【方案】3 个菜单项。若选择【库】命令，将建立一个库文件；选择【方案】命令，可以通过【新建】对话框新建一个多媒体应用课件。

3.3.2　打开和保存文件

1．打开文件

打开已有文件的具体方法如下：

(1) 单击【文件】|【打开】|【文件】命令，或者单击工具栏中的【打开】按钮，将打开如图 3-19 所示的对话框。

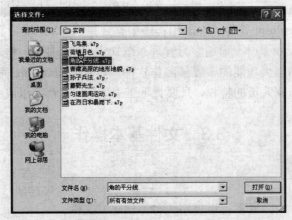

图3-19　【选择文件】对话框

(2) 在【查找范围】下拉列表框中找到文件所在的文件夹，然后选中文件名，单击【打开】按钮，就可以打开选中的文件。

2．保存文件

如果要对创建的文件进行保存，通常有两种不同的情况：

第一：当首次保存文件时，可以单击【文件】|【保存】命令，在弹出的对话框中，为文件指定存储路径和文件名，然后单击【保存】按钮，如图 3-20 所示。

图3-20　【保存文件为】对话框

第二：如果已经对文件进行过保存操作，这时只需单击 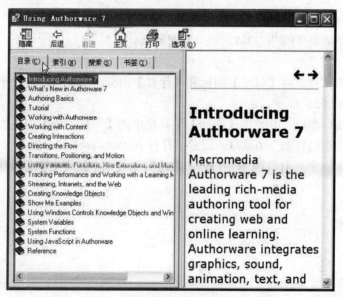 按钮，即可在原位置保存现有的文件。

3.4　Authorware 的帮助功能

3.4.1　使用帮助功能

帮助系统的好坏直接影响到一个应用软件的市场普及率，在 Authorware 中为用户提供了相当实用的联机帮助，只要在 Authorware 环境中按下 F1 键，都可以启动 Authorware 帮助系统。

使用帮助系统时，既可以调用整个帮助文件，像浏览书一样查看 Authorware 的所有使用方法与技巧，也可以按照需要查找特定的帮助主题。如果查找函数和变量的对话框，还可以打开变量窗口和函数窗口，从中快速检索，并粘贴变量与函数的正确格式。

下面介绍如何使用不同的方法来获取帮助信息。

如果系统地了解 Authorware，可以执行【帮助】|【Authorware 帮助】菜单命令，或在Authorware 环境下直接按 F1，打开它的帮助窗口，如图 3-21 所示。

图3-21　帮助窗口

在此窗口中包括左右两个窗口，左侧窗口中显示了目录，右侧用来显示帮助的内容。

另外，在左侧窗口的上方还有 4 个选项卡，当单击【索引】选项卡时，将打开一个按字母排序的所有帮助主题，从中选择自己所需的内容。单击【搜索】选项卡，则打开可以进行搜索的对话框。可以在输入框中输入需要帮助内容的名称，以得到帮助。单击【书签】选项卡，则可以打开有关此选项卡的内容。

3.4.2　特定查找的方法

其实在实际的操作过程中，我们比较关注的还是有关变量与函数的帮助。虽然，帮助系统的 Scripting 模块提供了 Authorware 所有变量与函数的帮助，而且，利用帮助索引也可以输入想查询的函数或变量名称，再找到相关主题。但是，这两种方法都存在不利的方面。

因为 Scripting 模块的变量和函数这两部分，显示出来的所有名称都是按字母排序的，如果想查找写文件的函数是什么语法格式，就肯定要找到这个函数，再单击显示帮助。这样一系列操作结束，至少要查找好大一会儿，费时又费力。而使用索引同样很麻烦。

Authorware7.02 为用户提供了一种很简单的方法，只需单击工具栏上的【变量】窗口按钮 ▦ 和【函数】窗口按钮 ▥，就可以打开变量窗口和函数窗口。

在【变量】窗口中，既按照变量类型对所有变量归了类，同时也提供了按字母顺序排列的全部变量，还可以通过【分类】下拉列表进行选择，如图 3-8 所示。在【函数】窗口中可以以相同的方式快捷地找到自己所需的帮助信息，如图 3-7 所示。

本 章 习 题

一、简答题

1. Authorware7.02 的用户设计界面主要包括哪几部分？

2. Authorware7.02 的【图标】工具栏中包括多少个设计图标，每个设计图标都具有哪些功能？

3. Authorware7.02 有哪些特点？

4. 绘图工具箱提供了哪些工具？它们分别起什么作用？

二、操作题

1. 打开一个新文件，将【显示】图标和【计算】图标添加在设计窗口中，然后保存文件并退出 Authorware7.02。

2. 拖入几个设计图标，并使用【图标】工具栏中的【图标色彩】调色板给图标着色。

3. 制作一个"欢迎界面"小程序。提示：打开 Authorware7.02，拖入一个【显示】图标，命名为"欢迎界面"，然后打开演示窗口，单击绘图工具箱中的【文本】按钮，输入文字"欢迎大家使用本软件"。

第4章　显示图标和等待图标的应用

学习目标:

1. 熟练地使用 Authorware7.02 的绘图工具箱。
2. 掌握文本对象的编辑和文本风格设置。
3. 熟悉【显示】图标和【等待】图标的属性设置以及等待按钮的设置。
4. 熟练【显示】图标和【等待】图标的使用。
5. 理解 Authorware 工作的思路和【显示】图标与【等待】图标的综合应用。

　　本章主要介绍 Authorware7.02 中【显示】图标和【等待】图标的功能及其使用。【显示】图标是 Authorware7.02 中使用最为普遍的一种设计图标,同时也是学习其他设计图标的基础,它主要用来显示文本、图像、图形、表格、公式和变量数据信息等对象。【等待】图标可以控制经过多长时间程序再继续向下运行,把程序进程的控制权转移到用户的手中,它是 Authorware7.02 交互性较强的表现之一。本节将详细地介绍如何进行【显示】图标属性和其过渡效果的设置以及【等待】图标属性和等待按钮的设置。

4.1　显示图标概述

　　【显示】图标的显示对象有 3 类,即文本、图形和图像对象,这些文本或图形对象既可以用绘图工具箱创建,也可以用【导入】按钮从外部输入。设置这些对象的属性都是使用【显示】图标属性设置面板进行的。

　　【显示】图标主要功能如下。

　　(1) 输入文字、编辑文本以及绘制图形。

　　(2) 以多种方式从外部导入文本、图像、图形等文件。

　　(3) 在屏幕上任意位置,能够以静态、动态或特殊方式等显示文本、图形和图像等可视对象。

　　(4) 可以在屏幕上任意位置动态显示变量数据信息。

　　(5) 可以精确调整和改变屏幕上文本、图形和图像等可视对象的大小尺寸。

　　(6) 在指定的区域或按照指定的路径移动文本、图形和图像等可视对象。

4.1.1　绘图工具箱

1. 绘图工具箱简介

　　绘图工具箱用于在 Authorware7.02 中创建和编辑各种图形、文本对象。当将一个【显示】图标拖放到设计窗口的流程线上时,双击该图标,在打开与其对应的演示窗口的同时,也会出现绘图工具箱,如图 4-1 所示。用户可以利用绘图工具箱提供的各种工具,来完成简单的图形绘制以及文本创建工作。单击工具箱右上角的【关闭】按钮，可退出演示窗口，返回到设计窗口。工具箱中各工具的说明见 3.1.2 节。

2. 绘制线条

工具箱中的【线型】按钮用来设置绘图时使用线条的宽度和线条的箭头，如图 4-2 所示。用户在绘制图形时可以自行选择适合的线条宽度或箭头形式。

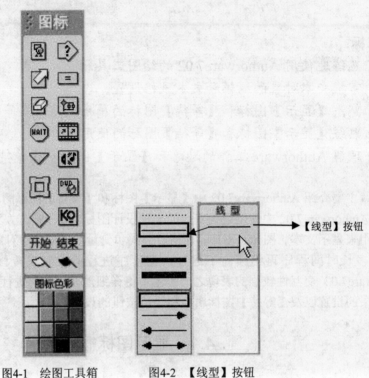

图4-1　绘图工具箱　　　　图4-2　【线型】按钮

3. 绘制形状

工具箱中的【矩形】按钮、【直线】按钮、【圆形】按钮、【斜线】按钮、【圆角矩形】按钮、【多边形】按钮用来设置所绘图形的形状，如图 4-3 所示。这 6 个按钮功能已经在 3.1.2 节中做了说明。

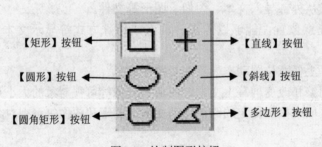

图4-3　绘制图形按钮

4. 设置颜色

工具箱中的【颜色】按钮可以分为【线条/文本色】按钮和【前景/背景色】按钮，还可以选择多种颜色对图形以及文本进行效果处理，如图 4-4 所示。

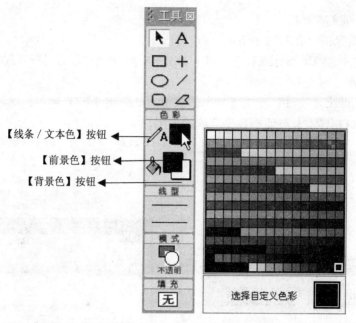

图4-4 选择颜色

4.1.2 文本对象的创建和编辑

任何一个软件都要和文本打交道，Authorware7.02 也不例外。特别是在创建多媒体课件时，除了要运用图像、动画等来表达课程内容外，还需要输入大量的文字进行补充说明。因此，文本就成为信息传送最基本的方式，也是最精确的方式。

1. 创建文本对象

创建文本对象有几种方式，下面分别详细介绍。

1) 直接输入

直接输入的操作步骤如下：

(1) 在流程线上添加一个【显示】图标，双击【显示】图标打开演示窗口。

(2) 此时，绘图工具箱已经打开，单击【文本】按钮 A，鼠标变成 "I" 形状，在演示窗口合适的位置单击就可以输入文本了，如图 4-5 所示。

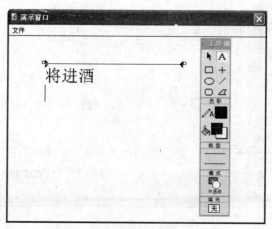

图4-5 输入文本

2) 直接导入外部文本对象

导入外部文本对象的操作步骤如下：

(1) 单击工具栏中的 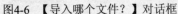 图标或按下 Ctrl＋Shift＋R 组合键，打开【导入哪个文件？】对话框，如图 4-6 所示。

(2) 选择要导入的文本文件，单击【导入】按钮后，弹出【RTF 导入】对话框，如图 4-7 所示。下面介绍【RTF 导入】对话框各个选项的作用。

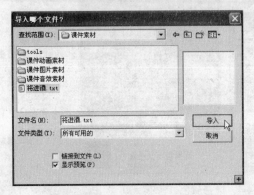

图4-6 【导入哪个文件？】对话框

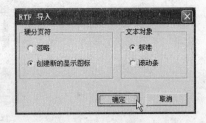

图4-7 【RTF导入】对话框

①【硬分页符】选项组中包括两个选项。

● 选中【忽略】单选按钮：在导入文本时，忽略分页符。

● 选中【创建新的显示图标】单选按钮：导入文本时，系统在遇到分页符时，将自动建立一个新的【显示】图标。

②【文本对象】选项组中包括两个选项。

● 选中【标准】单选按钮：系统会将文本对象转化成标准文本，如图 4-8 所示。

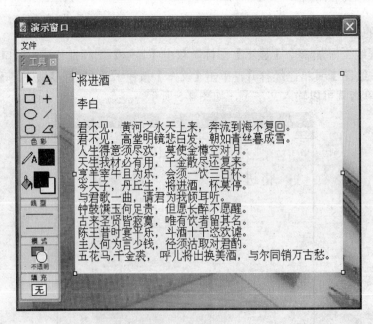

图4-8 标准文本

- 选中【滚动条】单选按钮，系统会将文本对象自动转化成滚动文本，如图4-9所示。

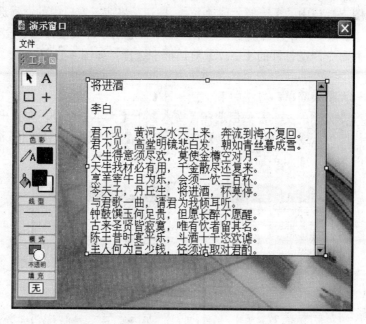

图4-9　滚动文本

(3) 在【RTF 导入】对话框中设置完毕后，单击【确定】按钮，就可以成功地把外部文本导入，导入文本后的流程图如图 4-10 所示。

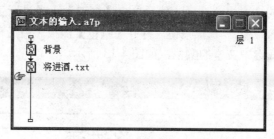

图4-10　完成导入文本后的流程图

3) 利用"插入/OLE 对象"来插入 WORD 文档

先打开 Authorware 的显示窗口，然后执行【插入】|【OLE 对象】命令，在弹出的【插入对象】窗口中选择【Microsoft Word 文档】。按【确定】后，在 Authorware 的显示窗口中就出现了一块 Word 编辑区域，然后在该区域内输入文字，再用 Word 的处理功能进行处理。

4) 通过剪切板导入

在输入文字的基础上，用户可以不进行文字输入而直接从外部文本文件中将需要的文字粘贴过来。

另外，还可以通过函数来加载外部文本对象。

2．编辑文本对象

在 Authorware7.02 中，提供了较强的文字编辑功能。当输入完文字后，可以利用绘图工具箱的编辑工具以及【文本】菜单下的命令，对选择的文字进行字体、字号、颜色、锯齿消除等编辑操作。下面分别介绍这些编辑文本的工具和命令。

1) 设置文本的字体

首先使用绘图工具箱中的【选择／移动】 ![] 按钮，将演示窗口中的文本选中，然后单击【文本】|【字体】命令，在弹出的子菜单中，选择合适的字体类型，如果没有需要的字体，可以选择【其他】命令，在打开的【字体】对话框中选择，如图4-11所示。

2) 设置文本的字号

设置文本字号大小很简单，方法如下。

首先选中要改变大小的文本，然后选择【文本】|【大小】命令，在弹出的子菜单中，选择合适的尺寸值即可。或者单击【其他】按钮，打开【字体大小】对话框，在【字体大小】文本框输入字体的大小，如图4-12所示。

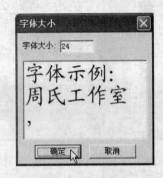

图4-11　设置文本字体　　　　图4-12　设置文本字体大小

3) 设置文本的颜色

首先将演示窗口中的文本内容选中，然后单击【窗口】|【显示工具盒】|【颜色】命令，或者单击绘图工具箱中的 ![] 按钮，打开【颜色】面板。最后再单击【颜色】面板中的颜色列表，就可以改变选中文本的颜色，如图4-13所示。

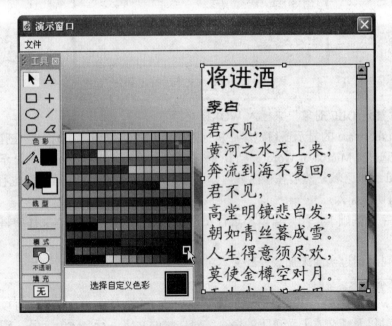

图4-13　设置文本的颜色

4) 设置文本的对齐方式

Authorware7.02 还为用户提供了左对齐、居中、右对齐和正常 4 种对齐方式。改变文本对齐方式的方法是：首先选中将要改变位置的文本，单击【文本】|【对齐】命令。然后在弹出的子菜单中，选择合适的对齐方式即可，如图 4-14 所示。

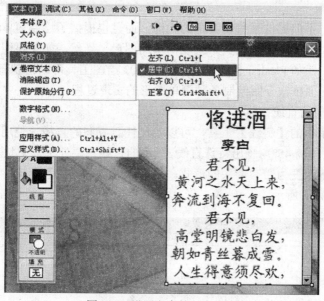

图4-14　设置文本的对齐方式

5) 设置文本风格

Authorware7.02 为用户提供了常规、加粗、倾斜、下划线、上标和下标 6 种文本风格。改变文本风格的方法：先选中该文本，然后单击【文本】|【风格】命令，在弹出的子菜单中，选择合适的风格选项，如图 4-15 所示。

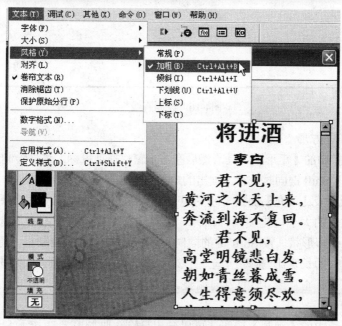

图4-15　设置文本风格

4.1.3　图形对象的创建和编辑

使用绘图工具箱中各个按钮的功能可以创建和编辑出自己满意的各种图形对象,具体使用方法如下。

1. 创建图形对象

Authorware7.02 不但提供了编辑文本的功能,而且也提供了绘制简单图形的工具。用户可以在绘图工具中,选择合适的工具来绘制简单的图形。当然,如果要创建复杂的图形,还要借助第三方软件,比如 Flash。使用 Authorware7.02 绘图工具可以绘制直线、斜线、椭圆、矩形及任意折线。下面依次介绍绘制各种简单图形的实现过程。

1) 绘制各种方向的直线

使用绘图工具箱中的【斜线】工具,可以绘制任意方向的直线。使用【直线】工具,可以在 0°～360°之间,每隔 45°角画出特殊直线。画出的直线只要处于选中状态,就可以使用【线型】面板改变线宽或改变为带有箭头的形式。还可以通过【颜色】面板,设置直线以及任意折线的颜色,如图 4-16 所示。

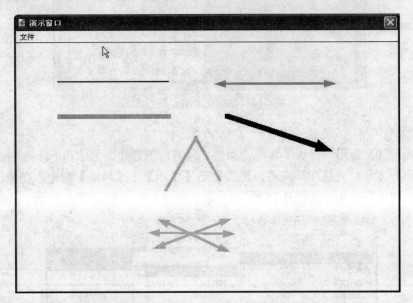

图4-16　绘制直线

2) 绘制矩形和正方形

单击绘图工具箱中的【矩形】工具,然后在演示窗口拖动鼠标,这样绘制出的是一个矩形。画正方形需要在按下 Shift 键同时进行。画出的矩形或正方形处于选中状态时,可以使用【线型】面板、【颜色】面板以及【填充】面板来改变其线型、颜色以及填充效果,如图 4-17 所示。

如果要改变对象的大小,先使用"指针"工具选择对象,然后拖动所选对象周围的控制点,可以改变其大小和形状。按 Shift 键的同时拖动位于 4 个角的控制点,可以在改变对象大小的同时保持其原来的长宽比。拖动所选矩形对象边框可调整其位置。如在拖动的同时按 Shift 键,则可以沿着水平、垂直或 45°的方向调整。

3) 绘制椭圆和圆

单击绘图工具箱中的【椭圆】按钮,可以画出椭圆。画圆需要在按下 Shift 键的同时进行操作。画出的椭圆或者圆处于选中状态时，可使用【线型】面板、【颜色】面板以及【填充】面板来改变图形的线型、填充颜色、边框颜色以及填充效果，如图 4-18 所示。

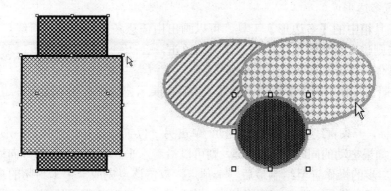

图4-17 绘制矩形和正方形　　　　　图4-18 绘制椭圆和圆形

调整圆形和椭圆对象的大小、形状和位置的操作与调整矩形对象一样。

4) 绘制圆角矩形和圆角正方形

使用绘图工具箱中的【圆角矩形】工具，可以画圆角矩形。画圆角正方形需要在按下 Shift 键同时进行。画出的圆角矩形或圆角正方形处于选中状态时，可以使用【线型】面板、【颜色】面板以及【填充】面板来改变其线型、颜色以及填充效果，如图 4-19 所示。

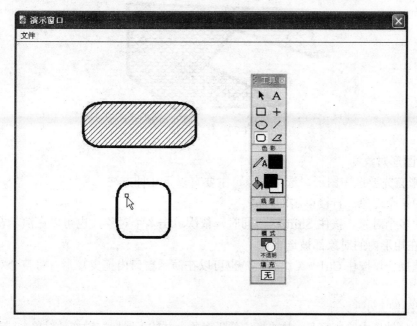

图4-19 绘制圆角矩形和圆角正方形

调整圆角矩形对象的大小、形状和位置的操作与调整圆形和矩形对象相似，不同的是，圆角矩形或圆角正方形画出后，左上角出现一个句柄，可以用来调整圆角弯度的大小。具体操作方法如下：

(1) 用指针工具选择圆角矩形对象，然后单击【圆角矩形】工具，此时对象内部出现弯度控制点。

(2) 将弯度控制点向对象中心位置拖动，圆角弯度变大，直到圆角矩形变为一个椭圆。

(3) 将弯度控制点向对象外部拖动，圆角弯度变小，直到圆角矩形变为一个矩形。

5) 绘制任意多边形

使用绘图工具箱中的【多边形】工具，可以画出由任意条直线组成的折线。使用该工具时，第一次单击则建立折线的起点，每一次新的单击，会产生一条新的线段，双击可以建立折线的终点。具体操作方法如下：

(1) 单击绘图工具箱中的【多边形】工具，然后在演示窗口中单击，确定多边形对象的第一个顶点。

(2) 拖动鼠标，一条直线随鼠标指针移动。单击另一位置确定第二个顶点，形成多边形对象的第一条边。如果拖动的同时按 Shift 键，则可以沿着水平、垂直或 45°的方向绘制一条边。

(3) 重复第二步的操作直至绘制最后一个顶点，双击该点完成一个未封闭的多边形对象。

(4) 折线画出后，各节点处于可编辑状态，拖曳节点，可以改变折线形状。要得到封闭多边形，可以在与起点重合的位置上建立终点，或者在折线完成后，拖曳终点使其与起始点重合。折线处于选中状态时，可以拖曳句柄，整体上改变其大小和形状。如按 Ctrl 键单击多边形的任一条边，这条边上将插入一个新的顶点，多边形也增加了一条边。

(5) 折线处于节点编辑或处于选中状态时，均可以使用【线型】面板和【颜色】面板来改变其线型和颜色，如图 4-20 所示。

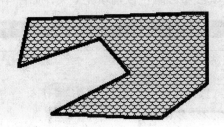

图4-20　任意折线

2．编辑图形对象

编辑图形首先要选中图形，选中对象，主要有以下几种方法。

(1) 选中某个对象。直接单击即可。

(2) 选中多个对象。按住 Shift 键的同时，依次单击多个对象，也可以在演示窗口内拖动矩形，包括在矩形内的对象都被选中。

(3) 全选操作。按住 Ctrl＋A 组合键，也可以在演示窗口内拖曳矩形，将整个对象包括在矩形之内。

1) 改变图像大小

在对象已经被选中的情况下，将光标定位于对象上并按下鼠标左键拖动对象，或者使用方向键，可以改变对象的位置。还可以拖动对象周围的句柄，改变对象的大小和形状，如图 4-21 所示。

2) 排列和对齐

选中多个对象后，如果要进行排列对齐，则可以应用 Authorware7.02 内置的排版功能对对象进行编辑。单击【修改】|【排列】命令，打开如图 4-22 所示的【排列】面板。【排列】面板用图形形象地表示每种对齐方式。按住 shift 键选择需要对齐的多个显示对象，然后单击选择【排列】面板中的一种对齐方式。

图4-21 改变图像大小

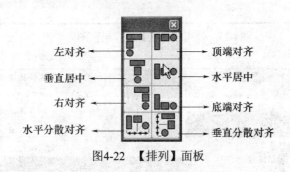

图4-22 【排列】面板

3) 群组

群组包括两种类型的组合，即群组图形和群组图标。

(1) 群组图形。在创作多媒体时，往往利用一些基本的图形显示对象构造较复杂的图形。如果需要移动或缩放这种图形，则必须首先逐一选择构造对象的所有元素，这个过程往往破坏图形显示对象的相对大小和位置，这时需要对多个图形进行组合，使它们成为一个整体，以便进行整体编辑。具体操作方法如下：

按下 Shift 键，选中要组合的对象，然后执行【修改】|【群组】命令。执行【修改】|【取消群组】命令，可以将当前所选组合对象分离为单个显示对象，或者按下 Ctrl＋G 组合键即可进行组合。取消组合，则按下 Ctrl＋Shift＋G 组合键。如图 4-23 所示。

(2) 群组图标。同样，还可以组合多个图标对象。首先选择多个图标，然后执行【修改】|【群组】命令即可。操作方法同上，如图 4-24 所示。

4) 设置图形覆盖模式

如果若干个对象在位置上发生重叠，Authorware7.02 在默认情况下会用上面的对象覆盖住下面的对象，这种覆盖可能发生在对象间交叠的部分，也可能使上面的对象将后面的对象完全遮住。通过改变对象的覆盖模式可以改变这种状况。Authorware7.02 提供了 6 种覆盖模式，如图 4-25 所示。单击【窗口】|【显示工具盒】|【模式】命令或单击绘图工具箱中的【模式】按钮，打开模式设置菜单项或打开绘图工具箱后使用 Ctrl＋M 组合键打开模式设置面板。下面分别作介绍。

(1) 不透明模式（Opaque）。这是 Authorware7.02 提供的默认覆盖模式，将对象设置为这种模式时，对象会将其后的内容完全遮住，如图 4-26 所示。

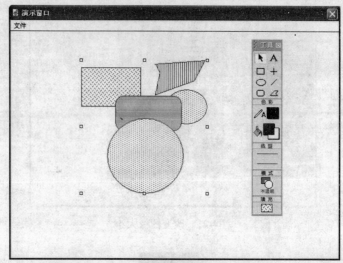

图4-23　使用【群组】命令组合图形对象

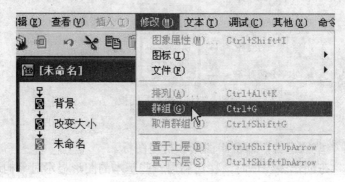

图4-24　使用【群组】命令组合图标对象

图4-25　6种覆盖模式

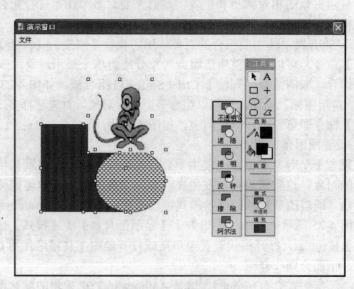

图4-26　不透明模式

(2) 遮隐模式（Matted）。遮隐模式在 Authorware7.02 中绘制的图形对象所起的作用与不透明模式相同。对于一幅位图而言，选择这种模式将会使位图边沿部分的白色变为透明，但位图内部的白色部分仍然保持不透明状态，如图 4-27 所示。

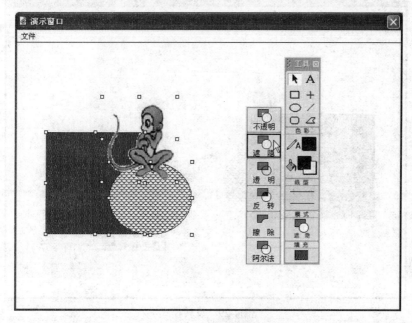

图4-27　遮隐模式

(3) 透明模式（Transparent）。如果选中透明模式，位图对象的所有白色部分均变为透明，其下的内容会通过透明部分显示出来，此时图形对象的背景色不管如何设置，都会变得透明，如图 4-28 所示。

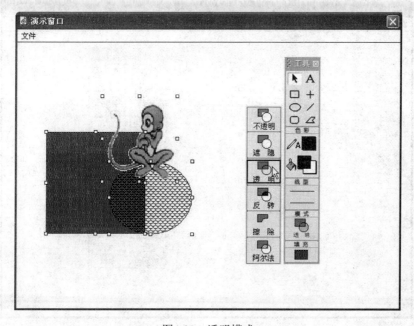

图4-28　透明模式

(4) 反转模式（Inverse）。在反转模式下，位图对象和图形对象将以反色显示，最终它们究竟呈现什么颜色与其下方对象或演示窗口的背景色有关，如图4-29所示。

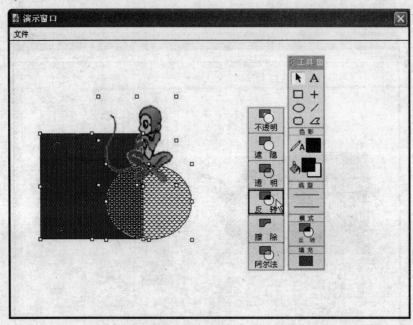

图4-29　反转模式

· (5) 擦除模式（Erase）。在擦除模式下，图形对象的背景色将会变为透明，其前景色和线条色所在区域则会变为演示窗口背景色，其效果就好像是将下方的所有对象清除了一部分而露出了窗口底色一样，如图4-30所示。

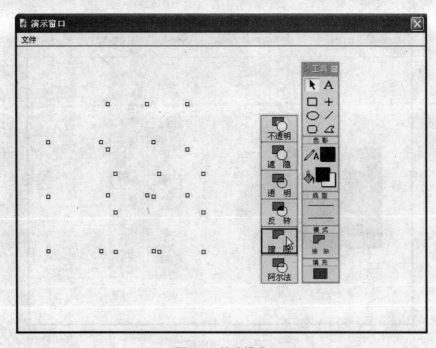

图4-30　擦除模式

(6) 阿尔法通道模式（Alpha）。在阿尔法通道模式下，利用 Alpha 通道作为遮罩，将通道中黑色部分对应的图像内容进行透明处理（越是接近黑色的部分就越透明），Authorware7.02 仅支持带有一个阿尔法通道的图像文件，如图 4-31 所示。

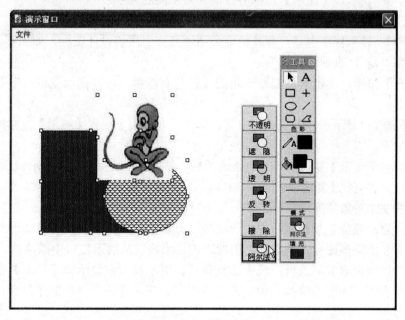

图4-31　阿尔法通道模式

4.2　显示图标的属性设置

【显示】图标是 Authorware7.02 中最基本的图标，也是应用最广泛的图标之一，用户必须掌握。

4.2.1　基本属性的设置

在 Authorware7.02 中，【显示】图标是流程线上的一个对象，除了显示一些文本、图像、动画等外，还拥有自己的属性。在【显示】图标的属性设置面板中，包含了大量的选项设置，用户可以在其中设置图标的层、特效、擦除、写屏以及活动和位置等属性。

在设计窗口中选中【显示】图标后，单击【修改】|【图标】|【属性】命令，或者应用 Ctrl＋I 组合键，就可以打开如图 4-32 所示的【属性：显示图标】面板。在【属性：显示图标】面板中，可以显示、设置或修改【显示】图标的多种属性。下面将作具体介绍。

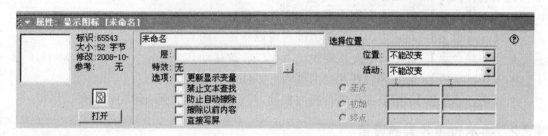

图4-32　【属性：显示图标】面板

(1) 在【属性：显示图标】面板的左端，列出了下列信息。

• 【标识】：后面的数字是 Authorware7.02 自动赋值每个图标的唯一编号。

• 【大小】：表示该【显示】图标所占的存储空间的大小。

• 【修改】：表示该图标最近的修改时间，格式是 年—月—日。

• 【参考】：显示程序中是否有其他地方通过名称引用该设计图标，如果存在这种引用，则参考的值为"是"，否则为"无"。

• 【打开】按钮：单击对话框左下角的【打开】按钮，可以在预览窗口中看到【显示】图标中的内容。

(2) 在【属性：显示图标】面板的中间，包含了许多用于设置【显示】图标的复选框，各选项的含义如下。

• 【更新显示变量】复选框：选中该选项后，如果显示变量变化，展示窗口将自动更新。

• 【禁止文本查找】复选框：选中该选项后，如果在程序中设置了搜索，该搜索会将【显示】图标中的文本对象排除。

• 【防止自动擦除】复选框：选中该选项后，则会阻止后面的图标自动擦除选中该选项的图标。如果要擦除该图标，则必须使用擦除图标来将它从展示窗口中擦除掉。

• 【擦除以前内容】复选框：选中该选项后，展示窗口在显示该【显示】图标前，会自动将前面的所有图标内容擦除掉。如果前面的图标设置了【防止自动擦除】选项，那么将不能擦除其内容。

• 【直接写屏】复选框：将图标的内容显示在程序中所有显示内容的最前面。

• 【层】文本框：此文本框用来设置图标所在的层。

(3) 在【属性：显示图标】面板的右端有【位置】和【活动】下拉列表框。它们的设置构成了 Authorware7.02 中【显示】图标的移动属性。要设置其属性，首先应了解该属性的功能。

用户可以通过【位置】下拉列表框设置决定显示内容的位置。【位置】下拉列表框中各选项的含义如下。

• 【不能改变】：显示对象总是出现在程序设计期间设定的位置上，并把除了可移动外的所有区域都设置成不可用。

• 【在屏幕上】：显示对象可能出现在窗口的任何地方，但保证显示对象可以完整地显示出来。

• 【在路径上】：显示对象出现在指定路径起点和终点之间的某一点。

• 【在区域内】：显示对象将出现在特定区域中的某一点上。特定区域就是以起点坐标和终点坐标为相对顶点的矩形所表示的区域。

用户可以通过【活动】下拉列表框设置决定显示内容的活动性。【活动】下拉列表框中各下拉选项的含义如下。

• 【不能改变】：显示内容固定不动，文件打包后才有效。

• 【在屏幕上】：显示内容在屏幕范围内可以任意移动其位置。

• 【在路径上】：显示内容在预定轨迹上可以任意移动其位置。

• 【在区域内】：显示内容在预定区域内可以任意移动其位置。

• 【在任意位置】：可以在任意范围内拖动，甚至可以拖放到演示窗口以外的区域。

4.2.2 显示过渡效果的设置

如果不为图标设置过渡效果，显示的内容将突然直接地出现在演示窗口。设置一种过渡效果，让显示内容在一定时间内逐步呈现到用户面前，是多媒体制作中经常用到的一种方法。具体操作步骤如下。

　　设置【显示】图标的出场过渡效果需要打开【特效方式】对话框。单击设置过渡效果的【显示】图标，然后打开其属性面板。若发现在【特效】文本框中显示为【无】选项，则表示没有过渡效果，这时单击【特效】文本框后的 ┈ 按钮，打开【特效方式】对话框，如图4-33所示。

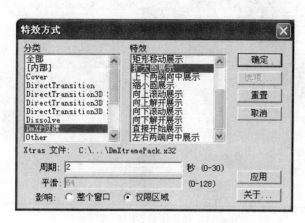

图4-33　打开【特效方式】对话框

　　在【特效方式】对话框中，左侧的列表是过渡效果的类别，右侧的列表是某种类别下的全部过渡效果。内部过渡效果在发布时不需要附带 Xtras 文件夹即可实现这些效果，其他类型的过渡效果都需要 Xtras 的支持。当选择一种非内部过渡效果时，在两个列表的下面会显示出这种效果所对应的 Xtras 文件，如图 4-34 所示。

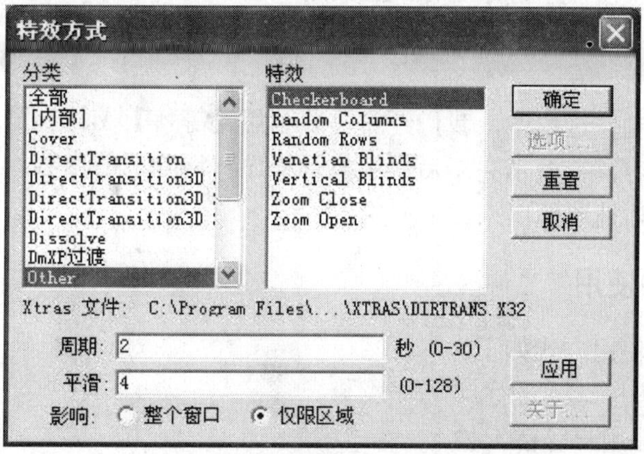

图4-34　非内部过渡

　　对话框中的【周期】选项用来设置过渡效果完成的时间，以秒为单位，最长不超过 30 秒。【平滑】选项设置过渡的平滑程度，取值范围是 0~128，最小值 0 表示最平滑的过渡效果，数值越大，过渡效果越粗糙。

　　【影响】选项用于设置过渡效果影响的区域，其中包括两个单选按钮。【整个窗口】单选按钮，表示过渡效果影响到整个窗口；【仅限区域】单选按钮，表示过渡效果仅影响设计图标在演示窗口中所占据的区域。

单击【应用】按钮，可以预览所设置的过渡效果，如图 4-35 所示。最后一步，只需单击【确定】按钮即可完成设置并关闭对话框。

图4-35　预览所设置的过渡效果

4.3　等待图标概述

4.3.1　等待图标的作用

【等待】图标可以使程序暂停运行，直到用户响应了某种操作或满足某种条件，程序才能继续执行后面的内容，可以实现简单的交互功能。使用【等待】图标时只需将它直接拖放在流程线上需要暂停的地方。

在多媒体作品的制作过程中，我们经常需要利用【等待】图标在适当的时候使程序暂停以展示需要表达的内容，待演示完毕后继续执行程序，清除旧的内容、显示新的信息以便于将这些信息有序、清晰地展现出来。

4.3.2　等待图标的使用

【等待】图标的使用方式如下。

(1) 按任意键，程序继续进行。

(2) 暂停程序，让用户等待 5 秒。

(3) 用户单击【继续】按钮，让程序继续进行。也可以不显示【继续】按钮，单击鼠标也可以让程序继续运行。

4.4　等待图标的属性设置

4.4.1　等待图标的属性设置

将一个【等待】图标拖放到流程线上，双击这个【等待】图标，就会弹出【属性：等待

【图标】面板，如图 4-36 所示。也可以直接执行程序，等到程序执行到【等待】图标的位置，也会自动弹出这个面板。

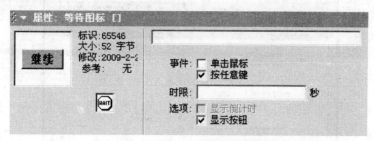

图4-36 【属性：等待图标】面板

● 【事件】选项组：使用这个选项组来决定使用什么事件触发程序继续运行，其中有两个复选框，功能如下：

➢ 【单击鼠标】复选框：当用户按下鼠标时，程序继续进行。

➢ 【按任意键】复选框：当用户按下键盘时，程序继续进行。

● 【时限】文本框：设置一个最大等待时间，超过这个时间，不管用户是否用键盘或鼠标触发程序，程序都会继续进行。时间单位是秒。如果希望时间限制在不同的情况下是不同的，可以在这里输入一个变量。这样就可以在【等待】图标外部修改变量来达到目的而不用每一次都进入属性对话框中来修改。

● 【选项】选项组：在执行【等待】图标的过程中，可以使用两种选项来提示用户。该组包括【显示倒计时】和【显示按钮】两个复选框。

➢ 【显示倒计时】复选框：选中该复选框，屏幕上会显示一个倒计时器。当倒计时器结束时，将结束等待，继续执行程序。

➢ 【显示按钮】复选框：选中该复选框，将在演示窗口中显示一个【继续】等待按钮，单击该按钮将结束等待，继续执行程序。

4.4.2 等待按钮的修改

默认的【等待】按钮的样式往往与我们所设计的多媒体演示程序的风格不同，这时就需要修改【等待】按钮的样式。其具体操作步骤如下。

(1) 在流程线上添加一个【显示】图标，双击打开演示窗口。

(2) 单击【修改】|【文件】|【属性】命令，弹出【属性：文件】面板，单击【交互作用】选项卡，如图 4-37 所示。

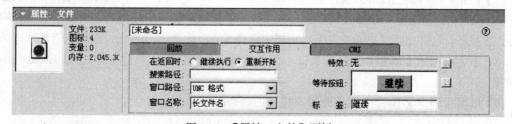

图4-37 【属性：文件】面板

(3) 在【交互作用】选项卡中，单击等待按钮后面的 ▥ 按钮，弹出【按钮】对话框，如图 4-38 所示。

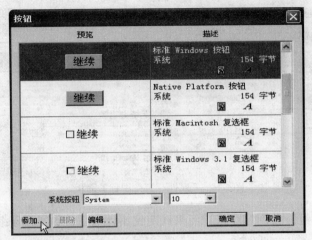

图4-38 【按钮】对话框

(4) 单击对话框左下角的【添加】按钮，弹出【按钮编辑】对话框，如图 4-39 所示。在【状态】选项组中选择【常规】列中的【未按】按钮，再单击【图案】下拉列表框右边的【导入】按钮，在弹出的【导入文件】对话框中选择导入一个图片文件作为按钮的样式。

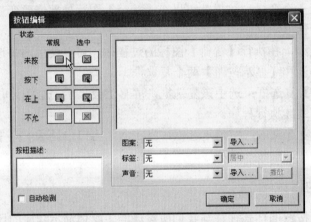

图4-39 【按钮编辑】对话框

(5) 在【按钮描述】文本框中可以给此按钮编写一段注释。

(6) 在【状态】选择组选择【常规】列的【按下】按钮，再单击【图案】下拉列表框右边的【导入】按钮，在弹出的【导入文件】对话框中选择导入一个图片（须先设置好它的常规状态）。

(7) 在【状态】选择组选择【常规】列的【在上】按钮，再单击【图案】下拉列表框右边的【导入】按钮，在弹出的【导入文件】对话框中选择导入一个图片（须先设置好它的常规状态）。

(8) 还可以利用【声音】下拉列表框右边的【导入】按钮导入声音文件，给此按钮添加声音效果。

(9) 单击【确定】按钮来完成对等待按钮的修改。

4.5　应用实例：认识几何图形

利用【显示】图标和【等待】图标，完成"认识几何图形"的实例。流程图如图 4-40 所示。

操作步骤如下：

(1) 建立一个新文件，单击【文件】|【保存】命令，将该文件命名为"认识几何图形"。

(2) 在主流程线上分别放置 9 个【显示】图标，分别命名为"封面"、"乐园"、"目录"、"三角形"、"性质"、"四边形"、"性质"、"圆"、"复习"。

(3) 在"封面"【显示】图标中导入一张背景图片，并且在 Word 中输入艺术字"小学数学课件"，调整好大小，选择 Word 工具栏中的【复制】 按钮，回到 Authorware 界面，选择工具栏中的【粘贴】 按钮，即可得到如图 4-41 所示的界面。

图4-40 "认识几何图形"流程图

图4-41 导入背景图片和艺术字

(4) 单击 "封面"【显示】图标，打开显示图标属性框，单击【特效】文本框后面的 按钮，调出【特效方式】对话框，选择过渡效果，如图 4-42 所示。

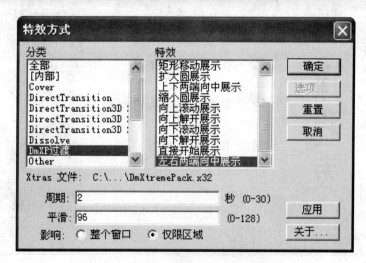

图4-42 【显示】图标出场过渡效果的设置

(5) 在"乐园"【显示】图标中，导入背景图片，在工具栏中，使用【文字】工具在演示窗口中输入"欢迎访问本课件，这里是—"，如图 4-43 所示。

图4-43　输入文字

演示窗口中所示的"小鲤鱼乐园"是艺术字，作法参照步骤(3)。

(6) 参照步骤(4)，给"乐园"【显示】图标设置过渡效果为【关门方式】。

(7) 在"目录"【显示】图标中，导入背景图片，利用工具栏中的【文字】工具在演示窗口中输入如图 4-44 所示的文字。

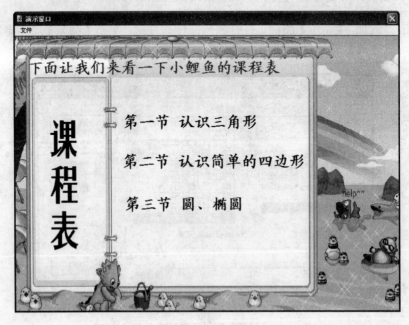

图4-44　输入文字

(8) 设置"目录"【显示】图标过渡效果为【波纹展示】。

(9) 在"三角形"【显示】图标中，利用工具栏中的【文字】工具在演示窗口中输入如图

4-45 所示的文字。利用工具栏中的【多边形】工具在演示窗口中分别绘制如图 4-45 所示的几种三角形图形，并分别填充颜色。

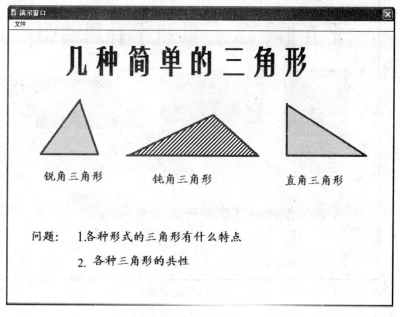

图4-45　绘制图形

(10) 设置"三角形"【显示】图标过渡效果为【水平百叶窗】。

(11) 在"性质"【显示】图标中导入背景图片，输入如图 4-46 所示的文字。设置图标过渡效果。

图4-46　文字输入

(12) 在"四边形"【显示】图标中输入如图 4-47 所示的文字，并利用【多边形】工具绘制图中的图形。设置图标过渡效果。

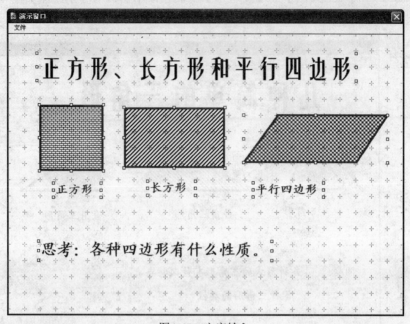

图4-47 文字输入

(13) 在"性质"【显示】图标中导入背景图片，输入如图 4-48 所示文字。设置图标过渡效果。

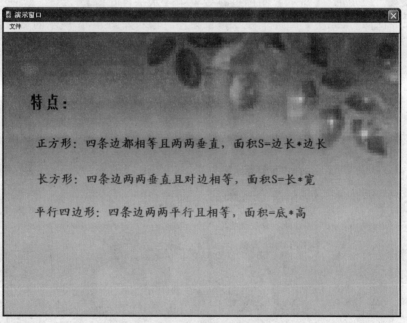

图4-48 输入文字

(14) 在"圆"【显示】图标中，输入如图 4-49 所示文字，并利用工具栏画圆和椭圆。设置图标过渡效果。

(15) 在"复习"【显示】图标中导入一张图片，并输入如图 4-50 所示的文字。设置图标过渡效果。

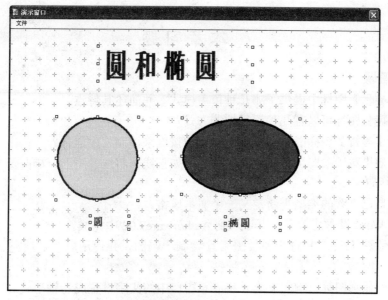

图4-49 输入文字

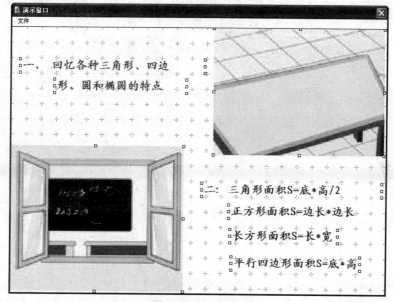

图4-50 输入文字

(16) 在主流程线上的9个【显示】图标后面各放置一个【等待】图标，打开【等待】图标的属性对话框，并设置属性，在【事件】中选择【单击鼠标】即可，如图4-51所示。

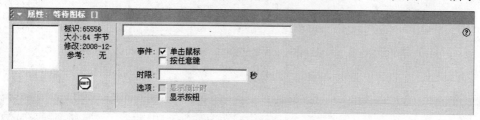

图4-51 设置属性

本 章 习 题

一、简答题

1. 在【显示】图标中提供了哪几种覆盖模式？并简述其特点。

2. 【等待】图标可以有几种运行控制方式？

3. 利用【等待】图标能否实现利用特定的按键来控制程序运行？

4. 过渡效果对用绘图工具箱绘制的图形（如直线、斜线、矩形、椭圆等）是否起作用？

二、操作题

1. 按照自己喜欢的类型重新定义一个文本风格。

2. 通过 Word 设置艺术字，再导入到 Authorware7.02 中完成。

3. 使用绘图工具箱中的各种绘图工具绘制一幅图，并使用颜色、填充、线条工具修饰图形。

4. 拖入一显示图标，输入文本并将展示窗口中的文字设置成卷轴形式。

5. 新建一文件，拖入两个【显示】图标并分别导入图片和输入文本，然后设置图片不同的过渡效果，再加入一个【等待】图标，为图片和文字内容依次出现设置合适的时间间隔。

第5章 擦除图标和群组图标的应用

学习目标：

1. 了解【擦除】图标和【群组】图标的功能。
2. 熟悉【擦除】图标和【群组】图标的属性设置。
3. 熟练【擦除】图标和【群组】图标的使用。
4. 掌握【显示】、【等待】、【擦除】以及【群组】图标的综合应用。

前面已经详细介绍了【显示】图标和【等待】图标的使用，本章主要介绍【擦除】图标和【群组】图标，相对【显示】图标来说比较简单易学，但是这两个图标的作用却不可忽视。当一个程序中含有很多个显示对象，除了背景图案要永久保存外，其他没有用的图标内容都应该尽快擦除，以减少占用的内存，这时就可以使用【擦除】图标，将不需要的图标擦除。在擦除显示对象时，伴有丰富的屏幕动画效果，这些效果可以使程序变得更加多姿多彩。同时，【群组】图标可以使程序流程有条理、结构清晰。

5.1 擦除图标概述

【擦除】图标 可以擦除任何已经显示在屏幕上的图标内容，使用【显示】图标、【交互】图标或是【数字电影】图标显示的对象，都可以使用【擦除】图标把它从屏幕上擦除。使用【擦除】图标擦除一个设计图标时，会将该图标中的所有内容都抹去。如在一个【显示】图标中有两个图形对象，使用【擦除】图标时，这两个对象会被全部擦去。如果只想擦除其中一个图形对象，则要将这个对象剪贴出来，单独放在一个【显示】图标中，再进行擦除。【擦除】图标也可以同【显示】图标一样选择不同的过渡效果进行擦除。

5.2 擦除图标的属性设置

5.2.1 基本属性设置

在设计窗口的流程线上添加一个【擦除】图标 ，然后在窗口下面会弹出【属性：擦除图标】面板，如图 5-1 所示。通过面板可以进行【擦除】图标的属性设置。

图5-1 【属性：擦除图标】面板

下面就【属性：擦除图标】面板的各项进行介绍。

- 【图标名称】文本框：该文本框位于对话框的最上方，用于输入【擦除】图标的名称。
- 【特效】文本框：该文本框用于设置【擦除】图标的过渡效果。单击 ⊡ 按钮，弹出【擦除模式】对话框，如图 5-2 所示。该对话框用于设置【擦除】图标的特效，设置方法如【显示】图标。

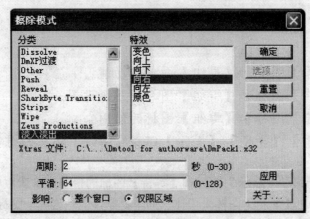

图5-2 【擦除模式】对话框

- 【防止重叠部分消失】复选框：由于在 Authorware7.02 中既可以设置【显示】图标的过渡效果，也可以设置【擦除】图标的过渡效果，当同时选择两种过渡效果时，就会产生交叉过渡效果。该复选框就是为了防止交叉过渡效果的出现。当该复选框被选中时，Authorware7.02 将在完全擦除当前显示对象后再显示下一个图标中的内容。当不选中该复选框时，在擦除当前显示对象的同时显示下一个图标中的内容。
- 【列】选项组：包括【被擦除的图标】和【不擦除的图标】两个按钮。选中【被擦除的图标】单选按钮，将在右边的图标列表框中显示需要擦除的对象；选中【不擦除的图标】单选按钮，将在右边的图标列表框中显示需要保留的对象，也就是不需要擦除的对象。
- 【删除】按钮：单击图标列表框中的图标，再单击【删除】按钮可以将该图标从图标列表框中删除。

5.2.2 过渡模式的设置

一个多媒体程序运行的过程，就是各个对象在演示窗口中显示、擦除的过程。在 Authorware7.02 中，显示的过程通过使用【显示】图标来实现，而擦除的过程主要依靠【擦除】图标来完成。运用【擦除】图标还可以实现对象的滚动擦除、淡入淡出、马赛克等特别的擦除效果，从而使媒体程序更加生动、美观。

下面举一个例子，以加深对【擦除】图标的理解和掌握，实例的内容是：当运行程序后，在演示窗口中以一种显示过渡效果出现一幅图片，然后再以另一种过渡效果擦除这幅图片。

具体操作步骤如下。

(1) 在流程线上添加一个【显示】图标，命名为"自行车"并打开图标，单击【文件】｜【导入和导出】｜【导入媒体】命令或单击【导入】按钮，导入一张自行车的图片。调整图片到适当的大小位置，如图 5-3 所示。

图5-3 导入图片

(2) 为该【显示】图标设置特效。在【属性：显示图标】面板上单击 ⋯ 按钮，弹出【特效方式】对话框，如图 5-4 所示。

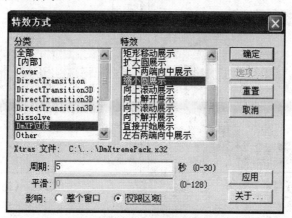

图5-4 【显示】图标特效设置

(3) 在流程线上添加一个【擦除】图标，命名为"擦除"。双击打开【显示】图标，然后单击打开【属性：擦除图标】对话框，如图 5-5 所示。单击【显示】图标中 "自行车" 为擦除对象；或者直接在流程线上将【显示】图标拖放到该【擦除】图标上，即选择 "自行车" 为擦除对象。

图5-5 【属性：擦除图标】对话框的设置

（4）在窗口下边的【属性：擦除图标】面板中，选中【防止重叠部分消失】复选框，再单击【特效】文本框后面的 ▪▪ 按钮，弹出【擦除模式】对话框，选择一种擦除过渡效果，如图5-6 所示。

（5）程序流程图如图 5-7 所示。

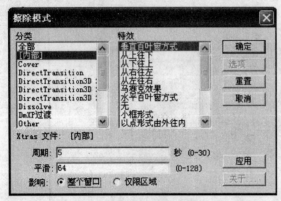

图5-6 【擦除】过渡效果设置

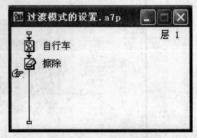

图5-7 程序流程图

（6）预览效果，单击工具栏中的按钮，运行程序，预览【显示】效果（图 5-8）和【擦除】效果（图 5-9）。

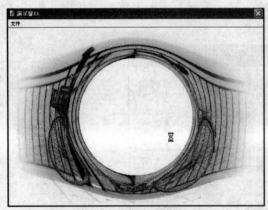

图5-8 【显示】效果

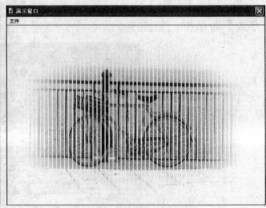

图5-9 【擦除】效果

5.3 群组图标概述

在 Authorware7.02 的设计窗口中没有在其他 Windows 软件中经常接触到的滚动条。那么，当放在主流程线上的设计图标越来越多，小小的设计窗口无法容下这么多的图标时，我们应该怎么办呢？实际上 Authorware7.02 不提供滚动条的目的是帮助用户在编程时，建立结构化编程的思想。要想使程序编写得有条理、结构清晰并不是一件十分容易的事情。把所有的设计图标都堆积在主流程线上是不可取的，合理的做法是将整个程序分成模块，每一个模块都完成一定的功能，而且每一个模块中都只有一个入口和一个出口，然后在流程线上设计各个模块的关系。这样的设计思想被称为"结构化程序设计"。

一般情况下，我们把完成一定功能的程序模块称作子程序。在 Authorware7.02 程序设计中，子程序的设计有两种方法。

(1) 使用【群组】图标。Authorware7.02 没有滚动条的原因就是鼓励用户使用【群组】图标来设计子程序。

(2) 将子程序分别放置在不同的文件中，然后在主文件中设计整个程序的流程，可以使用系统函数来调用各个子文件。

首先，我们来认识一下【群组】图标。将一个【群组】图标拖放到主流程线上，双击该【群组】图标，会弹出另外一个设计窗口，如图 5-10 所示。

图5-10　【群组】图标设计窗口

从图上可以看到【群组】图标的设计窗口同主程序设计窗口没有什么不同之处。在 Authorware7.02 中，子程序同样是由各个设计图标组成的，在这个设计窗口中，同样可以使用【显示】图标、【移动】图标、【数字电影】图标等各种设计图标，甚至可以使用另外一个【群组】图标来作为下一级子程序。简单地讲，【群组】图标就相当于操作系统中文件夹的作用。

5.4　群组图标的属性设置

5.4.1　基本属性的设置

【群组】图标的属性设置方法如下。

(1) 新建一个文件，从【图标】工具栏中向流程线上拖入一个【群组】图标，命名为"群组图标"。

(2) 单击【群组】图标，然后选择【修改】|【图标】|【属性】命令，或者按下组合键 Ctrl＋I，将出现【属性：群组图标】面板，如图 5-11 所示。

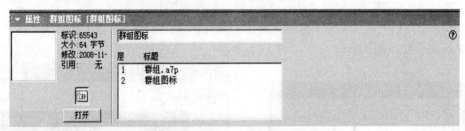

图5-11　【属性：群组图标】面板

下面依次介绍【属性：群组图标】对话框中各个选项的含义。

● 预览窗口：【群组】图标的预览窗口总是空白的。

● 【标识】信息：该处显示了 Authorware7.02 为该【群组】图标分配的编号，此编号应该是唯一的。

- 【大小】：显示了该【群组】图标所占用的存储空间。
- 【修改】：显示了该图标上一次修改的时间。
- 【引用】：显示了该【群组】图标是否有被调用的变量，如果有的话，此处显示"有"，反之显示"无"。
- 【打开】按钮：可以打开【群组】图标。
- 【名称】：在名称输入框中为【群组】图标起一个名字，为了方便对文件的编辑，所起的名字要具有一定的意义。当你在这个输入框中修改图标名称时，设计窗口中的图标标题也相应地被修改。
- 【层】：显示【群组】图标内容的层数、所在层数以及上一级的所有层数。
- 【标题】：显示【群组】图标的命名、所有上一层的命名以及本文件的命名。

5.4.2 群组图标的使用

【群组】图标的使用比较简单，而且使用【群组】图标可以使主流程线上的图标减少，方便进行调试。下面我们举例介绍：对一个已经设计完毕的文件使用【群组】图标进行模块化处理。

例如：打开已有文件"电子书（四大名著）.a7P"文件，如图 5-12 所示。把其中的"红楼梦"、"等待"以及"擦除"几个设计图标放在一个【群组】图标中，并把该【群组】图标命名为"红楼梦"。

其具体操作步骤如下。

(1) 在图 5-12 的流程线上拖入一个【群组】图标，并命名为"红楼梦"，如图 5-13 所示。

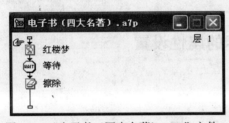

图5-12　"电子书（四大名著）.a7P"文件

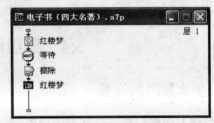

图5-13　应用【群组】图标

(2) 用鼠标在设计窗口中拖出一个选择框，将"红楼梦"和"等待"以及"擦除"3个图标选中，如图 5-14 所示。

(3) 单击工具栏上的【剪切】按钮，将这 3 个设计图标剪切到剪贴板中。

(4) 双击"红楼梦"【群组】图标，将【群组】图标的设计窗口打开。

(5) 单击工具栏上的【粘贴】按钮，将 3 个设计图标放置在【群组】图标中。这种方法用起来简单可靠。更改后的程序流程如图 5-15 所示。

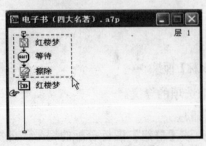

图5-14　拖动选择3个图标

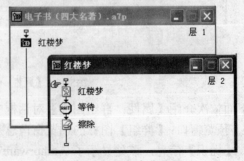

图5-15　更改后的程序流程显示

5.5 应用实例：模特风采

利用【群组】图标和【擦除】图标，完成"模特风采"的实例。流程图如图5-16所示。
操作步骤如下：

(1) 建立一个新文件，单击【文件】|【保存】命令，将该文件命名为"模特风采"。

(2) 在主流程线上分别放置4个【显示】图标和3个【群组】图标，分别命名为"背景1"、"背景2"、"背景3"、"结束语"和"冠军"、"亚军"、"季军"。

(3) 在"背景1"【显示】图标中导入一张图片作为背景图片，调整好大小，如图5-17所示。

图5-16 "模特风采"流程图

图5-17 导入背景图片

(4) 双击"背景1"【显示】图标，打开显示图标属性框，选择其中的【特效】调出【特效方式】对话框，设置过渡效果，如图5-18所示。

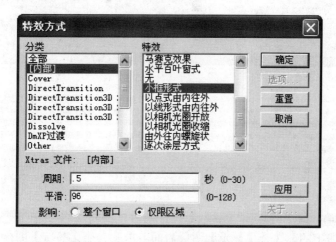

图5-18 显示图标出场过渡效果的设置

(5) 在"背景2"【显示】图标中导入一张图片作为背景图片，调整好大小，如图5-19所示。

图5-19　导入背景图片

(6) 参照步骤(4)，给"背景2"【显示】图标设置过渡效果。

(7) 在"背景3"【显示】图标中导入一张图片作为背景图片，调整好大小，如图5-20所示。

图5-20　导入背景图片

(8) 参照步骤(4)，给"背景3"【显示】图标设置过渡效果。

(9) 在主流程线上的前3个【显示】图标后面各放置一个【等待】图标，打开【等待】图标的属性对话框，设置属性，在【事件】中选择【单击鼠标】，如图5-21所示。

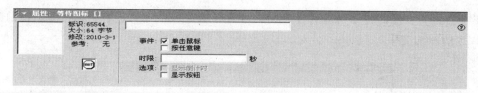

图5-21　设置属性

(10) 打开【群组】图标"冠军"，在流程线上放置 9 个【显示】图标和一个【擦除】图标，分别命名为"女冠"、"女冠简介 1"、"女冠简介 2"、"男冠"、"男冠简介"、"冠军 1"、"冠军 2"、"冠军 3"、"边框"和"擦除"，流程图如图 5-22 所示。

(11) 打开"女冠"【显示】图标，导入一张图片，调整好大小，如图 5-23 所示。

图5-22　"冠军"流程图

图5-23　导入图片

(12) 设置"女冠"【显示】图标过渡效果。

(13) 打开"女冠简介 1"【显示】图标，利用工具栏中的【文字】工具在演示窗口中输入如图 5-24 所示的文字。

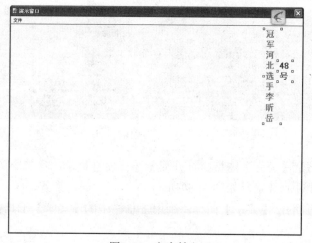

图5-24　文字输入

75

(14) 打开"女冠简介 2"【显示】图标，利用工具栏中的【文字】工具在演示窗口中输入如图 5-25 所示的文字。

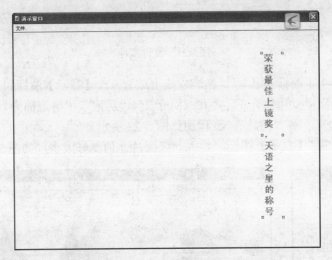

图5-25　文字输入

(15) 在"男冠"【显示】图标中导入一张图片，调整好大小，如图 5-26 所示。

图5-26　导入图片

(16) 双击 "男冠"【显示】图标，打开显示图标属性框，选择其中的【特效】，调出【特效方式】对话框设置过渡效果，如图 5-27 所示。

(17) 打开"男冠简介"【显示】图标，利用工具栏中的【文字】工具在演示窗口中输入如图 5-28 所示的文字。

(18) 在"冠军 1"【显示】图标中导入一张图片，调整好大小，如图 5-29 所示。

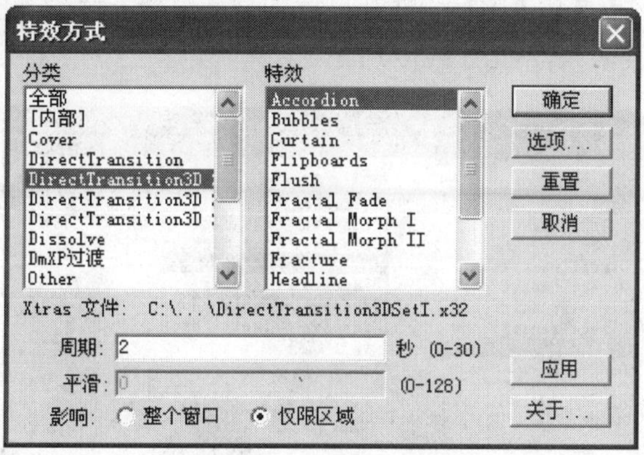

图5-27 【显示】图标的特效设置

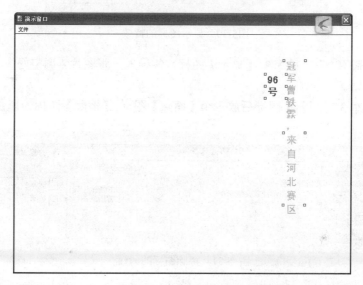

图5-28 文字输入

图5-29 导入图片

(19) 双击 "冠军 1"【显示】图标，打开显示图标属性框，选择其中的【特效】，调出【特效方式】对话框设置过渡效果，如图 5-30 所示。

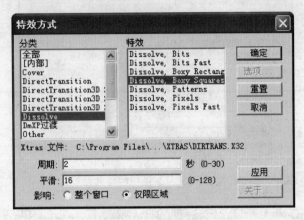

图5-30　显示图标的特效

(20) 打开"冠军 2"、"冠军 3"【显示】图标，各导入一张图片，调整好大小，并设置【显示】图标过渡效果。

(21) 在"冠军 3"【显示】图标后放一个【擦除】图标。【擦除】图标的属性设置如图 5-31 所示。

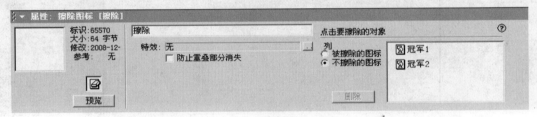

图 5-31　擦除图标的属性

(22) 在"边框"【显示】图标中导入一张图片，调整好大小，如图 5-32 所示。设置过渡效果。

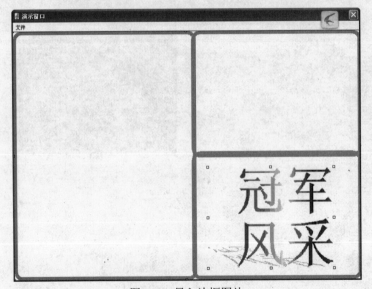

图5-32　导入边框图片

(23) 在"冠军"【群组】图标主流程线上的9个【显示】图标后面各放置一个【等待】图标，打开【等待】图标的属性对话框，设置属性，在【事件】中选择【单击鼠标】即可，如图 5-33 所示。

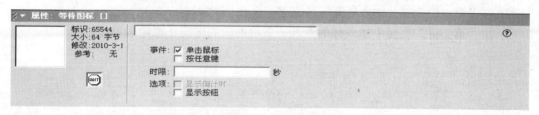

图5-33 设置属性

(24)【群组】图标"亚军"、"季军"的图标设计，和【群组】图标"冠军"的图标设计基本相同。

(25) 在主流程的"结束语"【显示】图标中导入一张图片，调整好大小，如图 5-34 所示。

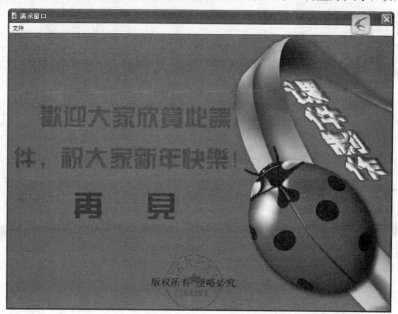

图5-34 导入结束语

本章习题

一、简答题

1.【群组】图标的主要功能是什么？

2. 能否用【擦除】图标只擦除一个【显示】图标中的部分内容，为什么？

3. 如何设置一个【擦除】图标擦除多个【显示】图标的内容？

4.【群组】图标中是否可以嵌套【群组】图标，试举例说明。

二、操作题

1. 以不同的方式设置图片显示之间的播放效果。

2. 使用【显示】图标、【等待】图标和【擦除】图标制作一本像册，欣赏其效果。并使用【群组】图标组织其他图标，简化程序。

3. 制作一个课件。内容包括"首页"、"第一讲"、"第二讲" 3 个页面。

(1) 在首页面中加入标题文字"计算机培训"，并用 Authorware 制作阴影字。

(2) 在"第一讲"部分加入任意一段文字，采用滚动文本。

(3) 在"第二讲"页面中加入你的姓名。采用不同的出场、擦除效果。

第6章 移动图标的应用

学习目标:

- 熟悉【移动】图标的属性设置。
- 掌握5种移动方式的设置。
- 掌握不同类型动画的设计。

　　【移动】图标是 Authorware 中非常精彩的部分,用它可以方便地编出丰富多彩的充满生机的作品。 在 Authorware7.02 中进行动画设计非常简单,例如在设计时将【显示】对象拖到哪里,在程序运行时它就能够自动移动到哪里。【移动】图标必须是两个图标配合使用,一个称为运动对象,一个是【移动】图标本身。设计动画效果主要使用【移动】图标,利用该设计图标提供的功能可以方便地制作出简单实用的平面动画。

6.1 移动图标概述

　　使用【移动】图标,可以将【显示】对象在演示窗口中从一个位置移动到另一个位置。【移动】图标的作用对象是设计图标而不是设计图标中的某个对象,也就是说,它一次能够(而且是仅能)移动一个设计图标中的所有【显示】对象。如果想要移动单个【显示】对象,需要将它单独放在一个设计图标中,并为此设计图标创建一个【移动】图标。利用【移动】图标可以创建5种类型的动画效果。

　　(1) 直接移动到终点的动画:【显示】对象从演示窗口中的当前位置直接移动到另一位置。

　　(2) 终点沿直线定位的动画:【显示】对象从当前位置移动到一条直线上的某个位置。被移动的【显示】对象的起始位置可以位于直线上,也可以位于直线之外,但终点位置一定位于直线上。停留的位置由数值、变量或表达式来指定。

　　(3) 沿平面定位的动画:【显示】对象在一个坐标平面内移动。起点坐标和终点坐标由数值、变量或表达式来指定。

　　(4) 沿路径移动到终点的动画:【显示】对象沿预定义的路径从路径的起点移动到路径的终点并停留在那里,路径可以是直线段、曲线段或是二者的结合。

　　(5) 沿路径定位的动画:【显示】对象沿预定义的路径移动,但最后可以停留在路径上的任意位置而不一定非要移动到路径的终点。停留的位置可以由数值、变量或表达式来指定。

　　接下来将详细介绍【移动】图标以及上述5种动画类型的使用。

　　用【显示】图标生成的显示内容是静止不动的,而真正的动画是显示的内容自己可以运动和变化。本节主要讲解【移动】图标的属性设置。

1.【移动】图标的属性设置面板

　　【移动】图标的主要任务就是设置动画类型和参数,后面都是围绕着这个属性设置对话框来完成的。所以本节先介绍【移动】图标属性设置对话框的内容。

首先在流程线上拖放一个【移动】图标，双击【移动】图标，屏幕上会弹出【属性：移动图标】面板，如图 6-1 所示。在这个对话框中，可以设置移动的类型、移动的时间等。当该对话框打开时，Authorware7.02 同时打开演示窗口，显示前面的内容，可以用鼠标选择需要产生动画的对象。

图6-1　【属性：移动图标】面板

【属性：移动图标】对话框分 3 部分信息，分别为：左侧部分为【移动】图标信息，中间部分为【移动】图标的控制属性，右侧部分为对象的运动位置属性。接下来将详细介绍各项内容的设置。

2. 【移动】图标的基本属性设置

下面参照图 6-1 对【属性：移动图标】面板进行介绍。

1) 左侧部分——【移动】图标信息

(1)【预览】按钮：单击该按钮可以查看动画效果。

(2) 图标信息部分：在这部分区域中显示了有关该【移动】图标的各种信息以供用户参考。

- 【标识】：显示该【移动】图标的编号，这个编号是 Authorware7.02 赋予的。
- 【大小】：【显示】图标占用的存储空间。
- 【修改】：显示该图标上一次修改的时间。
- 【参考】：【移动】图标的名称是否作为变量在后面的程序中被调用过，如果调用过，就显示"是"，否则显示"无"。

在编辑 Authorware 文件时，应该注意检查这个信息，以保证在修改时不删除相关的设计图标。选择【修改】|【图标】|【链接】命令来获得该图标的详细信息。

2) 中间部分——【移动】图标的控制属性

- 【层】：同【显示】图标的层次基本相同。
- 【定时】：定义运动速度，在下拉列表框中可选择运动对象的速度度量单位，有时间（秒）和速率（秒/英寸）两种。
- 【执行方式】：控制运动对象与流程线后面其他图标之间的关系。选项有 3 种。
- 〉【等待直到完成】：动画播放完毕后才能执行下面的图标。
- 〉【同时】：在播放该动画的同时继续执行下面的图标。
- 〉【永久】：在程序运行期间，始终控制对象进行移动，移动过程和其他设计图标的执行过程同时进行，这种方式与【同时】方式的不同之处在于，可以根据【移动】图标其他属性的变化，反复执行移动过程。

3) 右侧部分——对象的运动位置属性

- 【单击对象进行移动】：单击选择被移动的对象。
- 【类型】：决定其运动方式，可在下拉列表框选择使用的运动对象的方式。Authorware7.02 提供了 5 种运动方式，其具体的含义将在下面几小节中说明。

> 【指向固定点】：从起点直接运动到设定的运动终点。
> 【指向固定直线上的某点】：从起点直接运动到设定直线上的某点。
> 【指向固定区域内的某点】：从起点直接运动到设定区域内的某点。
> 【指向固定路径的终点】：从路径起点沿路径运动到路径终点。
> 【指向固定路径上的任意点】：从路径起点沿路径运动到路径上某一点。
- 【位置属性】区域：各种运动类型的运动图标信息和控制属性基本相同，但位置属性会有所不同。

6.2 指向固定点的移动

指向固定点的移动是最简单、最基本的动画，在创建该动画时只需确定起点与终点，而中间的路径则是由起点与终点组成的一条直线。

6.2.1 "指向固定点"移动方式的属性设置

拖放一个【移动】图标到设计窗口的流程线上，双击该图标，则弹出【属性：移动图标】面板，在该面板【类型】下拉列表框中选择【指向固定点】选项，如图 6-2 所示。

图6-2 【属性：移动图标】面板设置

此时，在【类型】下拉列表框的上方提示【单击对象进行移动】，也就是要求单击并拖动需要运动的对象。由于随着该对话框一起打开的演示窗口中显示的是最近一次打开的对象，所以最好在打开之前先打开被移动对象的演示窗口。

可以在【定时】下拉列表框下面的文本框中输入整个过程经历的时间，同时可以在【定时】下拉列表框选择计量的单位。

接着可以单击图片，在该提示后将出现图片的名称，此时就可以用鼠标拖动图片到所要到达的终点；也可以直接在【目标】单选按钮后的文本框中输入到达目标的详细位置坐标。当设置完成后，可以单击【预览】按钮浏览动画效果。效果对比如图 6-3 和图 6-4 所示。

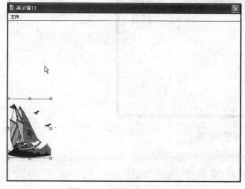

图6-3 图片的起点

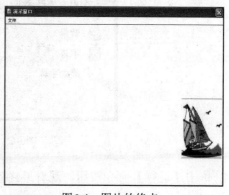

图6-4 图片的终点

6.2.2 制作滚动字幕动画效果

下面以一个制作滚动字幕的例子说明终点定位动画的制作过程，其制作步骤如下。

(1) 在流程线上拖放一个【显示】图标，命名为"背景"，再按照前面所讲的方法导入一幅图片。

(2) 拖入一个【显示】图标，命名为"字幕"，在其中创建一个要移动的文本对象，将文本对象的宽度调整合适，设置为透明覆盖模式，并将它拖到要运动的初始位置，如图 6-5 所示。

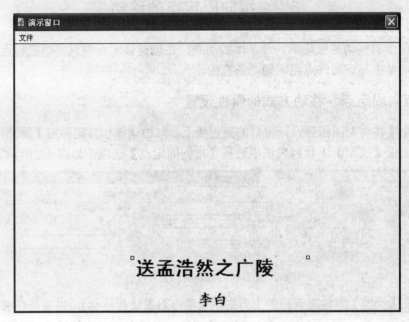

图6-5　输入字幕

(3) 创建一个命名为"滚动字幕"的【移动】图标，以【字幕】图标为作用对象。保持默认的层数不变，用鼠标向上拖动"字幕"中的文本对象直到最后一行文本从边框中消失，以确定移动的终点位置。保持移动对象起点和终点坐标中 X 的坐标值不变可以避免文字左右晃动。最终流程图如图 6-6 所示。

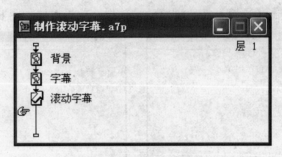

图6-6　最终流程图

(4) 单击【运行】命令按钮，观看最终效果。播放中效果如图 6-7 所示，终点效果如图 6-8 所示。

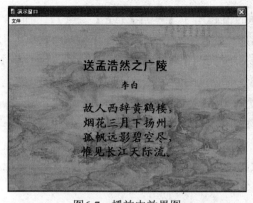
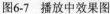

图6-7　播放中效果图　　　　　　　　图6-8　终点效果图

6.3　指向固定直线上的某点的移动

指向固定直线上某点的移动方式是几种运行方式之一，它可以根据常量、变量或表达式的值确定运动终点。

6.3.1　"指向固定直线上的某点"移动方式的属性设置

终点沿直线定位的移动方式使对象可以直接移动到指定直线上的某一点，被移动对象的起始位置可以位于直线上，也可以在直线之外。该对象在直线上的停留位置由数值、变量或表达式指定。

双击一个【移动】图标打开其属性面板，从【类型】下拉列表框中选择【指向固定直线上的某点】，我们先来看一下该对话框中的内容。如图 6-9 所示，在右下角有 3 个单选按钮。

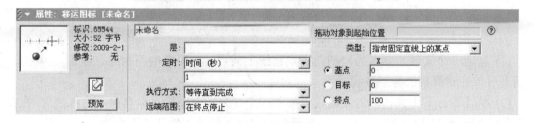

图6-9　【属性：移动图标】面板

- 【基点】：定义起点位置线的起点。
- 【终点】：定义终点位置线的终点。
- 【目标】：定义运动对象最终停留点的坐标，其值可以在起点和终点之间，也可以超出这个范围。以上每项都可以用数值、变量或表达式来控制。

在【远端范围】下拉列表框中有 3 个选项，它们分别为【在终点停止】、【循环】、【到上一终点】，如图 6-10 所示。

图6-10　【远端范围】下拉列表框

85

- 选择【在终点停止】选项时，如果目标的值超出了【基点】(或【终点】)的值，对象会停止在终点位置线的起点（或终点）处。比如：【基点】值为 1，【终点】值为 10，目标值小于 1，移动的终点都会停在【基点】处，目标值大于 10，移动的终点都会停在【终点】处。

- 选择【循环】选项时，如果发生了上述情况，对象会在位置线上循环定位。如上，若目标值为 12，移动的终点都会从前面循环定位到 2 处。

- 选择【到上一终点】选项时，如果目标的值超出了【基点】（或【终点】）的值，则 Authorware7.02 会将终点位置线从起点处（或终点处）向外延伸，最终对象移动的终点仍会位于伸长了的终点位置线上，但已经超出了【基点】（或【终点】）所定义的范围。如上，若目标值为 12，移动的终点都会延伸在【终点】之外的直线上。

6.3.2 利用数值控制终点位置

下面举一个例子来讲解此操作，其效果如图 6-11 所示。

图6-11 最终效果图

操作步骤如下。

(1) 新建一个文件，命名为"指向固定直线上某点（利用数值控制终点位置）．a7p"，并且将其存放在计算机的适当位置。

(2) 从【图标】工具栏中向流程线上拖入一个【显示】图标，命名为"目标线"，在窗口下方绘制如图 6-12 所示的矩形框，并在每个框中导入图片，然后输入文字。

图6-12 在【显示】图标中输入文本并绘制图形

(3) 从【图标】工具栏向流程线拖入一个【显示】图标，命名为"小明"，然后导入一张人物图片，并将其放置在演示窗口的右上侧。

(4) 向流程线拖入一个【等待】图标，并进行相关设置。

(5) 再向流程线拖入一个【移动】图标，命名为"移动"，流程线上的图标如图 6-13 所示。

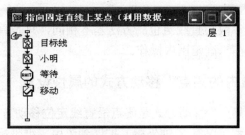

图6-13　流程线图

(6) 双击打开"目标线"【显示】图标，按住 Shift 键依次打开"小明"和"移动"两个图标，在屏幕的下方出现【属性：移动图标】面板，要求我们对【移动】图标进行属性设置。选择屏幕中的"小明"图片，将运动类型选择为【指向固定直线上的某点】，在【目标】文本框中输入"Random（1，5，1）"，如图 6-14 所示。函数 Random（min，max，units）是获得一个 min 和 max 之间的随机值，units 为间隔单位。

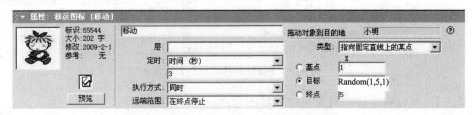

图6-14　【属性：移动图标】面板

(7) 选中【基点】单选按钮，将"小明"图片拖动到第一个矩形框。再选择【终点】单选按钮，拖动"小明"图片到最后一个矩形框定义为路径的终点，此时在设计窗口中会出现一条直线，这条直线就是小明停留的固定直线，也就指小明最终的停留位置肯定在这条线上，如图 6-15 所示。

图6-15　设计图片移动的终点直线

(8) 单击 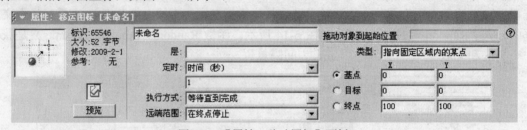按钮，运行程序，每次单击【继续】按钮，小明都会运动到指定的直线上，但是运动的终点位置始终是随机的，无规律。

6.4 指向固定区域内的某点的移动

这种动画运动方式的参数与直线定位的方法基本相同，只是直线定位是在一维坐标范围内执行，而平面定位则是在二维范围内操作。

6.4.1 "指向固定区域内的某点"移动方式的属性设置

"指向固定区域内的某点"移动方式是终点沿直线定位移动方式的平面扩展，也就是说，将终点的定位由一维坐标系（仅有 X 轴坐标）扩展到了由二维坐标系确定的平面。

如果在【类型】下拉列表框中选择【指向固定区域内的某点】，下面也同样存在 3 个定位单选按钮，但是每个位置坐标由"指向固定直线上的某点"方式下的一维坐标变成了包括 X 轴和 Y 轴的平面坐标，如图 6-16 所示。

图6-16 【属性：移动图标】面板

【基点】：可以确定移动对象定位区域的起点。

【终点】：可以确定移动对象定位区域的终点。

在确定了定位区域的起点位置和终点位置之后，演示窗口中会出现一个黑色的方框，方框所包围的区域就是定位区域，对象只能在定位区域内进行移动。

【目标】：移动对象最终停留的位置点坐标。

6.4.2 实现对象跟随鼠标指针移动

这里准备通过一个很有趣的程序来介绍"指向固定区域内的某点"移动方式的用法，其步骤如下。

(1) 新建一文件保存到计算机的适当位置，文件名为"实现对象跟随鼠标指针移动"。文件中包含 4 个设计图标，分别为："重新设置窗口大小"【计算】图标、"背景图片"和"跟随图片"两个【显示】图标以及"跟随移动"【移动】图标。流程图如图 6-17 所示。

(2) 在"重新设置窗口大小"的【计算】图标中使用一个函数：ResizeWindow（500，500），ResizeWindow（）是一个调整演示窗口大小的函数，这里将演示窗口尺寸调整为 500×500，如图 6-18 所示。

(3) 在"背景图片"中导入一幅背景图片。在"跟随图片"中导入一张图片，注意这张图片要跟随鼠标在演示窗口中移动，应选小图片，并设置为"透明"。

(4) 打开"跟随移动"【移动】图标，选择"指向固定区域内的某点"移动方式之后，指定"跟随图片"【显示】图标作为它的作用对象。设置演示窗口左上角为定位区域的起点，右

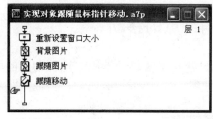

图6-17 流程线图

图6-18 【计算】图标

下角为定位区域的终点，并将它的属性按照图 6-19 所示进行设置：起点坐标为（0，0）；终点坐标为（500，500），同演示窗口的大小完全符合；目标坐标为（CursorX，CursorY）。 同时设置【定时】时间为"0.1"（使图片紧跟鼠标的移动），【执行方式】为"永久"（图片跟随鼠标一直移动，否则只动一次）。

图6-19 属性设置

这里的坐标数值仍然是比例值，将它设置为同演示窗口的大小完全相同则可以将整个演示窗口作为一个 1∶1 的定位区域使用。【目标】位置坐标处使用了两个系统变量：CursorX 和 CursorY。这两个变量反映了当前鼠标指针在演示窗口中的位置坐标。

(5) 运行程序，将鼠标指针移动到演示窗口中，不管你如何上、下、左、右、快、慢地移动鼠标指针，图片在演示窗口中紧跟着鼠标指针移动，如图 6-20 所示，这是因为将【移动】设计图标的【目标】的值设置为鼠标指针的当前位置坐标，这样 Authorware7.02 在程序运行过程中会时刻监视 CursorX 和 CursorY 变量的值，并用它们来更新对象的目标位置。

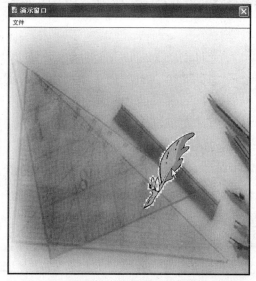

图6-20 随鼠标移动而移动的最终效果图

6.5　指向固定路径的终点的移动

确定起点和终点，沿着这两点进行移动的动画，就是路径移动动画。这种动画的关键是对路径的编辑。

6.5.1　"指向固定路径的终点"移动方式的属性设置

制作沿路径移动到终点的动画与制作直接移动到终点的动画操作过程相似，只不过可以指定被移动对象的移动路线，并且增加了两种对移动的控制方式，但这已经大大增加了对象移动的灵活性。

其操作步骤如下。

(1) 拖入一个【显示】图标，双击打开其演示窗口，并导入一张"飞机"图片。

(2) 拖入一个【移动】图标，双击该设计图标打开【属性：移动图标】面板，如图 6-21 所示。

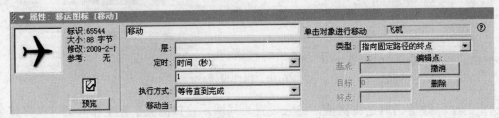

图6-21　【属性：移动图标】面板

(3) 在【类型】下拉列表框中选择【指向固定路径的终点】移动方式，单击演示窗口中的"飞机"图形，将其设置为移动对象。

(4) 此时在【属性：移动图标】面板的提示栏上会提示你拖动【显示】对象来创建一条移动路径，如图 6-22 所示。其他选项可以自行设置。

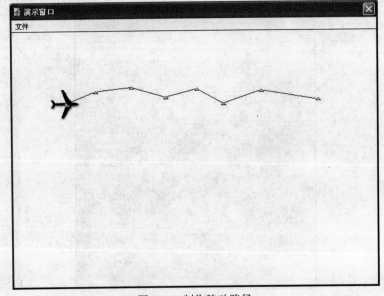

图6-22　制作移动路径

6.5.2　制作多种特殊路径

在演示窗口中用鼠标拖放【显示】对象，每拖放一次就形成一条直线路径，多次拖放可以形成一条有一系列三角形拐点的折线路径；双击三角形拐点可以使它变为圆形拐点并与相邻的两个拐点形成曲线路径，双击圆形拐点可以将它再变成三角形拐点，同时将曲线路径变成直线路径；在圆形拐点的两边一般是曲线路径，但在圆形拐点位于路径的两端时，它与三角形拐点之间形成的路径几乎接近直线路径。通过以上操作方法，可以制作多种特殊路径，如图 6-23 所示。需要注意的是"▲"为起始点，拖动"▲"可移动起始点；"△"为折点，"○"为圆滑点，双击可使它们互换。

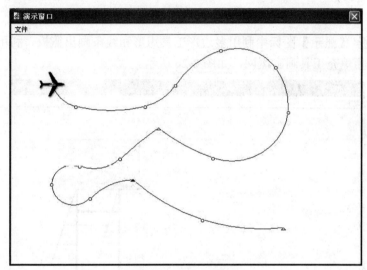

图6-23　制作多种路径

在这种方式下，可自己设定曲线运动。比如我们可以制作一个如图 6-24 所示的小球沿曲线运动，最终进入球篮并且落地弹跳的程序。

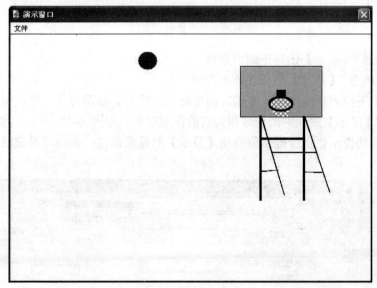

图6-24　沿曲线投篮运动

具体操作如下：

(1) 拖动两个【显示】图标和一个【移动】图标到流程线上，并分别命名为"篮板"、"篮球"和"投篮"，如图 6-25 所示。

图6-25　投篮流程图

(2) 在"篮板"【显示】图标中利用多边形工具矩形和线条画出篮板，利用椭圆和多边形画出球篮，并利用填充工具画出篮网，如图 6-26 所示。

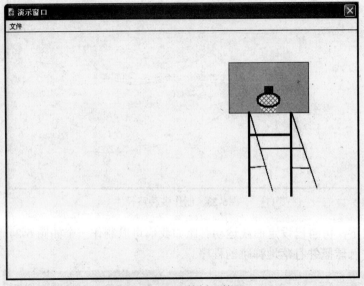

图6-26　画出篮板、篮网

(3) 在"篮球"【显示】图标中画出篮球并且填充颜色。

(4) 双击"投篮"【移动】图标，画出曲线轨道。

在【类型】下拉列表框中选择【指向固定路径的终点】移动方式，单击演示窗口中的图形，将"篮球"【显示】图标中的篮球作为它的作用对象，如图 6-27 所示。此时在【属性：移动图标】面板的提示栏上会提示你拖动【显示】对象来创建一条篮球沿曲线移动的路径，如图 6-28 所示。

图6-27　【属性：移动图标】面板的设置

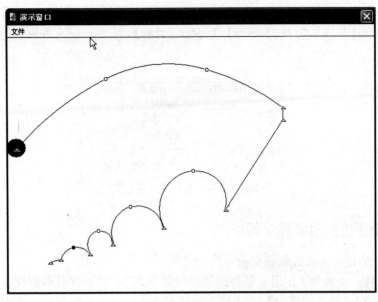

图6-28 编辑路径

(5) 单击 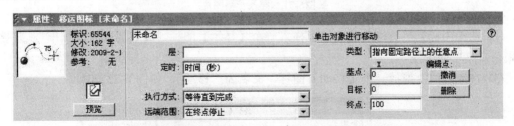 按钮，运行程序，查看预览效果，如图 6-24 所示。

6.6 指向固定路径上的任意点的移动

指向固定路径上的任意点的动画设置与前面指向固定路径终点的动画设置十分相似，也需要编辑路径，只是在基点、终点及目标的创建上有所不同。

6.6.1 "指向固定路径上的任意点"移动方式的属性设置

"指向固定路径上的任意点"移动方式与"指向固定路径的终点"的移动方式只有一点区别：对象在沿路径移动时，可以停留在路径上任意一点而不仅是路径的终点。下面认识一下其属性设置。

首先，创建一个【显示】图标，并在其中绘制一个图形，然后创建一个命名为"指向固定路径上的任意点"的【移动】图标，双击该图标打开【属性：移动图标】面板，在【类型】下拉列表框中选择【指向固定路径上的任意点】移动方式，如图 6-29 所示。

图6-29 【属性：移动图标】面板

单击演示窗口中的【显示】图标的内容，将【显示】图标内容作为它的移动对象。设置移动路径的方法与在"沿路径移动到终点"移动方式下设置移动路径的方法相同。

【基点】和【终点】的默认值为 0 和 100，如图 6-30 所示。文本框中的数值只是一个比例值，比如以下两种情况下对象在路径上的目标位置是相同的：【基点】为 0、【终点】为 100、【目标】为 50 和【基点】为 0、【终点】为 50、【目标】为 25。在文本框中还可以使用变量或表达式。

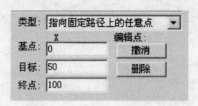

图6-30　【基点】和【终点】值

6.6.2　使用变量控制对象移动的终点

下面介绍一个使用变量控制移动对象终点的例子，操作步骤如下。

(1) 新建文件，命名为"使用变量控制移动对象终点．a7p"，并且存放在计算机的适当位置。单击【文件】|【导入和导出】 |【导入媒体】命令，导入一幅图片，如图 6-31 所示。

图6-31　导入一幅图片

(2) 从【图标】工具栏向流程线上拖入一个【显示】图标，命名为"公交汽车"，并导入一张公交汽车的图片。

(3) 在流程线上拖放一个【移动】图标，命名为"移动"，如图 6-32 所示。

图6-32　流程线图

(4) 单击【运行】按钮运行程序，在屏幕的下方出现【属性：移动图标】面板，如图 6-33 所示。将【类型】选择为【指向固定路径上的任意点】；在【基点】文本框中输入数字"1"；在【目标】文本框中输入变量"Random（1，100，10）"；在【终点】文本框中输入数字"100"。

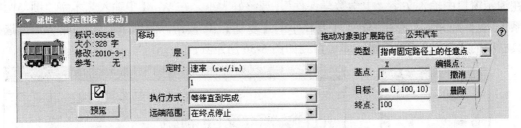

图6-33　【属性：移动图标】面板

(5) 在设计窗口中的图片上会出现一个黑色三角形，拖动图片，设置图片运动的路径。

(6) 多次单击【运行】按钮，结果发现每一次运行的位置都不确定，是随机的，即实现了图片在路径上的随机运动。播放效果如图 6-34 所示。

图6-34　播放效果图

6.7　应　用　实　例

6.7.1　圆与圆的关系

利用【显示】图标、【等待】图标、【擦除】图标和【移动】图标完成圆与圆的关系的实例，流程图如图 6-35 所示。

操作步骤如下：

(1) 建立一个新文件，单击【文件】|【保存】命令，将该文件命名为"圆与圆的关系"。

(2) 在主流程线上放置 7 个【显示】图标，分别命名为"圆与圆的关系"、"大圆"、"小圆"、"相离"、"外切"、"内切"、"内含"；放置 4 个【擦除】图标，分别命名为"擦除"、"擦除相离"、"擦除外切"、"擦除内切"；放置 3 个【移动】图标，均命名为"小圆运动"（各图标放置顺序参照图 6-35 所示）。

(3) 打开"圆和圆的关系"【显示】图标，导入一张背景图片，用工具栏中的【文字】工具在演示窗口中输入文字"中学数学课件"，调整好大小。在 Word 中输入艺术字"圆与圆的关系"，调整好大小，选择 Word 工具栏中的【复制】 按钮，回到 Authorware 界面，选择工具栏中的【粘贴】 按钮，即可得到如图 6-36 所示界面。

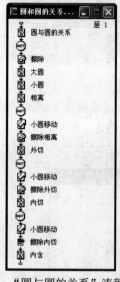

图6-35　"圆与圆的关系"流程图

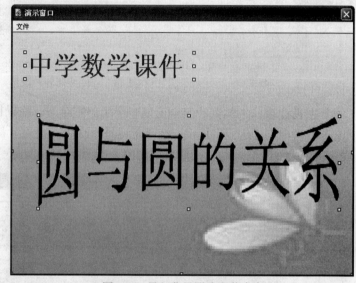

图6-36　导入背景图片和艺术字

(4) 双击"圆和圆的关系"【显示】图标，打开【显示】图标属性框，选择其中的【特效】。调出【特效方式】对话框，设置过渡效果，如图 6-37 所示。

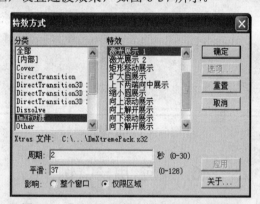

图6-37　【显示】图标出场过渡效果的设置

(5) 打开【擦除】图标属性框，选择被擦除的对象，如图 6-38 所示。

图6-38　属性设置

(6) 打开"大圆"【显示】图标，利用工具栏中的【椭圆】工具在演示窗口中画大圆，并填充颜色，如图 6-39 所示，为其设置过渡效果。

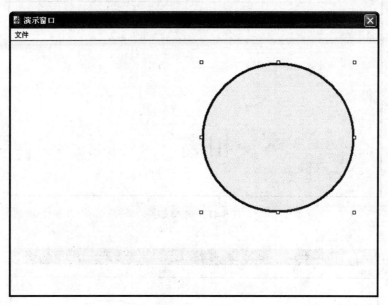

图6-39　画大圆

(7) 参照步骤(6)在"小圆"演示窗口中画小圆，如图 6-40 所示，设置过渡效果。

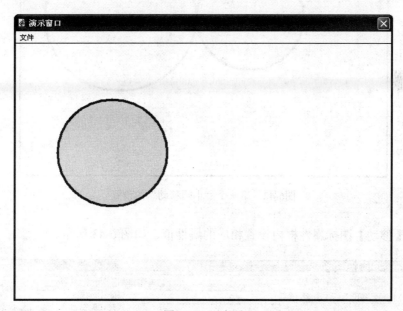

图6-40　画小圆

(8) 打开"相离"【显示】图标，用工具栏中的【文字】工具，在演示窗口中输入文字"相离"，调整好大小，如图 6-41 所示，设置过渡效果。

(9) 按住 Shift 键，分别双击打开"大圆"、"小圆"【显示】图标和第一个"小圆移动"【移动】图标，将小圆拖动到目的地，如图 6-42 所示。

图6-41 输入文字

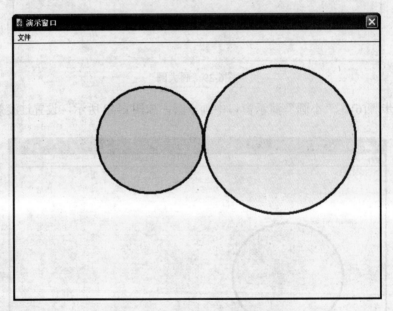

图6-42 第一个"小圆移动"的设置

(10) 在【移动】图标属性框内设置相应的属性值,如图 6-43 所示。

图6-43 【移动】图标属性设置

(11) 参照步骤(5),打开"擦除相离"图标属性框,选择要擦除的对象,如图 6-44 所示。

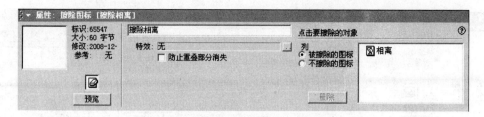

图6-44 "擦除相离"图标的属性设置

(12) 打开"外切"【显示】图标，输入文字"外切"，如图 6-45 所示，设置过渡效果。

图6-45 输入文字

(13) 参照步骤(9)，设置第二个"小圆移动"图标的路径，如图 6-46 所示。在移动图标属性框内设置相应的属性值。

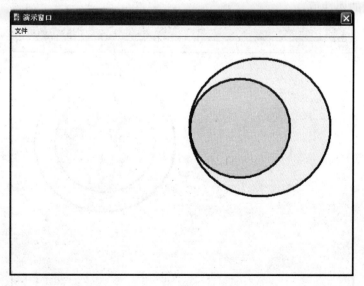

图6-46 小圆移动路径

(14) 打开"擦除外切"图标属性框，选择擦除对象，设置擦除效果，如图 6-47 所示。

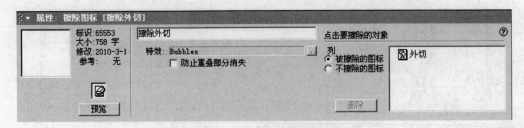

图6-47 "擦除外切"图标的属性设置

(15) 打开"内切"【显示】图标,在演示窗口中输入文字"内切",如图 6-48 所示,设置过渡效果。

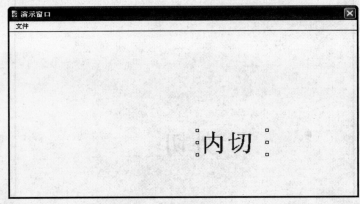

图6-48 输入文字

(16) 参照步骤(9),设置第三个"小圆移动"图标的路径,如图 6-49 所示。在移动图标属性框内设置相应的属性值。

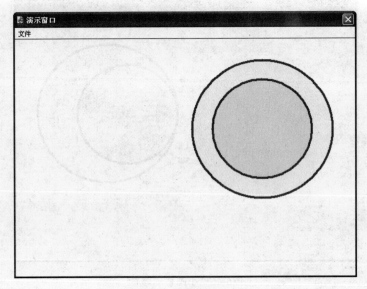

图6-49 小圆移动路径

(17) 打开"擦除内切"图标的属性框，选择擦除对象，如图 6-50 所示。

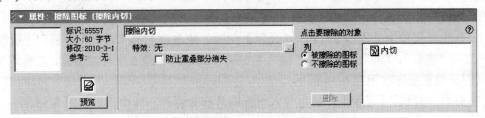

图6-50　"擦除内切"图标的属性设置

(18) 打开"内含"【显示】图标，在演示窗口中输入文字"内含"，如图 6-51 所示，设置过渡效果。

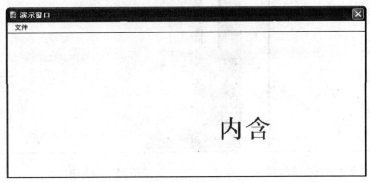

图6-51　输入文字

(19) 在主流程线的"圆与圆的关系"、"相离"、"外切"、"内切"【显示】图标后各放置一个【等待】图标，分别设置它们的属性，其中后三者的【等待】图标属性一样，如图 6-52、图 6-53 所示。

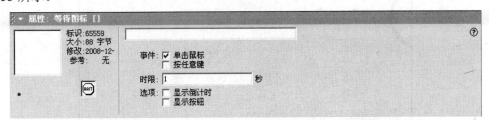

图6-52　"圆与圆的关系"【显示】图标后【等待】图标的属性框

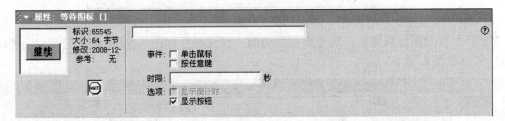

图6-53　"相离"、"外切"、"内切"【显示】图标后【等待】图标的属性框

6.7.2　奥运五环

主要利用【移动】图标，完成奥运五环的实例，流程图如图 6-54 所示。

操作步骤如下：

(1) 建立一个新文件，单击【文件】|【保存】命令，将文件命名为"奥运五环"。

(2) 在主流程线上分别放置 11 个【显示】图标，依次命名为"背景"、"黑"、"蓝"、"变蓝"、"红"、"变红"、"黄"、"变黄"、"绿"、"变绿"、"文字"。放 5 个移动图标，名称均为"运动"。（图标放置顺序参照图 6-54 所示）。

(3) 打开"背景"【显示】图标，导入一张图片作为背景，即可得到如图 6-55 所示界面。

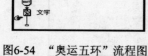

图6-54 "奥运五环"流程图

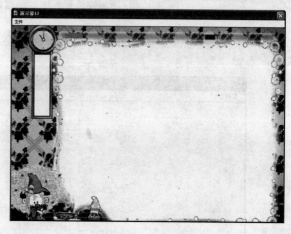

图6-55 导入图片

(4) 打开"黑"【显示】图标，在【工具】中单击椭圆，按住 Shift 键画〇，然后把圆移动到左上角，如图 6-56 所示。

图6-56 画圆

(5) 打开移动图标属性框，选中要移动的圆，设置属性如图 6-57 所示，把圆定向移动到合适位置，如图 6-58 所示。

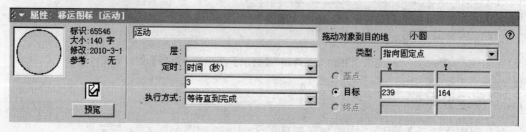

图6-57 移动圆

102

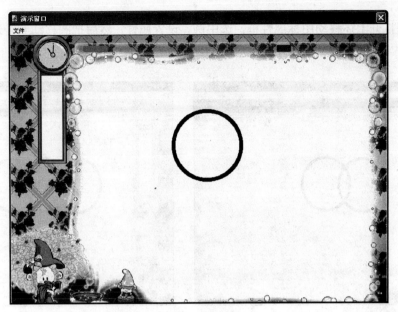

图6-58 圆位置

(6) 分别打开"蓝"、"红"、"黄"、"绿"【显示】图标，同第(4)步一样，画○，然后把圆移动到如图 6-59、图 6-60、图 6-61、图 6-62 所示位置。

图6-59 "蓝"【显示】图标

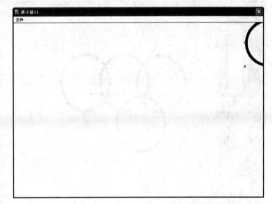

图6-60 "红"【显示】图标

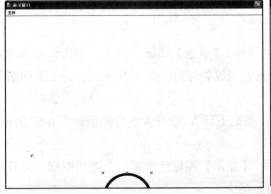

图6-61 "黄"【显示】图标

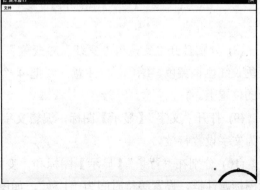

图6-62 "绿"【显示】图标

(7) 分别打开上述移动图标属性框，选中圆，设置属性，然后把圆移动到合适的位置，如图 6-63、图 6-64、图 6-65、图 6-66 所示。

图6-63　"蓝"【显示】图标中圆位置

图6-64　"红"【显示】图标中圆位置

图6-65　"黄"【显示】图标中圆位置

图6-66　"绿"【显示】图标中圆位置

(8) 分别打开"变蓝"、"变红"、"变黄"、"变绿"【显示】图标，画○，颜色设置分别为蓝色、红色、黄色、绿色。（注意：要把 4 个圆分别放到与第(7)步中移动到合适位置的圆重合的位置上。）

(9) 打开"文字"【显示】图标，编辑文字"奥运五环"，设置大小与颜色如图 6-67 所示，并为文字设置特效。

(10) 分别在"背景"【显示】图标和"变绿"【显示】图标后放置一个擦除图标，打开擦除图标属性框，设置等待时间为"1秒"，如图 6-68 所示。

(11) 通过以上步骤可以得到如图 6-69 所示的效果。

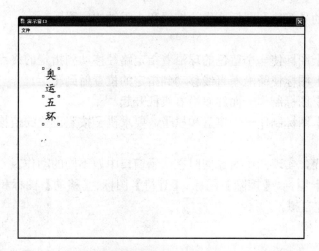

图6-67　输入文字

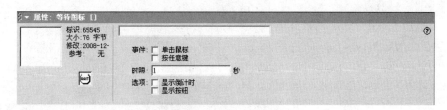

图6-68　擦除图标属性设置

图6-69　最终效果图

本 章 习 题

一、简答题

1.【移动】图标提供了几种移动方式？简述每种移动方式的特点。

2.【移动】图标采用【指向固定直线上的某点】运动类型时，运动对象（例如图片）是"从起点直接运动到设定直线上的某点"。请问这个定义中所说的"起点"是直线的起点还是对象（图片）初始的位置？

3. 是否可以移动【等待】图标产生的按钮和小闹钟的位置？

二、操作题

1. 利用【移动】图标使一个蓝色的球沿着指定路径移动到指定的终点位置。

2. 利用【移动】图标使箭沿着直线移动到指定的位置射到靶上。

3. 利用【移动】图标制作一面红旗沿着旗杆升起。

4. 利用【移动】图标制作一个棋盘和棋子，要求棋子按照设置的值移动到指定的棋盘位置上。

5. 设计一个程序，实现两个对象同时在演示窗口中做不同的动作。

6. 综合【显示】图标、【擦除】图标、【等待】图标、【移动】图标和【群组】图标制作一个综合动画，主题自拟。

第7章 声音图标、数字电影图标和其他外部媒体的应用

学习目标:

1. 了解【声音】图标和【数字电影】图标的基础知识。
2. 熟悉【声音】图标和【数字电影】图标的属性的设置。
3. 熟练声音、数字电影的导入。
4. 熟练 GIF 动画、Flash 动画以及 PowerPoint 演示文稿等外部多媒体的导入。

　　声音、动画是多媒体的重要组成部分,为了使用户的作品表现得更为丰富、更加吸引人,需要在程序中加入漂亮的二维动画、三维动画以及优美动听的声音。【声音】图标和【数字电影】图标就是用来控制这些多媒体要素的。本章将对【声音】图标和【数字电影】图标进行讲解。另外对 GIF 文件、Flash 文件以及 PowerPoint 演示文稿的导入做了一些简单的介绍。

7.1 声音图标概述

　　在多媒休课件的制作中,声音占据了举足轻重的位置。Authorware7.02 本身不能制作声音文件,但是 Authorware7.02 通过【声音】图标可以导入多种格式的声音文件。利用【声音】图标,我们可以给多媒体课件配上音乐、声音说明,同时【声音】图标也为制作语音教学软件提供了可能。声音文件的使用十分灵活,可以将【声音】图标拖放到主流程线上任意一个地方,Authorware7.02 在第一次遇到【声音】图标时开始播放声音文件。与数字电影具有多种多样的格式相比,声音文件所具有的格式比较单一。Authorware7.02 支持的声音文件格式有 AIFF、MP3 Sound、PCM、SWA、VOX 和 WAVE6 种,如图 7-1 所示。

图7-1　可支持的6种声音格式

　　在 Authorware7.02 中,要确保声音文件能正常播放必须具备以下条件:

　　第一,要确保计算机已正确地安装了声卡,虽然没有声卡的计算机也可以运行 Authorware7.02 制作的软件,但是无法播放里面的声音文件,程序在遇到【声音】图标时就会跳过。

第二，使用 16 位声音文件时，要确保计算机上的声卡对 16 位声音文件兼容。如果不兼容，声音文件也不能正常播放。

第三，在 Windows 操作系统中，要确保计算机中的声卡具有 1lkHz 和 22kHz 两种播放频率。

声音素材的制作和文件格式的转换在第 2 章已经做了详细的介绍，这里我们主要介绍声音文件的导入。在 Authorware7.02 中导入声音文件有以下 3 种方法。

(1) 单击工具栏上的【导入】按钮，弹出【导入哪个文件？】对话框，如图 7-2 所示。从其中选择要添加的音乐对象，单击【导入】按钮，即可将声音文件导入到 Authorware7.02 作品中。同时，Authorware7.02 会在流程线上自动添加一个【声音】图标，用所导入的声音文件名字命名该【声音】图标，如图 7-3 所示。

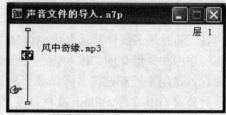

图7-2 【导入哪个文件？】对话框　　　　　　图7-3 流程图

(2) 利用【声音】图标导入。在流程线中，先拖入一个【声音】图标，双击该图标，弹出【属性：声音图标】面板，如图 7-4 所示。单击【导入】按钮，弹出【导入哪个文件？】对话框。选择想导入的声音文件，单击【导入】按钮即可成功导入声音文件。

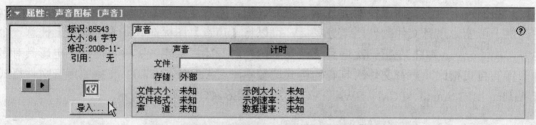

图7-4 【属性：声音图标】面板

导入声音文件之后，【属性：声音图标】面板将显示该导入文件的信息，如图 7-5 所示。

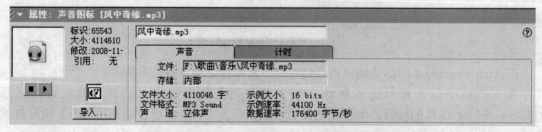

图7-5 导入文件之后的【属性：声音图标】面板

(3) 直接使用鼠标拖动要添加的文件从 Windows 中导入。直接在 Windows 文件资源管理器窗口中拖放一个声音文件到流程线上，Authorware7.02 会自动在流程线上添加一个【声音】图标。

7.2　声音图标的属性设置

拖动一个【声音】图标到设计窗口的流程线上，双击该【声音】图标将其属性设置面板打开，如图 7-6 所示。下面分别介绍每一项。

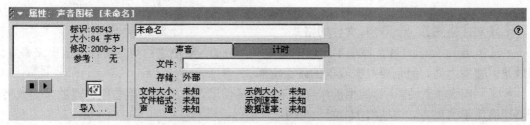

图7-6　【属性：声音图标】面板

7.2.1　预览窗口

预览窗口中显示了被调入的声音文件格式的标志。如果没有任何声音文件被调入，这个窗口应该是空白的。

7.2.2　【播放和停止】预览控制面板

该面板用来在预览窗口中控制声音文件的播放，上面只有两个按钮。

(1)【播放】按钮：单击该按钮，Authorware7.02 按照【属性：声音图标】面板中的各项设置来播放调入的声音文件。在设计窗口中，将鼠标放在【声音】图标的位置右单击，同样可以预览要调入的声音文件。

(2)【停止】按钮：单击该按钮，停止声音文件的播放。

7.2.3　【导入】按钮

单击【导入】按钮 导入... ，屏幕上会弹出一个【导入哪个文件?】对话框，如图 7-2 所示。通过对话框可搜索和选择要导入的声音文件，单击【导入】按钮，可导入该文件。

7.2.4　【声音】选项卡的设置

【属性：声音图标】面板的各个主要选项分别放置在【声音】和【计时】两个选项卡中，下面分别介绍它们的设置。

1.【声音】选项卡

【声音】选项卡中的内容，我们可以以图 7-7 为例进行介绍。

• 【文件】文本框：在这个文本框中，可以输入和查看要调入的声音文件的文件名和路径，也可以在这里输入一个表达式来代表外部保存文件的文件名和路径。

• 【存储】文本框：显示了要调入的声音文件是保存在 Authorware7.02 文件的内部还是外部，存储在内部时文件的调用速度很快。

• 【文件大小】：显示文件所占的磁盘空间大小。

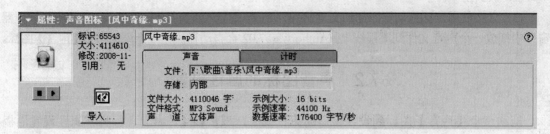

图7-7 【声音】选项卡

- 【文件格式】：显示声音文件的格式。
- 【声道】：显示声音文件是单声道的还是双声道的。双声道的声音文件播放出来是立体声效果，感染力强，但是要占据双倍的磁盘空间。
- 【示例大小】：指声音数据的采样深度，通常使用 8 位采样深度表现普通的声音效果，若表现高质量的声音，需使用 16 位采样深度。
- 【示例速率】：指声音数据的采样频率。
- 【数据速率】：指 Authorware 在播放声音文件时从存储介质上读取声音数据的速率，单位为字节 / 秒。

2.【计时】选项卡

【计时】选项卡内容，如图 7-8 所示。

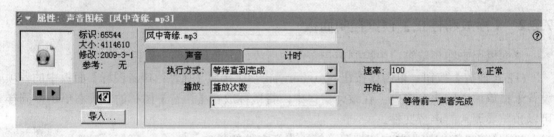

图7-8 【计时】选项卡

- 【执行方式】下拉列表框中的各个选项用来控制【声音】图标后面一个图标播放的时间。
- ➤【等待直到完成】：使用该选项，Authorware7.02 将等待声音文件播完后，才继续执行主流程线上的下一个图标。
- ➤【同时】：使用该选项，Authorware7.02 将同时执行该【声音】图标和下一个设计图标。这个选项在设计背景音乐时十分有用。
- ➤【永久】：使用该选项，Authorware7.02 将保持【声音】图标永久处于被激活的状态，同时监视用户在【播放】下拉列表框中设置的变量。当变量的值变成"真"时，开始播放下一个声音文件。
- 使用【播放】下拉列表来设置声音文件被播放的次数。
- ➤【播放次数】：选择该选项后，在下面的文本框中输入你希望播放的次数。可以输入变量或表达式来代表播放的次数。
- ➤【直到为真】：选择该选项，同时在前面的【执行方式】下拉列表框中选择"永久"选项，然后在下面的文本框中输入变量或表达式，当该表达式变成"假"时，Authorware7.02

播放声音文件；当变量或表达式的值为"真"时，停止播放。

- 使用【速率】文本框来设置声音播放的速度。100%表示使用声音文件原来的播放速度，低于这个值则表示比原来速度要慢，高于这个值表示要比原来速度快。也可以在文本框中输入一个变量或表达式来表示播放速度。
- 使用【开始】文本框来决定何时开始播放声音文件。在【开始】文本框中输入一个变量或表达式，当其值为"真"时，Authorware 7.02 开始播放声音文件。
- 【等待前一声音完成】复选框：等待主流程线上的前一个声音文件播放完毕后，才播放该【声音】图标中的声音文件。

7.3 数字电影图标概述

在多媒体设计中应用数字化电影技术可以达到生动、形象、逼真的目的。【数字电影】图标就是为多媒体软件设计提供的。数字化电影可以提供丰富的动画效果及伴随音效，它的来源一般有两种：一种是利用专门的动画制作软件制作，因为 Authorware7.02 本身不能产生数字电影，必须利用其他工具来制作 Authorware7.02 支持的数字电影格式，然后将其导入 Authorware7.02 程序中；另一种是使用影像捕捉编辑软件，通过视频捕捉卡把捕捉到的录像片转化为计算机可以处理的数字化电影文件。利用 Authorware7.02 提供的【数字电影】图标，可以方便地在多媒体应用程序中导入其他专业动画制作软件制作的数字电影。

数字电影素材的采集和格式在第 2 章已经做了详细的介绍，这里我们主要介绍数字化电影的导入。导入数字化电影的方式和声音文件的导入方式类似。在 Authorware7.02 中有 3 种方法可以实现数字化电影文件的导入。

1. 利用【导入】命令导入数字化电影文件

单击【文件】|【导入和导出】|【导入媒体】命令，弹出【导入哪个文件？】对话框，如图 7-9 所示。

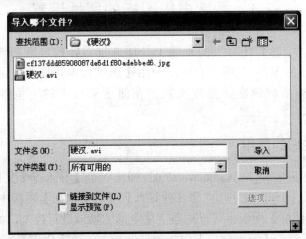

图7-9 【导入哪个文件？】对话框

从中选择要添加的数字化电影文件，单击【导入】按钮，即可将数字化电影文件导入到 Authorware7.02 作品中。与此同时，Authorware7.02 会在流程线上自动添加一个【数字电影】图标，并以所导入的数字化电影文件名命名该【数字电影】图标，如图 7-10 所示。

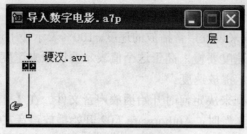

图7-10 流程线

2. 利用【数字电影】图标导入

在流程线上添加一个【数字电影】图标，双击该图标弹出【属性：电影图标】面板，如图 7-11 所示。单击【导入】按钮，导入需要的文件。

图7-11 【属性：电影图标】面板

3. 使用鼠标拖动导入

直接从 Windows 窗口中拖放一个数字电影文件到流程线上，Authorware7.02 会在流程线上自动添加一个【数字电影】图标，并且以所拖入的数字化电影文件名命名该【数字电影】图标。

7.4　数字电影图标的属性设置

拖动一个【数字电影】图标到流程线上合适的位置释放，双击该设计图标，打开设计图标属性对话框，如图 7-11 所示。可以使用【属性：电影图标】面板对数字化电影的播放进行控制，比如播放速度、播放次数、在演示窗口中的定位等。现将其内容介绍如下。

7.4.1　【导入】按钮的使用

单击【导入】按钮，Authorware7.02 弹出一个【导入哪个文件？】对话框，如图 7-9 所示，可以从中选择一个数字化电影文件导入到【数字电影】图标中。

在【属性：电影图标】面板中可以对数字化电影的播放进行控制，如图 7-12 所示。单击【播放】按钮，可以在【演示窗口】中播放已经导入的数字化电影文件，单击【停止】按钮，可以停止播放。对于数字化电影的播放，Authorware7.02 还能以帧为单位控制数字化电影文件的播放。单击【单步后退】按钮进行逐帧倒播放，单击【单步向前】按钮进行逐帧顺序播放。在设计窗口中用鼠标右单击【数字电影】设计图标也可以预览数字化电影的内容。

112

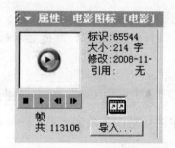

图7-12　数字化电影的播放控制按钮

7.4.2　【电影】选项卡的设置

该选项卡中各项的具体介绍如图 7-13 所示。

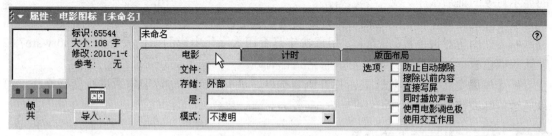

图7-13　【电影】选项卡

(1)【文件】文本框：表示数字电影文件的存储位置。在这里可以直接输入数字电影的名称和存储路径，也可以通过表达式来指定外部存储类型数字化电影文件的名称和存储路径。

(2)【存储】文本框：表示数字电影的存储方式。

(3)【层】文本框：使用数值或变量设置数字电影的层数。数字电影也是一个显示对象，其层数决定了它与演示窗口中其他显示对象的前后关系。如果想让数字化电影在其他显示对象的前面（或后面）进行播放，可以增大（或减小）"层"属性的值。

此属性通常只对内部存储类型的数字化电影起作用。外部存储类型的数字化电影在一般情况下总是显示在其他显示对象的前面。

(4)【模式】下拉列表框：用于设置数字电影的覆盖显示模式，其中有 4 种不同模式。【模式】下拉列表框仅仅对于内部对象有效，如图 7-14 所示。

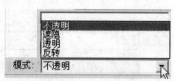

图7-14　【模式】下拉列表框

- 【不透明】：在这种模式下，数字化电影可以得到较快的播放速度，外部存储类型的数字电影文件只能设置为此模式。
- 【透明】：这种模式使得其他显示对象能透过数字化电影的透明部分显露出来。
- 【遮隐】：在每一帧后面都设置一个不透明背景。这种模式使数字电影边沿部分的透明色起作用，而内部的黑色（或白色）内容仍然保留；当数字电影选择此模式时，Authorware7.02

会花费一段时间为每一帧图像创建一个遮罩。

- 【反转】：数字电影在播放时以反色显示，其他显示对象能透过数字化电影显露出来，但是它们的颜色也会发生变化。

(5) 【选项】复选框组内容如下。

- 【防止自动擦除】复选框：避免了被具有自动擦除属性的设计图标擦除，受此属性保护的数字化电影仍然可以在程序运行到该【数字电影】图标后决定是否使用【擦除】图标从演示窗口中擦除。

- 【擦除以前内容】复选框：选中该复选框后，Authorware7.02 运行到该【数字电影】图标后，将自动擦除以前的内容。

- 【直接写屏】复选框：选中该复选框后，该【数字电影】图标中的内容始终在演示窗口的最前面位置。可以使用增大或减小【层】属性值的方法来调整多个设置为【直接写屏】的显示对象的前后次序。

- 【同时播放声音】复选框：打开此复选框就能够播放数字电影内包含的伴音。

- 【使用电影调色板】复选框：用于决定是否用数字化电影的调色板替换 Authorware7.02 默认的调色板，这个选项并不是对所有格式都有效。

- 【使用交互作用】复选框：打开该复选框，就允许用户与数字电影进行交互操作，可以通过鼠标或键盘进行操作。

7.4.3 【计时】选项卡的设置

【属性：电影图标】面板的【计时】选项卡，如图 7-15 所示。

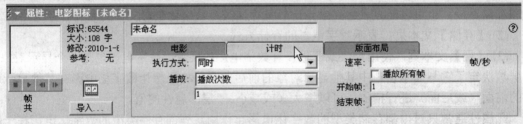

图7-15 【计时】选项卡

1. 【执行方式】下拉列表框

用来设置【数字电影】图标的执行过程同其他设计图标的执行过程之间的同步方式，有下列几个选择，如图 7-16 所示。

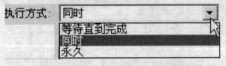

图7-16 【执行方式】下拉列表框

- 【等待直到完成】选项：在加载的数字化电影播放完毕后，再沿程序流程线向下执行其他设计图标。

- 【同时】选项：在播放数字化电影的同时，继续执行其他设计图标。

- 【永久】选项：选择该选项后，当后面的表达式的值为真时，【数字电影】图标将被永久播放。

2.【播放】下拉列表框

用于控制数字电影的播放过程，其中包含以下几个选项：

● 【重复】选项：反复播放数字化电影，直到使用【擦除】图标将数字化电影擦除或利用函数使其暂停。

● 【播放次数】选项：选择此选项后，可以在下方的文本框中输入一个数值或变量来指定数字化电影播放的次数。

● 【直到为真】选项：反复播放数字化电影直到指定条件为"真"时方可停止。选择此选项时，在下面的文本框中输入终止播放数字化电影的条件，可以使用逻辑型变量或表达式，一旦它们取值为"真"，Authorware7.02 就停止播放该数字化电影。

● 【仅当移动时】选项：选择此选项，则 Authorware7.02 只在两种情况下对数字化电影进行播放：一是该数字化电影被用户使用鼠标拖动；二是该数字化电影在【移动】图标控制下进行移动。这个选项只对内部存储类型的数字化电影有效。

● 【次数/循环】选项：指定数字化电影在每次移动过程中播放的次数（如果移动方式设置为循环移动，这个次数指的是单个循环中数字化电影播放的次数）。Authorware7.02 会根据移动过程持续的时间和数字化电影的长度（帧数）自动调整播放速度，以完成指定次数的播放。选择此选项后，可以在下方的文本框中输入一个数值或变量来指定数字化电影播放的次数。这个选项只对内部存储类型的数字化电影有效。

● 【控制暂停/控制播放】选项：选择此选项后，屏幕上会出现电影播放控制器。

3.【速率】文本框

在这里可以使用数值、变量或表达式控制数字化电影播放的速度，单位是帧/秒。如果在这里将播放速度设置得过快，以致来不及完全显示出数字化电影的每一帧，Authorware7.02 会自动略过一些帧，以达到所设速度。

【播放所有帧】复选框：选中此复选框，Authorware7.02 将以尽可能快的速度播放数字电影的每一帧，不过播放速度不会超过在【速率】文本框中设置的速度。这个选项可能会导致同一个数字化电影在不同系统，以不同的速度被播放（系统综合性能越高，其播放数字化电影的速度也就越快）。此选项只对内部存储类型的数字化电影有效。

4.【开始帧】/【结束帧】文本框

用于使用数值、变量或表达式设置数字化电影播放的范围。当首次导入一个数字化电影时，【开始帧】总是被设置为 1，即默认情况是从第一帧开始播放。如果你只想播放数字化电影的部分内容，可以向这两个文本框中分别输入起始帧数和终止帧数，Authorware7.02 在播放数字化电影时，将从起始帧开始，播放至终止帧结束。

7.4.4 【版面布局】选项卡的设置

【版画布局】选项卡如图 7-17 所示，用来确定系统在播放数字电影时，电影窗口在屏幕上的位置，其设置方法与【显示】图标设置完全相同。

图7-17 【版面布局】选项卡

7.5 在课件中加入其他媒体

在 Authorware7.02 中，除了可以使用一些能够加载声音和视频的图标外，还可以插入一些功能图标，如 GIF 动画图标、Flash 图标以及 PowerPoint 演示文稿等。在作品中加载这些多媒体对象，可以大大丰富作品的界面，提高作品的观赏价值。

7.5.1 加入 GIF 动画

这里，我们将介绍 Authorware7.02 中如何插入 GIF 动画，并进行相关属性设置。其操作步骤如下。

(1) 新建一个文件，选择要插入 GIF 动画所在流程线上的位置，单击该处即可。

(2) 选择【插入】|【媒体】|【Animated GIF…】命令，如图 7-18 所示，弹出如图 7-19 所示的属性对话框。

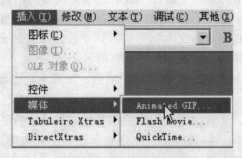

图7-18　插入GIF动画

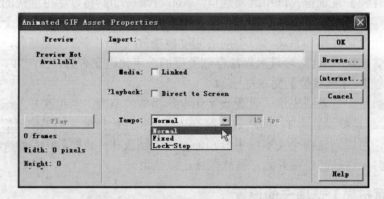

图7-19　属性对话框

在该对话框中的速率【Tempo】下拉列表框中，包含了 3 种选项，各选项含义如下：

- 【Normal】（正常）选项：表示以动画的原始速率播放。
- 【Fixed】（固定）选项：选中此模式后，后面文件的文本框变为可用，在该文本框中可以设定动画播放速率。
- 【Lock-Step】（锁步）选项：选中此模式则动画的播放速率和文件的整体播放速率相同。

(3) 单击对话框右侧的【Browse…】（浏览）按钮 **Browse...**，在弹出的【Open animated GIF file】对话框中选择要插入的 GIF 动画文件，如图 7-20 所示。然后单击【打开】按钮即可。

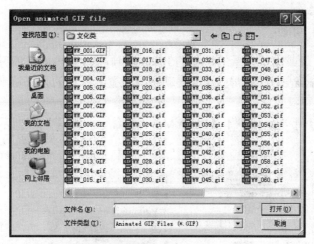

图7-20 插入适当的GIF文件

(4) 在返回后的对话框中，单击【确定】按钮，就会把要插入的动画文件导入到窗口，流程图如图7-21所示。播放效果如图7-22所示。

图7-21 流程图　　　　　　　　　图7-22 导入GIF后的效果图

另外，还可以单击图7-19所示属性对话框的【Internet】（网络）按钮，打开【Open URL】的对话框，输入GIF动画所在的URL地址，实现对GIF动画文件的链接，然后单击【Ok】即可。

如果要对所导入的GIF图标进行属性设置，可以双击该GIF图标，然后，在打开的属性面板中进行相关设置。在该属性面板中有3个选项卡，分别为【功能】、【显示】、【版面布局】选项卡。要设置其中的选项，可以打开相应的选项卡进行设置，如图7-23所示。

图7-23 GIF图标属性面板功能选项卡

7.5.2 加入 Flash 动画

因特网上可以下载或浏览大量的精彩的 Flash 动画，Authorware7.02 中还可以导入这些精彩的动画。在 Authorware7.02 中导入 Flash 动画与设置其属性的方法基本跟 GIF 相同，其操作步骤如下。

(1) 选择【插入】|【媒体】|【Flash Movie】命令，如图 7-24 所示，打开如图 7-25 所示的对话框。

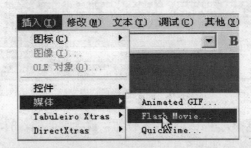

图7-24 导入Flash动画

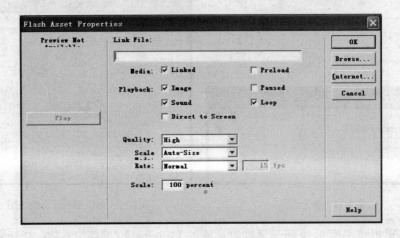

图7-25 【Flash Asset】属性对话框

(2) 用户可以在【Flash Asset】属性对话框里设置各个选项。其中，【Quality】（品质）下拉列表框里有 4 个选项可以设置，它们的具体含义如下：

- High（高）：选择该选项，可以强制使电影以高质量显示，但程序运行速度较慢。
- Low（低）：选择该选项，可以强制使电影以低质量显示，但程序运行速度较快。
- Auto-High（自动—高）：选择该选项，可以尝试使用平滑效果显示，但如果不能以平滑效果显示，则以原来效果显示。
- Auto-Low（自动—低）：选择该选项，可以尝试关闭平滑效果显示，但如果不能关闭，则以原来效果显示。

(3) 单击浏览 **Browse...** 按钮，弹出如图 7-26 所示的对话框。

(4) 选择要导入的 Flash 文件，接着单击【打开】按钮，返回到原来属性对话框中。此时流程线上可以看到新类型的图标，如图 7-27 所示。

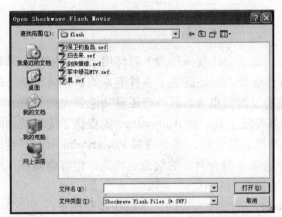

图7-26　打开Flash文件对话框　　　　　　图7-27　导入Flash后的设计窗口

(5) 导入 Flash 文件后的播放效果如图 7-28 所示。

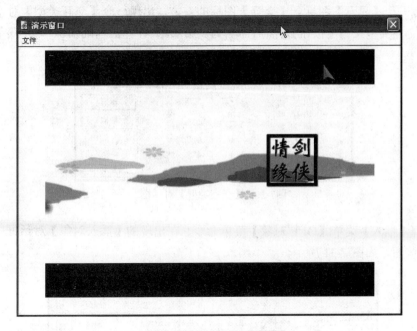

图7-28　导入Flash后的演示窗口

要对 Flash 图标进行属性设置。可以在流程线上双击该图标，然后在打开的属性面板上进行相关设置，如图 7-29 所示。

图7-29　Flash图标属性面板

119

7.5.3 加入 PowerPoint 演示文稿

PowerPoint 是微软公司 Office 组件之一，是一个比较流行的多媒体电子文稿制作工具软件，PowerPoint 本身可以集成许多流行的媒体格式，它还提供了各种丰富的字体（包括三维立体字），各种动画放映方式，以及各种动画的过渡效果等。另外它还有功能强大的 Office 组件作为后盾，使其成为一个比较流行的多媒体开发工具。而 Authorware 则提供了简单的动画功能，并能打包成可执行文件，脱离原编辑环境直接使用，具有许多 PowerPoint 所不具有的功能。在制作多媒体 CAT 课件时如果能充分运用并融合两者的优点、特点，则将提高制作课件的速度和质量，并且使大量的幻灯片文件资源得到利用。

下面介绍一个在 Authorware 中集成 PowerPoint 文件的实例。其操作步骤如下：

(1) 拖曳一个【显示】图标到设计窗口，命名为"背景"，在背景中导入图片，并设计背景界面。

(2) 拖曳一个【交互】图标到"背景"【显示】图标下方，命名为"计算机基础教程"。

(3) 拖曳一个【显示】图标到【交互】图标的右方，出现一个【交互类型】对话框，如图 7-30 所示，交互类型设为【按钮】，然后命名为"第一章 计算机基础知识"，并双击打开【显示】图标。

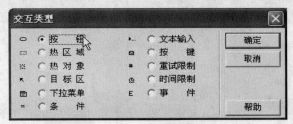

图7-30 【交互类型】对话框

(4) 选择【插入】菜单|【OLE 对象】菜单命令，在出现的【插入对象】对话框中单击【由文件创建】按钮，如图 7-31 所示。

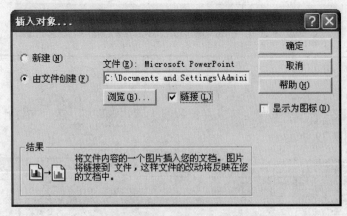

图7-31 【插入对象】对话框

(5) 单击【浏览】按钮，从出现的浏览窗口中选定要插入的幻灯片文件名，并选中其下面【链接】选项，单击【确定】按钮返回显示图标的编辑窗口。此时，所选定的演示文稿的第一页将显示在显示图标的编辑窗口中，如图 7-32 所示。

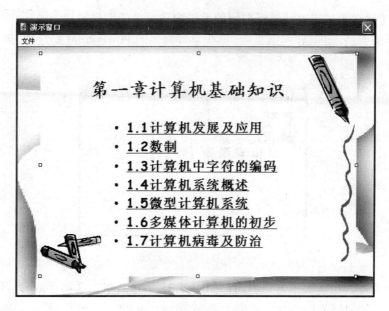

图7-32　演示文稿的编辑

(6) 调节幻灯片到合适的大小。

(7) 选择【编辑】菜单|【Linked 演示文稿 OLE 对象】|【属性】命令如图 7-33 所示，出现如图 7-34 所示的【对象属性】对话框。

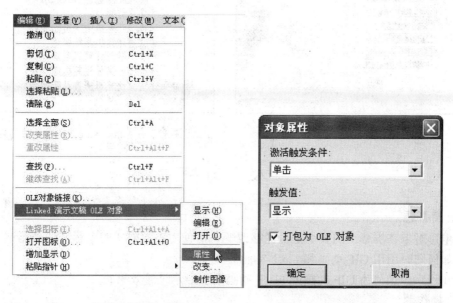

图7-33　设置对象属性菜单　　　　　图7-34　【对象属性】对话框

(8) 在【对象属性】对话框中进行如下设置：

① 选中【激活触发条件】下拉列表框中的【单击】选项（即单击鼠标即可激活幻灯片的放映），或【双击】选项。

② 选中【触发值】下拉列表框中的【显示】选项（有无、显示、编辑和打开 4 个选项）。

③ 选中【打包为 OLE 对象】项。

(9) 单击【确定】按钮返回显示图标的编辑窗口，关闭编辑窗口。

(10) 同样的方法，可以导入第 2 章、第 3 章等其他的 PowerPoint 幻灯片。流程图如图 7-35 所示。

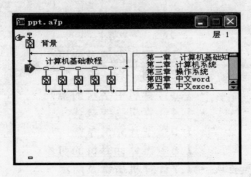

图7-35　程序流程线

(11) 运行程序，出现演示窗口界面，如图 7-36 所示。单击【第一章 计算机基础知识】按钮就可放映已经做好的幻灯片，效果如同在 PowerPoint 中放映时一样，如图 7-37 所示。

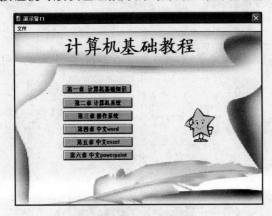

图7-36　演示窗口界面

图7-37　在Authorware课件中放映幻灯片

本 章 习 题

一、简答题

1. 电影对象在屏幕上的大小是否能够改变？请使用不同格式的电影文件来测试。

2. 如何同时引用 GIF 动画和 Flash 动画？

3. 在程序中如何为 GIF 动画或 Flash 动画添加显示过渡效果？

二、操作题

1. 把自己前面做的程序加上声音和动画，使之更生动。

2. 制作一个使用 Authorware7.02 对 Flash 动画控制的程序。

3. 在前面制作的课件中加入一段视频。

4. 制作一程序。要求：程序运行时，在背景音乐的衬托下，一只小鸟煽动着翅膀飞过小河。

(1) 新建一文件，保存为"过河"。

(2) 导入一背景音乐，设置声音属性。（在计时选项卡中设置执行方式为【同时】）

(3) 拖动一个【显示】图标到流程线上，命名为"背景"。

(4) 双击打开该【显示】图标，运用工具箱中的"多边形"、"文本"、"线条"等工具，绘制一条河流以及河流两侧的生物。

(5) 导入一张"小鸟"的 GIF 动画，调整大小和位置，将小鸟的位置安排在小河的一侧方。

(6) 拖动一个【移动】图标到流程线上，将其命名为"过河"。

(7) 单击该【移动】图标，在【属性】面板中设置移动路径。

第8章 变量、函数和计算图标的应用

学习目标：

1. 了解系统变量和自定义变量。
2. 了解系统函数和自定义函数。
3. 知道变量和函数的基本用法。

Authorware7.02 是功能特别强大的图标流程线模式的制作软件，但是在很多时候还是无法完成其他文本式程序体现出来的很多功能。因此，Authorware7.02 除了提供大量的系统函数和变量之外，还允许使用用户自定义的变量和函数，为 Authorware7.02 的多媒体课件制作开拓了广阔的使用空间。本章将介绍 Authorware7.02 中的变量、函数及计算图标。要求在学习的过程中只需知道这些变量、函数以及计算图标的基本用法即可，以后用到时可以查找手册，快速准确地获取并且熟练运用。对于一些特殊、复杂的任务，可以利用 Authorware7.02 的变量和函数对程序进行控制。Authorware7.02 的变量和函数相对简单易学，只需要具备最初级的编程基础即可。

8.1 变 量

8.1.1 变量的种类

变量是一个量，它的值可以改变。变量可以分为系统变量和自定义变量。在 Authorware7.02 中，系统提供了很多变量，并且在程序运行过程中，系统会自动检测并更改这些变量，它们称为系统变量。同时，Authorware7.02 也允许用户自己创建变量，用来储存用户需要检测的参数，这些变量叫做自定义变量。

Authorware7.02 中预先定义了许多系统变量，并且自动更新这些变量的值。它们可以用来跟踪程序的执行情况，记录诸如判定分支流向、框架结构、文件、图片、视频、时间等方面的信息。

单击【窗口】|【面板】|【变量】命令，或者单击常用工具栏上的 ▦【变量】按钮，就会打开【变量】对话框，如图 8-1 所示。

总地来说，Authorware7.02 系统变量可以分为 11 类，每类都含有处理该具体对象的系统变量。单击【变量】对话框中的【分类】栏，会出现一个下拉列表框，其中列出了各个类别及其包括的系统变量，如图 8-2 所示。需要注意的是，在 Authorware7.02 中每个系统变量都有唯一的名称，而且不能被自定义变量所使用。

【变量】对话框中各按钮介绍如下。

- 【新建】按钮：用来新建变量。

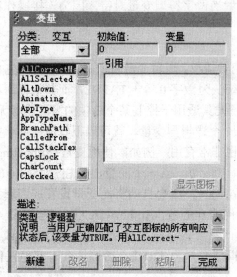

图8-1 【变量】对话框　　　　　　图8-2 【分类】下拉列表选项

- 【改名】按钮：用来将变量重新命名。
- 【删除】按钮：删除所选定的变量。
- 【粘贴】按钮：将选定的变量粘贴到程序中。
- 【完成】按钮：执行关闭该变量窗口。
- 【显示】图标按钮：在上面的窗口选中一个图标，单击该按钮，可在流程线上高亮度显示该图标。

8.1.2　系统变量与自定义变量

系统变量是 Authorware7.02 中自带的一套变量，主要是用来跟踪图表中的各种信息或系统信息。在【变量】对话框的【分类】下拉列表框中将所有的系统变量都显示了出来。系统变量由于是由 Authorware7.02 本身提供的，所以具有一定的特殊性。系统变量中的每个变量都有唯一的名称。系统变量的名称是以大写字母开头的，由一个或几个单词组成，并且单词之间没有空格。系统变量都有特定的符号和特性，不用定义就可以直接使用。在系统变量后面跟一个符号@，再加上一个图标名称，表示该指定图标的相关信息。

在 Authorware7.02 中，根据系统变量储存的数据可以将其分为下面几类。

1）数值型变量

数值型变量存储的是具体的数值。数值型变量可以是整数，如 1、10、20 等，也可以是实数，如 1.56、5.659 等。在 Authorware7.02 中数值型变量的存储范围是$-1.7 \times 10^{308} \sim 1.7 \times 10^{308}$。当两个变量相加时，因为 Authorware7.02 中认为算术运算符只能和数字结合使用，所以将这两个变量被当做数值型变量看待。

2）字符型变量

字符型变量就是用于储存字符串的变量。字符串是由一个或多个字符按一定的顺序组成的，这些字符可以是字母、数字、特殊字符或者它们的组合。在 Authorware7.02 中，字符变量最多可以存储 3000 个字符，字符变量可以用于存储一个用户的姓名、一个单词拼写或者一个网站的 URL。当将字符串赋给一个变量时，必须要用双引号将该字符串括起。当两个变量被连接时，Authorware7.02 会把这两个变量当做字符型变量对待，因为连接操作符只能对字符型变量进行操作。

3）逻辑型变量

逻辑型变量的值有 TRUE 或 FALSE 两种情况。逻辑变量属于开关式变量，它们只有两个状态：开和关。在 Authorware7.02 中，系统认为数字 0 等于 FALSE，而其他任何非 0 的数字（通常使用"1"）都相当于 TRUE。逻辑量尤其适用于控制某个选项的激活或者无效，例如，在某个按钮交互的 Active If 文本框中输入一个逻辑型变量，就可以很好地控制该按钮有效还是无效。逻辑型变量在控制同步事件方面也非常有用。例如，使用变量 Animating 可以控制某个数字化电影在播放的同时在演示窗口中移动。当一个变量出现在一个 Authorware7.02 认为需要使用逻辑型变量的位置时，Authorware7.02 会自动将此变量设置成逻辑型变量。如果变量中包含数字，则只要这个数字是任何非 0 的数，Authorware7.02 都会把这个变量作为 TRUE 处理。如果这个变量中含有字符串，只要该字符串是 TRUE、T、YES 或 ON（不区分大小写），则 Authorware7.02 认为此逻辑型变量为 TRUE，否则，含有其他任何字符的变量都为 FALSE。

4）列表变量

列表变量用于储存常数或者变量。Authorware7.02 支持两种类型的列表：线性表和属性表。在线性表中，所有的元素都是单个的数值：如 1，2，3，a，b，c；在属性表中，每个元素都由属性名和属性值组成，二者之间用冒号隔开，例如#firstname：Marry，#lastname：Peter，#phone：2000125。两种类型的变量都可以选择使用或不使用按字母顺序排列方式。列表变量尤其适用于保存和更新数组数据。

5）符号变量

符号变量是一种类似数值或字符串的变量，它们以"#"开头。使用符号变量的主要原因是 Authorware 处理符号变量的速度比字符型变量更快。

6）矩形变量

矩形变量是由 Authorware7.02 的系统函数 Rect 返回的数据，在定义一个矩形区域时，矩形变量非常有用。

需要提醒大家的是，我们在定义变量时，一部分系统变量可以被赋值，而一部分系统变量只能获取系统中的信息，不能被赋值，如系统变量 CursorX，CursorY 可以取得鼠标的坐标值，但却不能被赋值。

当执行程序时，为了实现一些特殊效果，而 Authorware7.02 所提供的系统变量又不能满足需要，这时就需要自定义一个变量来实现这些特殊的效果，这种变量就被称为自定义变量。由于在程序中要求变量的名称必须唯一，所以在定义一个自定义变量时，新变量的名称不能和任何系统变量相同，也不能和已经定义过的变量相同。在 Authorware7.02 中通过以下方法可以自定义变量。

在【变量】对话框中，单击【新建】按钮，弹出【新建变量】对话框，如图 8-3 所示，该对话框用于自定义变量。

● 【名字】文本框：在该文本框中输入需要定义的变量名称。变量名称输入时必须是以字母开头的，还必须保证变量名称的唯一性，最好是一个具有描述性的名称，以便区分。

● 【初始值】文本框：在该文本框中，为自定义变量输入初始值。

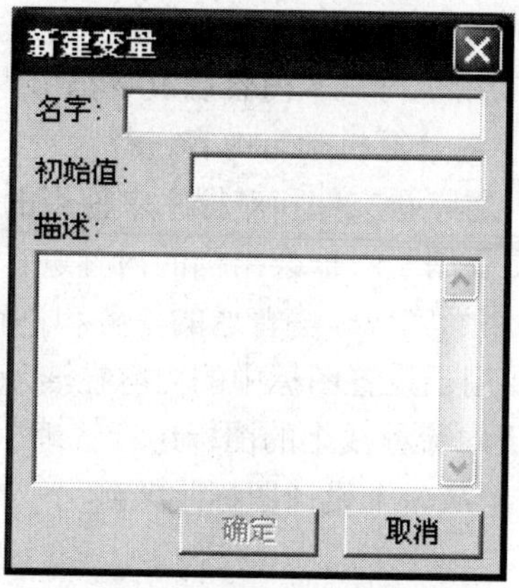

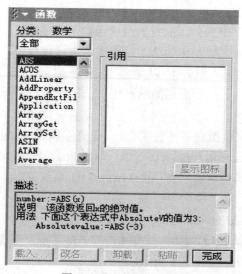

图8-3 【新建变量】对话框

8.2 函　数

Authorware7.02 中除了使用变量进行程序控制外，还可以使用函数。函数的主要作用是对变量或程序进行相关控制。Authorware7.02 中可以使用的函数分为：系统函数和自定义函数。

8.2.1　系统函数

系统函数是 Authorware7.02 自身提供的一整套函数，这些函数可以对图形对象及文件等内容进行操作。一个函数在使用时一般都会使用到参数，参数是交由函数进行处理的数据，是为完成任务所必需的信息。系统函数以大写字母开头，由一个或者多个单词组成。但在使用函数时，函数中的一些参数不一定全用到，而是根据实际情况用到其中一部分。

单击【窗口】菜单中的【面板】选择【函数】或单击常用工具栏中的 📠【函数】按钮，打开【函数】对话框，Authorware7.02 中提供了多种类型的系统函数。

在该对话框中，打开【分类】下拉列表框，在该列表框中显示了所有的 Authorware7.02 提供的系统函数，如图 8-4 所示。

图8-4 【函数】对话框

下面对 Authorware 中常用的系统函数进行介绍。

- Character：该类函数主要用于对文本内容以及字符串内容进行处理。
- CMI：该类函数主要用于对计算机学习内容进行管理。
- File：该类函数主要用于建立新文件和对程序中使用的外部文件进行维护。
- Framework：该类函数主要用于对框架结构的内容进行管理。
- General：该类函数主要用于完成一些普通的任务和进行一些普通的操作。
- Graphics：该类函数主要用于设置图标中的内容在演示窗口中的位置。
- Icon：该类函数主要用于对流程线上的图标进行管理。
- Jump：该类函数主要用于从一个设计图标跳转到另一个设计图标，而且可以从一个程序文件跳转到另一个程序文件。
- List：该类函数主要用于对相关内容按照一定顺序进行排列，或者按顺序建立索引。
- Math：该类函数主要用于完成各种类型的数学运算，包括加、减、乘、除等。
- Netvt ork：该类函数主要用于对可以在网络上运行的文件或者图标进行管理。
- OLE：该类函数主要用于对演示窗口中的 OLE 对象进行管理。
- Target：该类函数主要用于对程序中使用的变量、图标及文件等的属性进行管理和控制。
- Time：该类函数主要用于获取系统时间，并以不同的方式显示出来。
- Video：该类函数主要用于对程序中使用的数字化电影、视频等进行管理，包括播放、停止等内容。
- Xtras：该类函数主要用于 Xtras 类型的控件进行管理和控制，并可以从中获取相关的信息。
- Xtras ActiveX：该类函数主要用于调用外部 ActiveX 控件。
- Xtras Fileio：该类函数主要用于对 Xtras 文件的输入和输出进行控制。
- Xtras Mui：该类函数主要用于调用多种管理类控件。
- Xtras PWInt：该类函数主要用于调用 PWInt 类行动外部控件。
- Xtras QuickTimeSupport：该类函数主要用于调用支持 QuickTime 格式的控件。

8.2.2　自定义函数

尽管在 Authorware7.02 中提供了大量的系统函数，但是在某些特定环境下，系统函数并不能完成某些特殊的任务，比如制作菜单、对数据库进行操作等。Authorware7.02 是一款功能强大的多媒体制作软件，用户可以通过调用外部函数来实现一些特殊的功能。Authorware7.02 为函数提供了一个通用的标准接口，用户可以在程序设计过程中使用自己编写的函数。

用户可以使用的自定义函数包括两种类型：一是直接调用 Authorware7.02 自带的 UCD 或 DLL 文件，另一类就是自己利用 VB、VC 等编程软件来编写。使用自定义函数前，必须将其进行载入，当自定义函数成功地载入到 Authorware7.02 系统中时，用户就可以像使用系统函数那样来使用自定义函数。

对 UCD 类型自定义函数的载入的操作步骤如下。

(1) 单击工具栏中的【函数】按钮，打开【函数】对话框，并在该对话框【分类】下拉列表框中选中【未命名】选项，如图 8-5 所示。

(2) 单击【载入】按钮，打开【加载函数】对话框，如图 8-6 所示。

图8-5 准备载入自定义函数

图8-6 【加载函数】对话框

(3) 选中要加载的外部函数，单击【打开】按钮，打开自定义函数对话框，如图 8-7 所示。通常每个 UCD 文件包括很多函数。

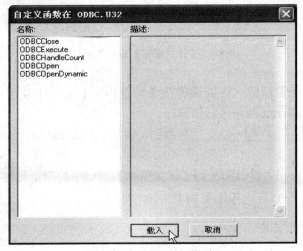

图8-7 自定义函数对话框

(4) 在自定义函数对话框中，选择要添加的函数，也可以用鼠标一次性选中多个函数，单击【载入】按钮，便可以将该函数加载到程序中去了。

这样该函数便显示出来，使用方法和系统函数相同，Authorware7.02 不仅可以调用 UCD 文件中的函数，而且还可以调用 DLL 文件，即标准 Windows 动态链接库文件。在对 DLL 文件进行加载时，Authorware7.02 会自动打开一个相应对话框，系统会要求用户给出该函数的使用方法、描述信息以及相关的参数和返回值，添加完成后，便可以将该函数添加到 Authorware7.02 中了。

8.3 计算图标概述

在设计窗口的流程线上拖放一个【计算】图标，双击【计算】图标，打开【计算图标】窗口，如图 8-8 所示。在【计算图标】窗口中可以输入所需的函数、变量以及表达式。

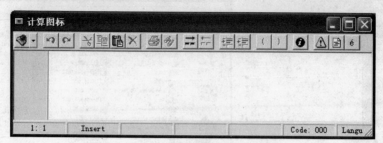

图8-8 【计算图标】窗口

下面认识一下【计算图标】窗口的各个部分。

8.3.1 工具栏

在【计算图标】窗口的工具栏中，有 19 个工具按钮，如图 8-9 所示。熟练地使用这些工具按钮，可以有效地提高工作效率，现在简单介绍一些主要按钮的作用。

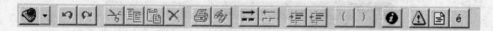

图8-9 【计算图标】窗口工具栏

● 【Language】按钮：可以设置在【计算图标】窗口中使用的语言，系统提供了 Authorware7.02 和 JavaScript 两种语言供选择。

● 依次是撤销、恢复、剪切、复制、粘贴、删除和打印按钮，跟常用工具栏一样。

● 【Find】按钮：主要用来查找【计算图标】窗口中的指定代码。单击该按钮，弹出【Find in Calculation】对话框，如图 8-10 所示。

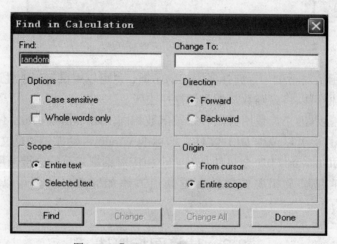

图8-10 【Find in Calculation】对话框

【Find in Calculation】对话框中各项的具体功能如下：

➢ 【Find】文本框：在该文本框中输入要查找的指定字符串。

➢ 【Case sensitive】复选框：在查找时，是否区分大小写。

➢ 【Whole words only】复选框：在查找时，是否只有整个词符合查找要求才会被系统检索到。

➢ 【Forward】单选按钮：按从前到后的顺序查找。

➢ 【Backward】单选按钮：按从后到前的顺序查找。

➢ 【Entire text】单选按钮：在【计算图标】窗口的所有文本内查找。

➢ 【Selected text】单选按钮：查找只在被选中的文本范围内进行。

➢ 【From cursor】单选按钮：查找从光标所在处开始进行。

➢ 【Entire Scope】单选按钮：在全文范围内查找。

• 【Comment】按钮：单击该按钮，将在光标所在行的行首添加注释符，该行内容变为注释内容，不再是可执行代码，而只起到注释的作用。

• 【Uncomment】按钮：单击该按钮，将取消光标所在行行首的注释符。

• 【Block indent】按钮：单击该按钮，增加光标所在行的缩进量。

• 【Block unindent】按钮：单击该按钮，减少光标所在行的缩进量。

• 【Find left bracket】按钮：单击该按钮，定位于当前光标所在处括号相匹配的左括号。

• 【Find right bracket】按钮：单击该按钮，定位于当前光标所在处括号相匹配的右括号。

• 【Preference】按钮：单击该按钮，将打开【Preferences：Calculations】对话框，如图 8-11 所示。在该对话框中可以对【计算图标】窗口的各种属性进行设置。

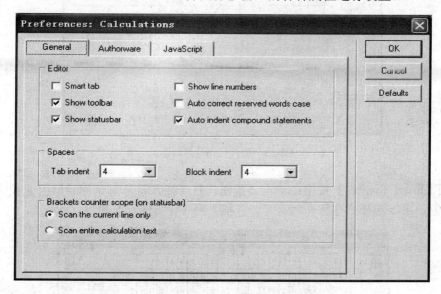

图8-11 【Preferences：Calculations】对话框

• 【Insert Message Box】按钮：单击该按钮，打开插入信息框函数对话框，如图 8-12 所示。在该对话框中选择要插入的 Windows 信息框函数。

• 【Insert Snippet】按钮：单击该按钮，打开插入代码片断对话框，如图 8-13 所示。在该对话框中可以选择已经定义好的代码片断，并将其插入到【计算图标】窗口中。

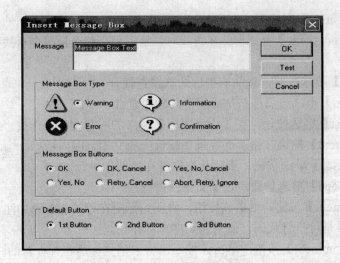

图8-12 插入信息框函数对话框

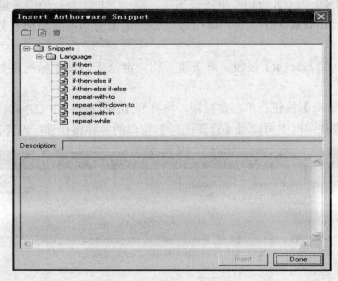

图8-13 插入代码片断对话框

● 【Insert Symbol】按钮：单击该按钮，打开插入符号对话框。如图 8-14 所示。在该对话框中，可以选择一些特殊的符号，并插入到【计算图标】窗口。

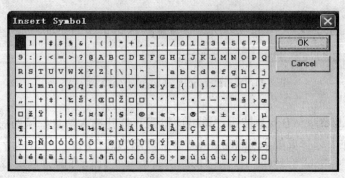

图8-14 插入符号对话框

8.3.2 状态栏

状态栏在窗口的最下面，显示了【计算图标】窗口的各种状态，如图 8-15 所示。

| 1: 7 | Insert | Modified | | | Code: 000 | Language: Authorwa |

图8-15 【计算图标】窗口的状态栏

- 第一个方框：显示光标所在位置，即光标位置。
- 第二个方框：显示编辑状态，即显示当前的编辑状态，包括 Insert（插入）和 Overwrite（改写）两种状态。
- 第三个方框：修改标志，即显示当前的代码是否被修改。
- 倒数第二个方框：ASCII 码，即显示光标所在处的字符的 ASCII 码值。
- 最后的方框：当前语言，即显示当前使用的编辑语言。

8.3.3 提示窗口

提示窗口用来提示用户输入系统变量或函数。提示窗口可以根据已输入的内容并在符合语法的前提下来搜索相应的变量或函数。在【计算图标】窗口中进行代码输入时，只需按下 Crtl＋H 组合键，即可在光标处打开提示窗口，如图 8-16 所示。在提示窗口中可以选择符合要求的变量或者函数。

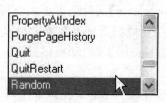

图8-16 提示窗口

8.4 计算图标的属性设置

在前面介绍的【计算图标】窗口的工具栏中单击 <img> 按钮弹出【Preferences：Calculations】对话框，在此对话框中可设置【计算】图标的属性，如图 8-17 所示。该对话框包括 3 个选项卡，分别是：General（普通）、Authorware、JavaScript 选项卡。

下面对这 3 个选项卡逐一进行介绍。

8.4.1 General 选项卡

此选项卡用来设置【计算图标】窗口界面的一些属性，如图 8-17 所示。

- 【Smart Tab】（使 Tab 键灵活）复选框：选中该复选框，在【计算图标】窗口中，系统可以灵活地调节 Tab 键缩进的距离。
- 【Show toolbar】（显示工具栏）复选框：选中该复选框，可使工具栏显示在【计算图标】窗口。
- 【Show statusbar】（显示状态栏）复选框：选中该复选框，可使状态栏显示在【计算图标】窗口。

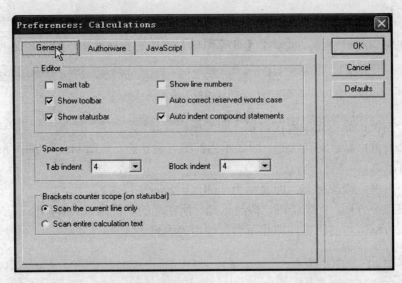

图8-17 【Preferences：Calculations】对话框的General选项卡

• 【Show line numbers】（显示行数）复选框：选中该复选框，可以在【计算图标】窗口的左侧显示行号。

• 【Auto correct reserved words case】（自动更正大小写）复选框：选中该复选框，在输入代码时，系统可以自动更正系统变量和系统函数的大小写。

• 【Auto indent compound statements】（自动提供缩进）复选框：选中该复选框，系统可以为一些程序语句自动提供缩进。

• 【Tab indent】（Tab 键缩进）下拉列表框：在该下拉列表框中可以设定 Tab 键的缩进量。

• 【Block indent】（增加缩进）下拉列表框：在该下拉列表框中可以设定【Block indent】按钮和【Block unindent】按钮使用时的缩进量。

• 【Scan the courrent line only】（仅扫描当前行）单选按钮：选中该单选按钮，状态栏中显示的括号数（包括圆括号数和方括号数）为仅扫描当前行的未匹配括号数。

• 【Scan entire calculation text】（扫描整个窗口范围）单选按钮：选中该单选按钮，状态栏中显示的括号数（包括圆括号数和方括号数）为在整个窗口范围扫描未匹配括号数。

8.4.2 Authorware 选项卡

Authorware 选项卡，如图 8-18 所示，用来设置【计算图标】窗口中 Authorware 代码的颜色和文本属性。

• 【Category】（种类）列表框：在该列表框中可以选择要进行设置的对象种类。

• 【Color】（颜色）选区：在该选区中可以为代码选择不同的颜色。

• 【Bold】（粗体）复选框：选中该复选框，可以使程序代码变成粗体。

• 【Italic】（斜体）复选框：选中该复选框，可以使程序代码变成斜体。

• 【Underline】（下划线）复选框：选中该复选框，同以使程序代码具有下划线。

• 【Foreground】（前景色）复选框：选中该复选框，当前对象由系统决定前景色。

• 【Background】（背景）复选框：选中该复选框，当前对象由系统决定背景色。

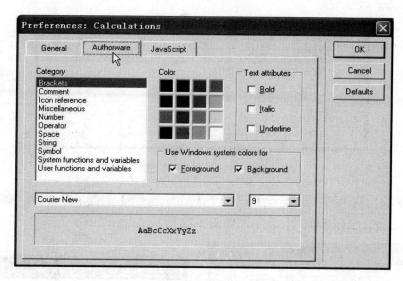

图8-18 【Preferences：Calculations】对话框的Authorware选项卡

8.4.3 JavaScript 选项卡

JavaScript 选项卡，如图 8-19 所示，用来设置【计算图标】窗口中的 JavaScript 代码的颜色和文本属性。此选项卡与 Authorware 选项卡的设置方式相同。

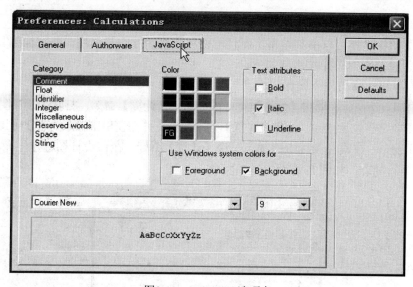

图8-19 JavaScript选项卡

8.5 计算图标的使用

1.【计算】图标的使用

【计算】图标的使用特别简单，操作步骤如下。

(1) 拖入一个【计算】图标到流程线上，然后双击【计算】图标会打开【计算图标】窗口，在窗口中输入相应的函数，如图 8-20 所示。

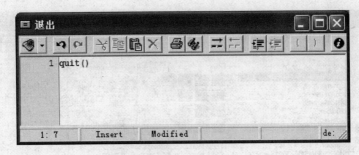

图8-20 【计算图标】窗口

(2) 关闭【计算图标】窗口，会出现一个【Authorware】的提示对话框。如图 8-21 所示。

(3) 单击 是(Y) 按钮即可。流程图如图 8-22 所示。

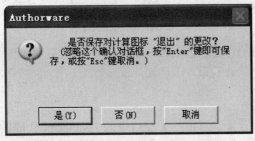

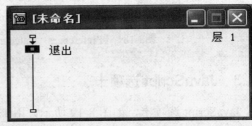

图8-21 【Authorware】的提示对话框　　　　图8-22 流程图

2. 附加【计算】图标的使用

【计算】图标不仅可以单独使用，而且可以和其他图标一起使用，即附加到其他图标上。使用附加【计算】图标的操作步骤如下。

(1) 在流程线上添加一个设计图标。

(2) 选中该设计图标，单击【修改】|【图标】|【计算】命令，打开【计算图标】窗口，或用鼠标右键单击该设计图标，选择【计算】菜单命令，并在窗口中输入内容，如图 8-20 所示。

(3) 关闭窗口，在设计图标上附加了一个【计算】图标，在该设计图标左上角增加了一个【计算】图标的标志，如图 8-23 所示。

图8-23 附加【计算】图标的流程图

(4) 如果要调用附加在设计图标上的【计算】图标，名称可以省略。

8.6 应用实例：小学生交通安全常识

利用【计算】图标，完成小学生交通安全常识的实例。流程图如图 8-24 所示。

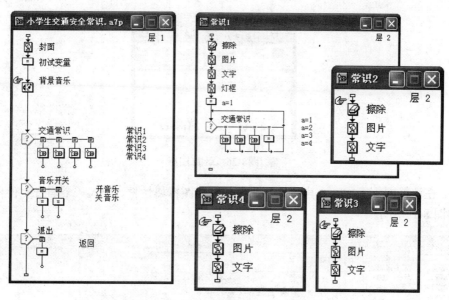

图8-24　小学生交通安全常识流程图

操作步骤如下：

(1) 建立一个新文件，单击【文件】|【保存】命令，将该文件命名为"小学生交通安全常识"。

(2) 在主流程线上放一个【显示】图标，命名为"封面"，打开【显示】图标，导入一幅图片作背景，用艺术字做标题"小学生安全交通常识"，如图 8-25 所示。

图8-25　图标"封面"中的内容

(3) 在"封面"【显示】图标下放一个【计算】图标，命名为"初始变量"，打开【计算】图标，在【计算】图标中输入如图 8-26 所示内容。

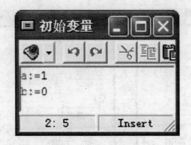

图8-26　计算图标

(4) 在计算图标下放一个声音图标，打开声音图标属性框，导入一个声音文件作为背景音乐，如图 8-27 所示。

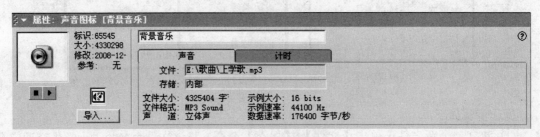

图8-27　声音图标属性框

(5) 在主流程线上继续拖入一个交互图标，命名为"交通常识"，在交互图标的右侧分别拖入 4 个群组图标，依次命名为"常识 1"、"常识 2"、"常识 3"、"常识 4"。弹出【交互类型】对话框，选择【下拉菜单】单选按钮，把每个【响应】选项卡的【永久】复选框选中，并在【分支】下拉列表框中选择【返回】。

如图 8-28 所示。

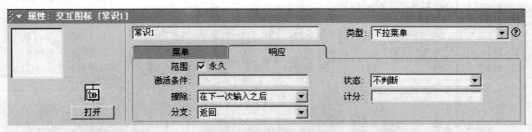

图8-28　设置分支和范围

(6) 打开"常识 1"群组图标，在流程线上拖入一个擦除图标，设置擦除图标属性如图 8-29 所示。

图8-29　擦除图标属性设置

(7) 在擦除图标下，放一个【显示】图标，命名为"图片"，导入一张交通图片，调整大小，如图 8-30 所示。

图8-30　导入图片

(8) 继续拖入一个【显示】图标，命名为"文字"，输入如图 8-31 所示文字。

图8-31　输入文字

(9) 再拖入一个【显示】图标，命名为"灯框"，利用工具栏，绘制一个"红绿灯"指示牌，如图 8-32 所示。

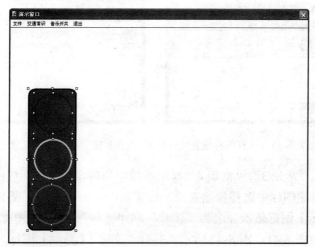

图8-32　绘制图形

(10) 【显示】图标下拖入一个【计算】图标，在【计算】图标中输入图 8-33 所示内容。

图8-33　计算图标设置

(11) 最后拖入一个交互图标，命名为"交通常识"，在交互图标的右侧分别拖入 3 个群组图标和一个计算图标，依次命名为"a=1"、"a=2"、"a=3"、"a=4"。弹出【交互图标】对话框，选择【条件】，并在【分支】下拉列表框中选择【重试】，如图 8-34 所示。

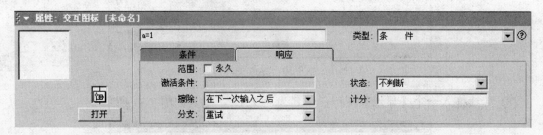

图8-34　交互类型设置

(12) 打开"a=1"群组图标，在流程线上拖入一个【显示】图标，命名为"红灯"，在【显示】图标中利用工具栏绘制一个红灯。再拖入一个等待图标，等待时间设置为"4 秒"。继续拖入一个计算图标，命名为"a=a+1"，打开计算图标，输入图 8-35 所示内容。

(13) 用同样方法制作"a=2"和"a=3"群组图标中的内容，"a=2"群组图标中的【显示】图标命名为"黄灯"，"a=3"群组图标中的【显示】图标命名为"绿灯"。其他参照步骤(12)。

(14) 打开"a=4"计算图标，输入图 8-36 所示内容。

图8-35　计算图标设置　　　　图8-36　计算图标设置

(15) "常识 2"、"常识 3"、"常识 4"群组图标中的内容均一样，放一个擦除图标，两个【显示】图标。在擦除图标中选择擦除对象，设置属性。如图 8-37、图 8-38、图 8-39 所示。

(16) 两个【显示】图标依次命名为"图片"和"文字"。打开"图片"【显示】图标，导入的图片如图 8-40、图 8-41、图 8-42 所示。打开"文字"【显示】图标，输入如图 8-43、图 8-44、图 8-45 所示文字。设置过渡效果。

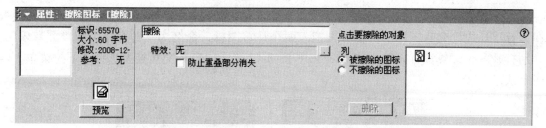

图8-37 "常识2"群组中的擦除图标属性设置

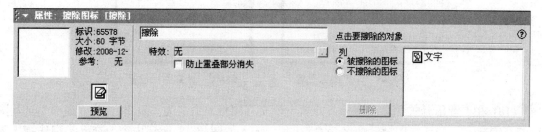

图8-38 "常识3"群组中的擦除图标属性设置

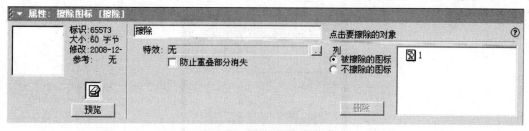

图8-39 "常识4"群组中的擦除图标属性设置

图8-40 "常识2"中"图片"

图8-41 "常识3"中"图片"

图8-42 "常识4"中"图片"

图8-43 "常识2"中"文字"

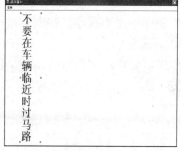

图8-44 "常识3"中"文字"

图8-45 "常识4"中"文字"

141

(17) 在主流程线上的"交通常识"交互图标下方放一个交互图标，命名为"音乐开关"，在"音乐开关"交互图标的右侧分别拖入两个计算图标，命名为"开音乐"和"关音乐"。分别打开两个计算图标，输入如图 8-46 和图 8-47 所示内容。交互类型选择【下拉菜单】响应方式。

图8-46　计算图标设置　　　　图8-47　计算图标设置

(18) 在"音乐开关"交互图标下方放一个交互图标，命名为"退出"，在"退出"交互图标的右侧拖入一个计算图标，命名为"返回"，输入如图 8-48 所示内容。交互类型选择【下拉菜单】响应方式。

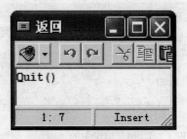

图8-48　计算图标设置

本 章 习 题

一、简答题

1.【计算】图标主要的作用是什么？

2. Authorware7.02 中系统变量主要有哪几类？

3. Authorware7.02 中可以使用的函数有哪些？

二、操作题

1. 将【计算】图标附在其他图标上，比如【显示】图标、【移动】图标、【声音】图标。

2. 利用系统变量"time"制作一个关于时间的小程序。

3. 利用系统变量"jump"制作一个小程序，在制作过程中仔细体会各种形式的用途，试着在程序中应用这个系统函数。

4. 制作"打字效果"小程序。要求：使用系统函数读取外部文本，然后按顺序一个字一个字地显示在屏幕上，并配以声音，制作出打字的效果。

第9章　交互图标的应用

学习目标：

1. 了解各种交互的类型和特点。
2. 掌握各种交互类型的结构和属性设置。
3. 掌握各种类型交互图标的使用方法。

交互功能可以使用户制作的多媒体课件作品除了拥有优美的图片、悦耳的音乐外，还可以获得一个可供用户和计算机进行交互的界面，通过交互界面，不但人可以操作计算机，而且可以使计算机对用户的某项操作做出反馈，从而实现人机交互。Authorware7.02 软件为用户提供了 11 种交互类型，它们是按钮交互、热区交互、热对象交互、下拉菜单交互、条件交互、文本输入交互、按键交互、重试限制交互、时间限制交互、事件交互。在课件制作中，用户可以通过使用它们，很好地实现人机交互，从而使自己的课件内容更加丰富多彩。

9.1　交互图标概述

"交互功能"是指一个多媒体程序具有接受用户所提供的信息，并对该信息进行相关处理的能力。由于交互和响应总是紧密相连的，所以 Authorware7.02 中，有时又将"交互类型"和"响应类型"作为同一个概念使用。

Authorware7.02 通过【交互】图标提供多种交互类型，可供用户进行选择。当用户第一次拖动一个【交互】图标来创建交互结构时，将会弹出如图 9-1 所示的【交互类型】对话框。该【交互】图标提供了 11 种交互类型，可以供用户实现与作品的交互效果。

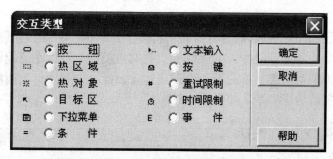

图9-1　【交互类型】对话框

- 【按钮】：在演示窗口中出现一个按钮，单击该按钮将激活程序分支。
- 【热区域】：单击、双击或光标经过该区域将激活响应的程序分支。
- 【热对象】：以一个【显示】图标中的内容作为激活对象，单击、双击或光标经过该对象时将激活响应的分支。

- 【目标区域】：将指定对象移动到该区域时将激活响应的程序分支。
- 【下拉菜单】：在演示窗口的菜单栏出现下拉菜单，选择不同的菜单项，会激活不同的菜单分支。
- 【条件】：通过条件判断是否激活程序分支。
- 【文本输入】：在演示窗口中出现文本框，在文本框中输入字符，不同的字符可以激活不同的程序分支。
- 【按键】：通过键盘上的按键选择激活程序的分支。
- 【重试限制】：通过限制时间长短，选择不同的程序分支。
- 【事件】：适用于 ActiveX 控件，执行控件的某事件，激活响应的程序的分支。

9.1.1　创建交互结构

在 Authorware7.02 中我们可以通过使用【交互】图标来创建交互结构。创建交互结构的具体操作步骤如下。

(1) 在流程线上拖入一个【交互】图标，命名为"交互"，双击该【交互】图标，弹出演示窗口，在演示窗口中可以导入图片、文字等用于显示交互界面。

(2) 在流程线上的【交互】图标右边再拖入一个【群组】图标，命名为"分支 1"，建立一个相应分支，弹出如图 9-1 所示的对话框，该对话框中提供了各种响应类型供选择。在每种响应类型的单选按钮前面都有一个响应类型标记符。

(3) 在上述对话框中，选择【按钮】单选按钮，然后单击 确定 按钮。

(4) 设计流程图和每部分的含义如图 9-2 所示。

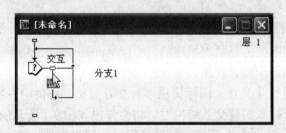

图9-2　设计流程图

如果继续在【交互】图标右边添加图标，将不再弹出如图 9-1 所示的对话框，Authorware7.02 将默认前一个响应分支的响应类型。如果需要改变响应类型，可以在流程线上双击所要改变的响应分支图标上方的响应类型标记符。在弹出的【属性：交互图标】面板中的【类型】下拉列表框中选择需要的响应类型，如图 9-3 所示。

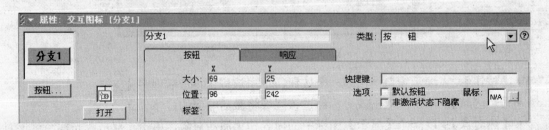

图9-3　【属性：交互图标】面板

9.1.2 【交互】图标及其属性

在 Authorware7.02 中，设置【交互】图标的属性需要利用【属性：交互图标】面板。选择【交互】图标，或单击【修改】|【图标】|【属性】命令，或者执行 Ctrl+I 组合键打开该对话框。下面分别介绍该对话框的各项选项的功能和作用。

1.【交互作用】选项卡

【属性：交互图标】面板的【交互作用】选项卡，如图 9-4 所示。

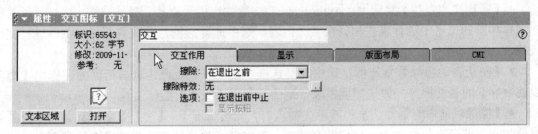

图9-4　【属性：交互图标】面板

(1)【擦除】下拉列表框：对交互信息的擦除方式进行控制。

各选项的意义如下：

●【在退出之前】：此选项是 Authorware7.02 默认的交互擦除方式，当交互分支运行结束时，交互作用的显示信息将被删除。

●【在下次输入之后】：选中该项后，交互信息将在响应后擦除。如果选择分支流向，则该交互信息在擦除后擦除；如果选择分支流向，则该交互信息在擦除后会重新显示。

●【不擦除】：选择此项，交互信息会一直保留，不会被擦除。

(2)【擦除特效】文本选项：单击文本框右侧的┉按钮，弹出【擦除模式】对话框，可以设置擦除交互信息的过渡方式。设置的方法与【显示】图标中的说明方法相同，这里就不再介绍了。

(3)【选项】复选框：该复选框提供了以下两个选择。

●【在退出前中止】：表示程序在退出交互作用时，Authorware7.02 会暂停程序的执行，以留有足够的时间给用户浏览交互信息。用户浏览完毕时，按任意键或单击，程序都会继续运行。

●【显示按钮】：选中它时程序在暂停期间显示【继续】按钮，此选项只在【在退出前中止】复选框被选中时才显示为可选。

2.【显示】选项卡

【属性：交互图标】面板的【显示】选项卡，如图 9-5 所示。

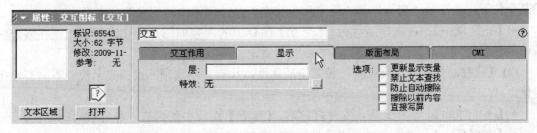

图9-5　【属性：交互图标】面板的【显示】选项卡

在该对话框中可以设置【交互】图标中内容的显示方式，现介绍如下。

(1)【层】文本框：方式与【显示】图标的层次设置相同。

(2)【特效】文本框：用来设置过渡效果。用户可参照【显示】图标的过渡效果的设置方法进行设置。

(3)【选项】复选框组内容如下。

• 【更新显示变量】复选框：【交互】图标不仅可以显示文字和图片，也可显示一些程序组的变量。选中该复选框，说明在程序运行时，变量所赋予的值能够随时更新显示。

• 【禁止文本查找】复选框：Authorware7.02 软件提供了查找、替换功能，用户可以从图标名称和图标文字中进行查找和替换某一内容。选中此复选框，系统将不再对图标进行文字查找。

• 【防止自动擦除】复选框：选中此复选框，就可以避免此内容被后面的图标用【擦除以前内容】的属性擦掉。如果需要擦除，则需要利用【擦除】图标工具。

• 【擦除以前内容】复选框：擦除先前内容。一般情况下，【交互】图标只是将本身的内容叠加到当前已有的画面上。选中此复选框，系统就会自动地擦除先前已有的画面内容，然后显示本图标里的内容。

• 【直接写屏】复选框：通常情况下，【交互】图标是按照层次顺序来显示内容的，选中此复选框，则该图标内容就总是处于最上面层，而不会因为层的位置而受影响。

3.【版面布局】选项卡

【属性：交互图标】面板的【版面布局】选项卡，如图9-6所示。

图9-6 【属性：交互图标】面板的【版面布局】选项卡

(1)【位置】下拉列表框介绍如下。

• 【不改变】：文件打包后，【交互】图标中的内容如图片、文字等在程序运行时总显示在图标设定的固定位置，即使位置超出了显示范围也不改变。

• 【在屏幕中】：在程序运行时，【交互】图标中的内容如图片、文字等将完整出现在屏幕中，即必须是在显示窗口中。其位置可以由下面的初始参数或变量决定。

• 【在路径上】：在程序运行时，【交互】图标中的内容如图片、文字等将出现在路径上的某个位置，由路径"起点"和"终点"来决定，具体位置由初始参数或变量决定。

• 【在区域中】：在程序运行时，【交互】图标中的内容如图片、文字等将出现在规定区域中的任意位置，具体位置由初始参数或变量决定。

(2)【可移动性】下拉列表框：设置活动属性，共有 3 种选项，根据显示位置不同而发生变化。

• 【不能移动】：选择此项，文件打包后，【交互】图标中的内容不能够被移动位置。

• 【在屏幕上】：选择此项，文件打包后，【交互】图标中的内容不论初始位置如何，将直接完整地显示在屏幕上，不能被移动位置。

• 【在任何位置】：选择此项，文件打包后，【交互】图标中的内容可以随意移动对象，甚至可以将它移出显示窗口。

4. CMI 选项卡

【属性：交互图标】面板的 CMI 选项卡，如图 9-7 所示。

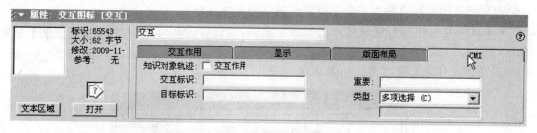

图9-7 【属性：交互图标】面板的CMI选项卡

该选项卡中的选项用于设置知识对象的属性，一般较少使用。

(1) 【交互】图标信息：其中包括标识、大小、修改、参考。

(2) 【打开】按钮：单击此按钮打开分支的设计窗口，如图 9-8 所示。

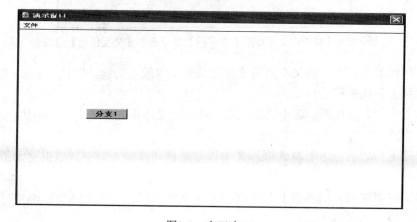

图9-8 交互窗口

(3) 【文本区域】：单击该按钮，出现【属性：交互作用文本字段】对话框，如图 9-9 所示，在这里可以对交互文本进行设置。

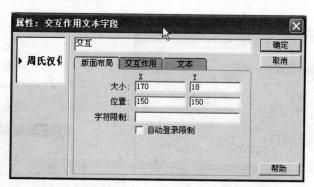

图9-9 【属性：交互作用文本字段】对话框

该对话框有 3 个选项卡。

① 【版面布局】选项卡。

• 【大小】文本框：该文本框用于定义文本框的尺寸，也可以通过拖放的方式改变。

• 【位置】文本框：该文本框用于确定文本框在演示窗口中的位置，以像素为单位。

• 【字符限制】文本框：该文本框用于定义交互文本框中允许输入的最大字符数，该文本框为空时，用户可以输入多个字符直至填满交互文本框。

• 【自动登录限制】复选框：选中该复选框，当输入的字符数达到【字符限制】所限制的最大值时，自动结束输入，不需要按 Enter 键。

② 【交互作用】选项卡，如图 9-10 所示。

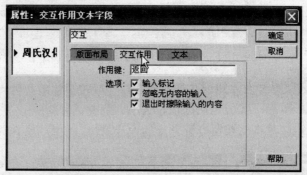

图9-10 【属性：交互作用文本字段】对话框中【交互作用】选项卡

• 【作用键】文本框：该文本框用于设置结束文本输入的键，默认为 Enter 键。

• 【选项】复选框组

➤ 【输入标记】复选框：选中该复选框，在交互文本框左边将显示一个黑色三角形符号，默认为选中状态。

➤ 【忽略无内容的输入】复选框：选中该复选框允许输入为空就结束文本输入，默认为选中状态。

➤ 【退出时擦除输入的内容】复选框：选中该复选框，当退出该交互响应时擦除用户输入的文本，默认为选中状态。

③ 【文本】选项卡，如图 9-11 所示，用来设置交互文本的字体、大小、颜色和风格等。其中【模式】下拉列表框用来选择覆盖模式，包括【不透明】、【透明】、【反转】及【擦除】，如图 9-12 所示。

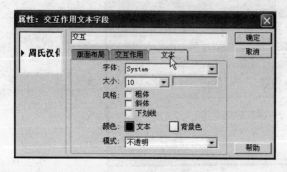

图9-11 【文本】选项卡图　　　　　　　　　　图9-12 【模式】下拉列表框

9.2 按钮交互响应

按钮交互响应在交互程序中使用也比较广泛，它的响应方式十分简单，当交互程序运行时，用户只需单击该交互按钮，程序就会执行所对应的分支。

9.2.1 创建一个按钮交互

创建按钮响应很简单，先从【图标】工具栏中拖放一个【交互】图标到流程线上，然后再往【交互】图标右边拖放一个设计图标，在弹出的对话框中，选择【按钮】单选按钮，再单击 确定 按钮即可，设计窗口如图9-13所示。

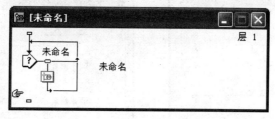

图9-13　按钮交互流程线

9.2.2 按钮交互属性

每一种响应类型都有其相应的属性，由于响应总是与分支结合在一起的，所以也称响应属性为分支属性。下面介绍按钮交互的属性的设置。

双击交互分支中的响应类型按钮，打开交互属性设置面板（位于窗口的正下方），如图9-14所示。

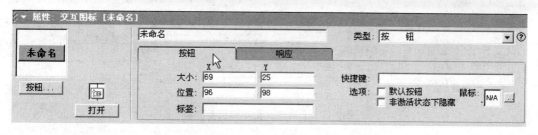

图9-14　【属性：交互图标】面板

1.【按钮】选项卡

• 【大小】：显示的是按钮的大小，可以通过直接输入数据或在演示窗口中拖放的方式定义按钮的大小。

• 【位置】：显示的是按钮所处位置的坐标（单位是像素）。直接在文本框中输入坐标数值，可以准确定位按钮对象。

• 【标签】：显示的是按钮上显示的文本，可在此处更改图标上的文本。

• 【快捷键】：可以设置本按钮的快捷键，程序运行过程中，用户按下此快捷键和单击按钮的作用是相同的。

• 【选项】：其中【默认按钮】复选框表示程序运行到交互结构时，使用键盘上的 Enter

键就相当于直接单击此按钮。

- 【非激活状态下隐藏】复选框：表示该按钮无效时将自动隐藏。

单击【鼠标】项右侧的 ··· 按钮，打开【鼠标指针】对话框，如图 9-15 所示。关于鼠标指针的知识本书会在后面详细介绍。

单击 打开 按钮，将打开该图标处的演示窗口，进行编辑工作。

单击 按钮··· 按钮，将打开【按钮】对话框，选择按钮类型，如图 9-16 所示。本书将在后面的知识中介绍该对话框中的内容。

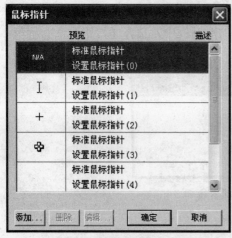

图9-15 【鼠标指针】对话框

图9-16 【按钮】对话框

2. 【响应】选项卡

【响应】选项卡如图 9-17 所示。

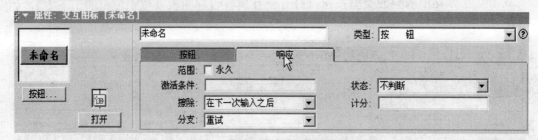

图9-17 【属性：交互图标】面板

下面介绍该选项卡。

- 【范围】：表示是否将按钮设置成永久响应型，如果选中该选项，那么只要该按钮没有被擦除，用户都可以选中它进入交互结构。
- 【激活条件】文本框：在该文本框中输入一个变量或表达式后，只有该变量或表达式的值为真时该按钮才起作用。
- 【擦除】下拉列表框：在该列表框中选择对于交互信息的擦除控制，参照前面交互属性设置内容选择即可。
- 【分支】下拉列表框：用于控制交互的分支流向。以下是各选项的意义。

➢ 【重试】：系统默认值，选择此项交互结束后在此返回交互结构。选择此项，图标下面的流程线箭头指向重新执行交互的方向，如图 9-18 所示。

➢ 【继续】：选择此项，可以看到程序的流程线返回交互图标，即 Authorware7.02 将程序沿原路返回以检查有没有其他的响应，如图 9-19 所示。

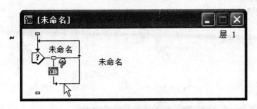

图9-18　流程线窗口

图9-19　流程线窗口

➢ 【退出交互】：选择此项，交互执行完毕后会退出交互结构，如图 9-20 所示。

➢ 【返回】：只有在【范围】属性选择了【永久】复选框时，才能选择该选项。它表示程序的分支结构在此结束但任何时候只要选中此按钮都会进入交互结构，如图 9-21 所示。

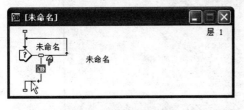

图9-20　流程线窗口

图9-21　流程线窗口

● 【状态】下拉列表框：在该列表框中选择跟踪响应，即可以判断某个响应的次数，以下是各选项的说明。

➢ 【不判断】：程序不会跟踪交互的执行。

➢ 【正确响应】：选中此项，反馈图标名称的左侧会出现一个“＋”号，Authorware7.02 会跟踪程序的执行。检查用户是否使用该响应，并将用户的正确响应次数累加，存放在固定的系统变量中。

➢ 【错误响应】：选中此项，反馈图标名称的左侧会出现一个“-”号，在执行过程中，Authorware7.02 会跟踪并检查用户响应错误的次数，并累加起来存放到固定的系统变量中，以供用户可以在程序中调用。

● 【计分】文本框：在该文本框中输入数值或表达式，可以通过变量和函数调用该值。

9.2.3　按钮交互的使用

本节通过实例介绍按钮响应的应用，实例内容是利用按钮响应来做选择题。

其操作步骤如下。

(1) 新建一个文件。单击【文件】|【保存】命令，将该文件进行命名，并保存在适当位置。单击【修改】|【图标】|【属性】命令，弹出【属性：文件】面板，如图 9-22 所示。在【大小】下拉列表框中选择 640×480 选项；在【选项】复选框组，选中【屏幕居中】复选框。

(2) 在流程线上添加一个【显示】图标，命名为“背景”。双击打开演示窗口，单击【文件】|【导入和导出】|【导入媒体】命令，导入一张图片作为背景。调整图片大小与该窗口一样大，如图 9-23 所示。

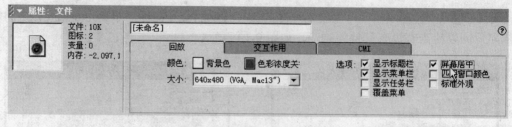

图9-22 【属性：文件】面板

图9-23 导入图片

(3) 在流程线上添加一个交互图标，命名为"计算题"，双击打开其演示窗口，在其中输入题目，并将文字大小调整合适，模式设为透明，并在屏幕右下方输入："你做对了{TotalCorrect}次，做错了〔TotalWrong〕次，你的总得分是〔TotalScore〕分"，如图 9-24 所示。

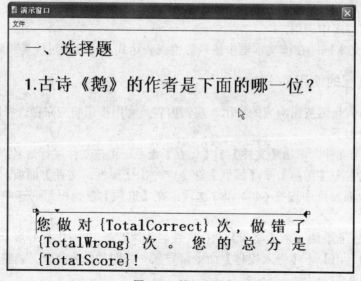

图9-24 输入题目

下面以一个选项为例来说明如何设置答案及反馈信息。

(4) 在【交互】图标右边添加一个【群组】图标，设置为按钮响应类型，命名为"李白"，如图 9-25 所示。

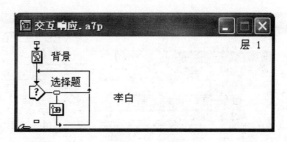

图9-25　流程图

(5) 双击打开【交互】图标可以看到里面有名为"李白"的按钮，调整按钮到合适位置，如图 9-26 所示。

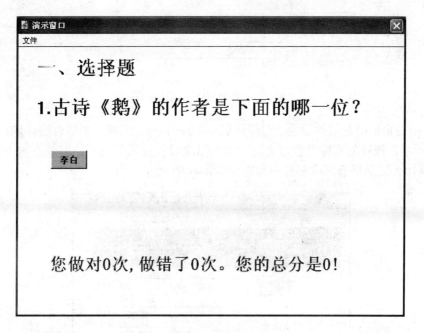

图9-26　演示窗口

(6) 双击响应类型按钮，打开【属性：交互图标】面板，因为大小和位置已经调整好，所以看一下对话框右侧的鼠标指针，单击🔲按钮，把鼠标指针选为手型，如图 9-27 所示。

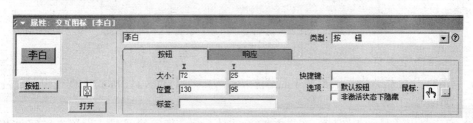

图9-27　设置鼠标指针

153

(7) 切换到【响应】选项卡，【状态】选择为【错误响应】，【计分】文本框输入"－10"，如图 9-28 所示，当设置到正确的答案时，【状态】选择为【正确响应】，【计分】文本框中输入"+10"，如图 9-29 所示。这样在程序最后就可以计算一共得了多少分，以及正确和错误的响应次数。

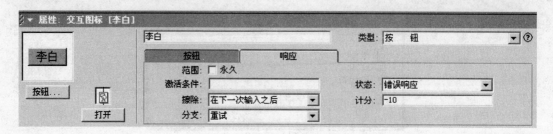

图9-28　设置错误状态和得分

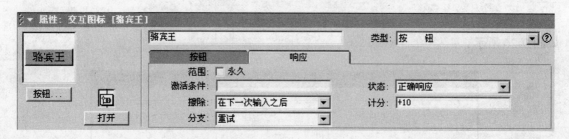

图9-29　设置正确状态和得分

(8) 单击对话框最左边的 按钮... 打开【按钮】对话框，选择一个适合选择题的按钮式样，如图 9-30 所示。按钮的式样设置好之后，就可以来设置反馈信息了，即单击这个按钮后，屏幕上会出现什么提示信息，这部分内容在响应图标中设置。

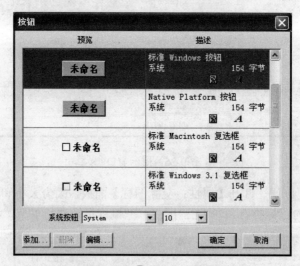

图9-30　【按钮】对话框

(9) 双击打开交互分支后的群组响应图标，拖动一个【显示】图标到流程线上，命名为"李白错误"，如图 9-31 所示。

(10) 双击打开【显示】图标，在里面输入"对不起，您答错了！"，设置文字字体和太小，模式设为透明。设置【显示】图标的合适特效，如图 9-32 所示。

154

图9-31 设置反馈信息

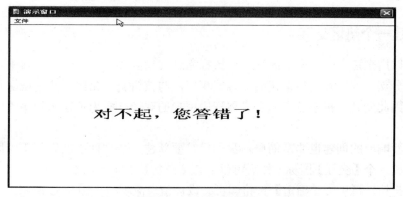

图9-32 设置反馈信息

(11) 按照同样的方式设置另外 3 个按钮，正确的选正确响应，错误的选错误响应。最后的流程线如图 9-33 所示，效果图如图 9-34 所示。

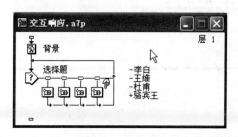

图9-33 流程图

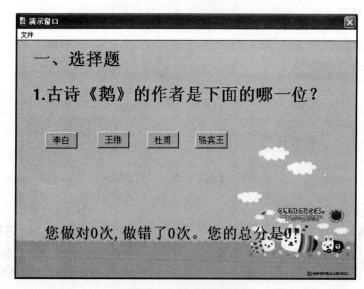

图9-34 按钮响应效果图

9.3 热区交互响应

热区域是演示窗口中可以响应用户鼠标操作事件的一块矩形区域,和按键响应相比,它的使用更加灵活和方便,而且能更好地与多媒体应用程序的背景相融合。下面介绍热区域的相关知识。

9.3.1 创建一个热区交互

热区可以用来定义一个矩形区域,当鼠标指针移动到该区域,单击或双击该区域时将激活执行程序分支。响应方式与按钮响应方式相似,与按钮交互相比,热区域交互可以丝毫不破坏背景,因此受到了越来越多的多媒体程序用户的欢迎,成为多媒体程序使用最多的交互方式之一。

热区交互响应的创建也非常简单,我们只需要新建一个文件,然后从【图标】工具栏中向流程线拖放一个【交互】图标,然后可以在该【交互】图标上拖放一个设计图标,选择【热区域】单选按钮,再单击【确定】按钮即可。设计窗口流程线如图 9-35 所示。

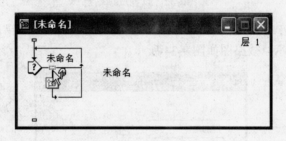

图9-35 热区交互流程线

9.3.2 热区交互属性

创建好热区域交互后,双击响应类型符号,打开交互属性设置面板,如图 9-36 所示。

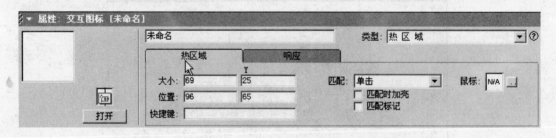

图9-36 【属性:交互图标】面板

下面介绍一下该对话框的内容。

(1)【热区域】选项卡中除了【大小】和【位置】两个基本属性外,还包括以下属性。

• 【匹配】下拉列表框:用来选择激活交互的匹配方式,有 3 种选项,如图 9-37 所示,【单击】代表单击鼠标左键,【双击】代表双击鼠标左键,【指针处于指定区域内】代表鼠标指针在热区内。

156

图9-37 【匹配】下拉列表框选项

● 【匹配时加亮】复选框：激活时，此区域将以高亮显示。

● 【匹配标记】复选框：选中时，演示窗口可以响应的区域将出现一个"▫"标志，表示此处为热区域，单击热区时"▫"会变成"▣"形状。

● 【快捷键】：文本框中输入相应的键盘按键，就可以定义交互热键。

(2) 【响应】选项卡如图 9-38 所示。此选项卡与【按钮】交互的设置方式相同。

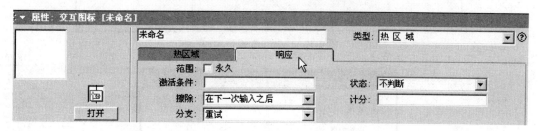

图9-38 【响应】选项卡

9.3.3 热区交互的使用

下面我们将用热区交互做"多姿多彩的大自然欣赏"课件，实现效果如下：主界面出现分类区，共有动物区和植物区两类，每个区域点击进去可以看到相应的动物或植物，鼠标移动到具体的动物或植物上可以看到它们的名称和简介，同时动物类的还能听到动物的叫声。

操作步骤如下。

(1) 新建一个文件，命名后保存在适当位置

(2) 单击【修改】|【图标】|【属性】命令，打开【属性：文件】面板，设置文件大小为 640×480，在【选项】复选框组选中【屏幕居中】复选框，如图 9-39 所示。

图9-39 【属性：文件】面板

(3) 从【图标】工具栏中向流程线拖放一个【显示】图标，命名为"背景"。双击该【显示】图标，打开设计窗口。单击【文件】|【导入和导出】|【导入媒体】命令，导入一张背景图片，如图 9-40 所示。

(4) 从【图标】工具栏拖放 1 个【交互】图标到流程线上，命名为"自然世界"。

(5) 从【图标】工具栏拖放 3 个【群组】图标到【交互】图标右侧，弹出的对话框中选择【热区域】单选按钮，并将【群组】图标分别命名为"动物"、"植物"和"退出"，主流程线如图 9-41 所示。

图9-40 "背景"设计窗口

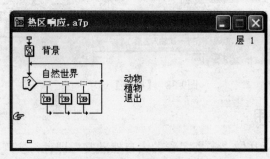

图9-41 主流程线

(6) 双击"自然世界"【交互】图标,在里面输入文字"欢迎光临丰富多彩的自然界,请您单击所喜欢的类别进去参观吧"、"动物"、"植物",并调整好字体大小和位置,调整好热区的位置,如9-42所示。

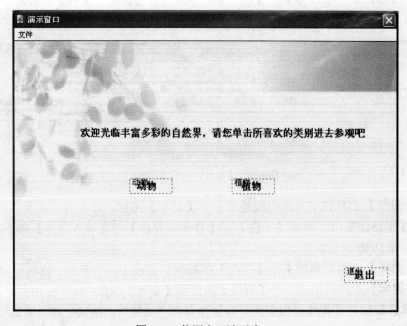

图9-42 热区交互演示窗口

158

(7) 打开其图标属性对话框，将"交互作用"标签设置擦除为"在下次输入之后"如图 9-43 所示。

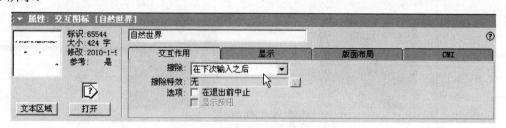

图9-43 【交互】图标属性对话框

(8) 双击【群组】图标上面的响应类型┷─符号，打开交互属性设置面板，将鼠标形状改为🖑，并且选择【单击】选项，其他选项按照默认设置即可，如图 9-44 所示。

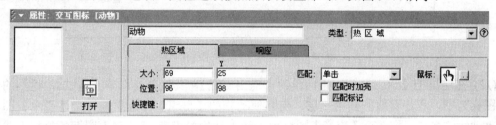

图9-44 交互属性设置面板

(9) 打开【交互】图标的属性设置对话框，在【擦除】下拉列表框中选择【在下次输入之后】对交互信息的擦除方式进行控制，如图 9-45 所示。

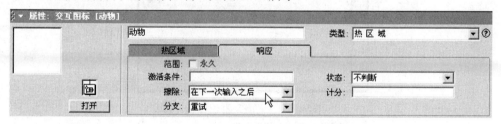

图9-45 交互属性设置面板

(10) 双击"动物"【群组】图标，打开设计窗口，在流程线上设计第二层交互流程，具体流程如图 9-46 所示。

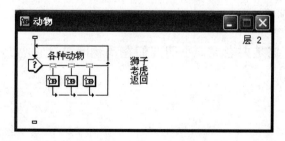

图9-46 第二层流程图

(11) 双击"各种动物"【交互】图标，在里面导入动物老虎和狮子的图片，输入文字，调整好文字和热区的位置，如图 9-47 所示。

图9-47　第二层【交互】图标内容

　　(12) 在这里把【返回】分支走向设为【退出交互】，其他分支均是【重试】，返回的【群组】图标为空，程序直接回到第一层，向其他动物的【群组】图标里拖一个【显示】图标用以输入动物的名称，拖一个【声音】图标用来导入动物的声音，【声音】图标的执行方式设为【同时】，老虎群组具体流程如图 9-48 和图 9-49 所示。

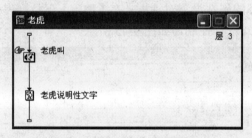

图9-48　"老虎"群组图标

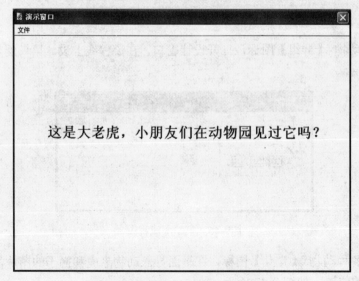

图9-49　"老虎"显示图标中的内容

160

(13) 按照同样的方式设置"狮子"【群组】图标的内容，按照同样的流程设置"植物"。

(14) 总的流程线如图 9-50 所示。

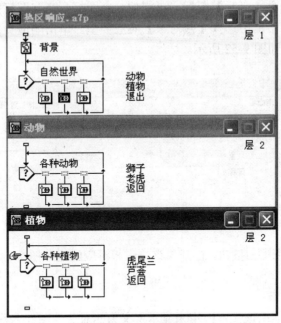

图9-50　总流程图

9.4　热对象交互响应

和热区交互相比，热对象交互响应的使用更加灵活，它不受矩形框的限制，其轮廓是所采用的图像或文字的轮廓，因此也很受广大使用者的欢迎。热对象交互响应是将【显示】图标中的内容作为交互对象，该对象可以是文本、图像、图形、数字电影等，用于响应用户的操作。热对象交互响应与热区域响应功能基本相同，只是热对象交互响应是以可见的显示对象为交互对象，且热对象交互响应的边缘可以是不规则的；热区交互响应只能是矩形的，还有就是移动的显示对象也可以作为热对象交互响应的交互对象。所以，对于形状不规则的对象，使用热对象交互存在明显的优势。下面将介绍它的使用。

9.4.1　创建一个热对象交互

热对象交互响应的创建相对来说也比较简单，先从【图标】工具栏中拖放一个【交互】图标，然后向【交互】图标上拖放一个设计图标，在弹出的对话框中，选择【热对象】单选按钮，再单击 确定 按钮即可，流程图见图 9-51。

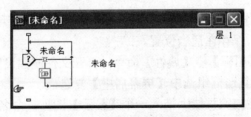

图9-51　热对象交互流程线

161

9.4.2 热对象交互属性

在流程线上添加一个【交互】图标，再拖放一个图标到交互图标的右下方，弹出【交互类型】对话框，在该对话框中选择【热对象】响应类型。单击响应类型标志，弹出热对象交互响应属性设置面板，如图 9-52 所示。

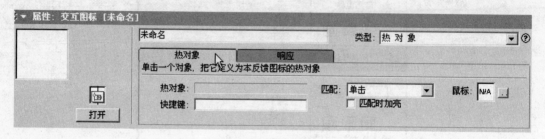

图9-52　热对象交互响应属性设置面板

单击对话框中的 **打开** 按钮，打开与该响应相对应的响应图标，即在流程图中响应类型标志符下方的图标。

1.【热对象】选项卡

● 【热对象】文本框：该文本框用来显示定义为热对象的图标名称。

● 【快捷键】文本框：该文本框用于设置热对象的快捷键，该快捷键与单击该对象的效果相同。

● 【匹配】下拉列表框：该下拉列表框用来选择鼠标在热对象激活程序分支的操作，有 3 个选项。

➢ 【单击】选项：选择该选项后，鼠标指针移动到热对象，单击激活程序分支。

➢ 【双击】选项：选择该选项后，鼠标指针移动到热对象，双击激活程序分支。

➢ 【指针在对象上】选项：选择该选项后，鼠标指针移动到热对象范围时，激活程序分支。

● 【匹配时加亮】复选框：选中该复选框，当在热对象上操作鼠标时，热对象以高亮显示。

● 【鼠标】选项组：单击该选项区的 ▪▪ 按钮，弹出【鼠标指针】对话框，选择指针在该对象上时的指针样式。

2.【响应】选项卡

此选项与按钮交互的设置方式相同。

9.4.3 热对象交互的使用

下面利用设计图标制作一个小作品来说明热对象交互响应的应用，制作步骤如下。

(1) 新建文件，命名后保存在适当位置。

(2) 单击【修改】|【图标】|【属性】命令，打开文件属性设置对话框，设置文件大小为 640×480，在【选项】复选框组选中【屏幕居中】复选框。

(3) 从【图标】工具栏向流程线上拖入一个【显示】图标，命名为"公鸡"，双击此显示图标，打开设计窗口。导入一张公鸡图片，并输入提示的文字，如图 9-53 所示。

图9-53　导入公鸡

(4) 从【图标】工具栏向流程线上拖入一个【显示】图标，命名为"click放大按钮"，双击此显示图标，打开设计窗口。导入一张可以表示放大的"click"按钮图片。

(5) 单击常用工具栏中的 按钮，播放文件。调整该放大按钮的位置，如图9-54所示。

图9-54　调整位置

(6) 从【图标】工具栏向流程线上拖入一个【交互】图标，命名为"放大"。

(7) 从【图标】工具栏向【交互】图标右侧拖入一个【显示】图标，弹出交互类型对话框，选择【热对象】类型，并且将其命名为"大公鸡"。在【显示】图标中导入公鸡的图片，并将图片大小调整放大，设置合适的特效，流程线如图9-55所示。

(8) 按住 Shift 键依次打开"大公鸡"【显示】图标、"放大按钮"【显示】图标和【热对象】响应类型按钮，选择"click"放大按钮为热对象，【匹配】选择【单击】，鼠标指针设为手型，如图9-56所示。

163

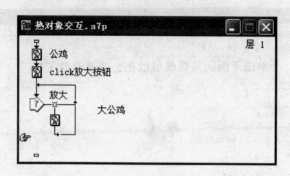

图9-55　流程线

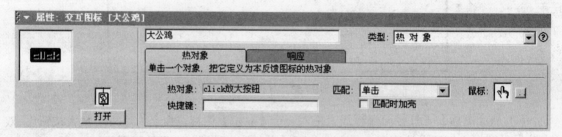

图9-56　选择热对象

(9) 运行程序，单击"click 按钮"出现公鸡放大后的的图片，如图 9-57 所示。

图9-57　公鸡放大后的图片

9.5　目标区交互响应

目标区交互响应是指当用户将目标对象拖曳到一个特定的区域里，如果能将对象移动到正确的位置，该对象就会停留在正确的位置；如果拖曳到错误的位置，该对象就会自动返回。这项功能在课件的制作中也经常用到，下面我们将介绍它的使用。

9.5.1　创建一个目标区交互

目标区交互响应的创建相对来说也比较简单，先从【图标】工具栏中拖放一个【交互】图标，然后向【交互】图标上拖放一个设计图标，然后在弹出的对话框中选择【目标区】单选按钮，再单击 确定 按钮即可，流程图见图9-58。

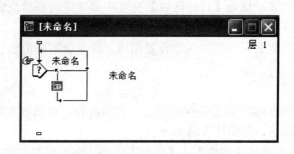

图9-58　目标区交互流程线

9.5.2　目标区交互属性

新建一个文件，从【图标】工具栏中向流程线上拖入一个【交互】图标，在【交互】图标右侧拖入一个【显示】图标，弹出【交互类型】对话框，选择【目标区】单选按钮，再单击 确定 按钮。双击设计窗口中的响应类型 ，打开交互属性设置面板（位于窗口的正下方），如图9-59所示。

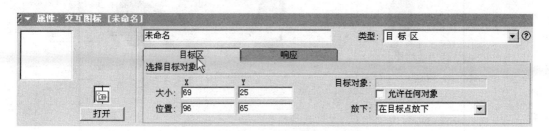

图9-59　【属性：交互图标】面板

1.【目标区】选项卡

●【大小】：表示目标区域的大小，单位是像素。此数值可以通过直接在演示窗口中拖动目标区域来修改。

●【位置】：在此文本框中显示的是目标区域左上角的坐标数，此文本框中的数值也可以通过在演示窗口中拖动目标区域来进行修改。

●【下拉列表框】：该下拉列表框有3个选项，如图9-60所示。在此下拉列表中可以设置目标对象被拖动到目标区域后的处理方式。

图9-60　"放下"下拉列表框选项

➤【在目标点放下】：留在终点。选中该项后，目标对象被拖动到目标区域后，将留在原地，不做任何处理。

➤【返回】：返回原地，目标对象被移动到目标区域后，目标对象将返回移动之前的位置，并不保留在目标区域中。

➤【在中心定位】：锁定到中心，选中此处理方式后，目标对象进入目标区域后，将自动处于目标区域的中心位置。这是【目标区域】交互中最常用的一种位置处理方式。

2.【响应】选项卡

此选项的内容与前面交互类型的内容设置相同，这里就不再说明了。

9.5.3　目标区交互的使用

本节通过实例介绍目标区交互响应的应用。实例内容是移动英文单词到相应的动物图片旁，有正确或错误的提示。其操作步骤如下。

(1) 新建一个文件，单击【文件】|【保存】命令，命名后保存在适当位置。参照前面对其属性进行设置。

(2) 在流程线上拖入一个显示图标，双击打开它，并导入猴子、小狗、老虎图片，调整至适当大小和位置，如图 9-61 所示。

图9-61　演示窗口

(3) 在流程线上添加 3 个【显示】图标，分别命名为"猴子"、"狗"、"老虎"，并且双击打开演示窗口，分别输入"monkey"和"dog"、"tiger"字样，设置文字的颜色和字体。

(4) 在流程线上添加一个【交互】图标，命名为"交互"。添加 4 个【群组】图标到该【交互】图标右侧，分别命名为"monkey 的正确位置"、"dog 的正确位置"、"tiger 的正确位置"和"错误位置"，流程线如图 9-62 所示。

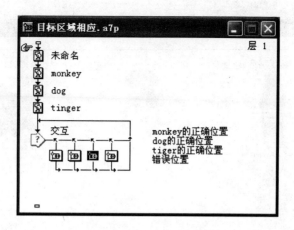

图9-62 主流程线

(5) 运行程序，弹出"monkey 的正确位置"属性设置对话框，在演示窗口将 monkey 字符选为目标对象，在【放下】下拉列表框中选择【在中心定位】，如图 9-63 所示。【状态】选择【正确响应】，如图 9-64 所示。

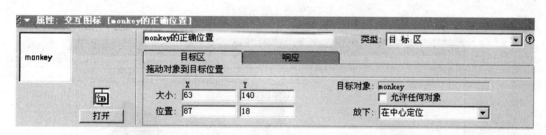

图9-63 【属性：交互图标】面板【目标区】选项

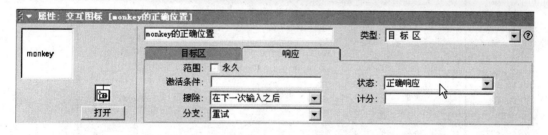

图9-64 【属性：交互图标】面板【响应】选项

(6) 然后将演示窗口中的 monkey 字符移动到"猴子"文字上，并调整"monkey 的正确位置"虚线框大小，见图 9-65。

(7) 按照同样的方法设置"dog 的正确位置"和"tiger 正确位置"图标。

(8) 单击"错误位置"【群组】图标上的响应类型标识符，弹出【响应属性】对话框，选中【目标对象】下面的【允许任何对象】复选框，在【放下】下拉列表框中选择【返回】，改变虚线框的大小，使其覆盖整个演示窗口，如图 9-66 所示。

(9) 在【属性：交互图标】面板的【响应】选项卡下的【状态】下拉列表框中，选择【错误响应】类型，如图 9-67 所示。

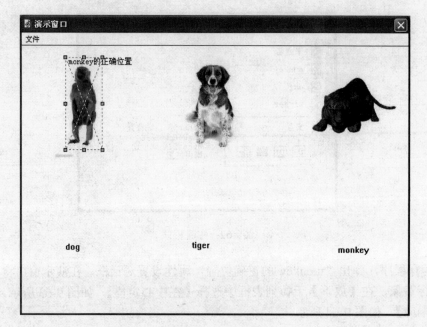

图9-65　演示窗口

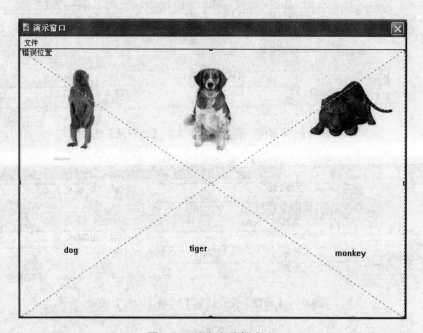

图9-66　改变虚线框大小

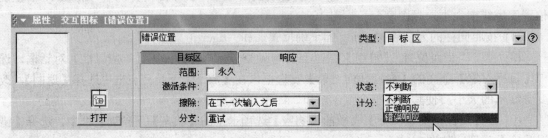

图9-67　【属性：交互图标】面板

168

(10) 双击"monkey"的正确位置【群组】图标，在打开的二级流程线窗口中添加一个【显示】图标，命名为"正确"，并在演示窗口中输入"恭喜您，答对了！"字符。用同样的方法在"错误"【群组】图标的二级演示窗口中输入"对不起，答错了！"字符。按同样的方法设置"dog 的正确位置"和"tiger 正确位置"【群组】图标。

(11) 制作完毕，最终的程序流程图如图 9-68 所示，效果图如图 9-69 和图 9-70 所示。

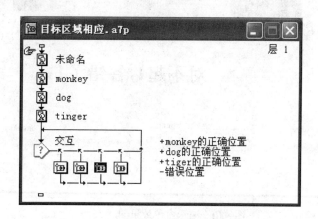

图9-68　程序流程图

图9-69　演示窗口效果图(一)

图9-70　演示窗口效果图（二）

9.6　下拉菜单交互响应

下拉菜单交互响应也是课件制作界面中最普遍应用的一种方式，下拉菜单响应的主要优势有：占屏幕空间小，能实现功能多，允许用户直接访问应用函数和访问应用对象等。在默认情况下，演示窗口有一个【File】菜单，并且里面仅有【退出】命令，如图 9-71 所示。

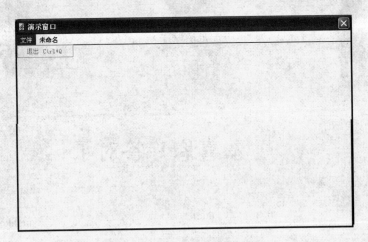

图9-71　菜单交互默认的菜单

9.6.1　创建一个下拉菜单交互

创建下拉菜单交互响应时，先从【图标】工具栏中拖放一个【交互】图标，然后向【交互】图标上拖放一个设计图标，在弹出的对话框中选择【下拉菜单】单选按钮，再单击 确定 按钮即可，流程效果如图 9-72 所示。

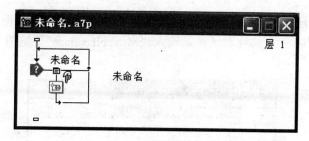

图9-72　下拉菜单交互流程线

9.6.2　下拉菜单交互属性

新建一个文件，从【图标】工具栏中向流程线拖放一个【交互】图标，命名为"交互"。在【交互】图标右侧拖入一个【显示】图标，弹出【交互类型】对话框，选择【下拉菜单】单选按钮，双击响应类型按钮 ，打开交互属性设置面板，如图 9-73 所示。

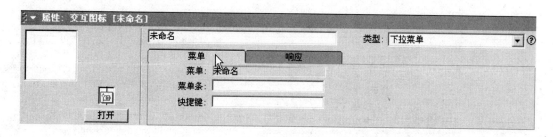

图9-73　交互属性设置面板

1.【菜单】选项卡

• 【菜单】文本框：文本框中显示的是菜单栏中出现的菜单的名称，也就是【交互】图标的名称。

• 【菜单条】文本框：此文本框用来定义对应的下拉菜单项名称，如果希望该菜单项在显示时变灰，则在菜单项名称前面加上一个左括号；如果希望显示一条分隔线，则加上一个减号；如果希望在菜单项前面显示"&"符号，则输入两个"&"符号。

• 【快捷键】文本框：在此文本框中可以输入快捷键，如果使用 Ctrl 键和其他键的组合来创建快捷键，那么只需要输入该键的字符就可以了；如果使用 Alt 键和其他键的组合来创建快捷键，那么必须在字符前面输入"Alt"。

2.【响应】选项卡

此选项卡的内容与前面相同，不再赘述。

9.6.3　下拉菜单交互的使用

本实例结合前面讲过的几种响应类型的例子，做一个交互实例的菜单，在子菜单项上做"唐诗"、"宋词"等下拉菜单，单击某个菜单就可以看到相应诗或词的内容。具体操作步骤如下。

(1) 新建一个文件。单击【文件】|【保存】命令，将该文件命名并保存在适当位置。单击【修改】|【图标】|【属性】命令，弹出文件属性设置面板，设置文件属性。

(2) 在流程线上拖入一个显示图标命名为"背景 1"，导入一背景图片，调整好大小。右击该显示图标，打开其计算属性对话框，输入"Movable:=flase"，见图 9-74，即该图片不可再移动。

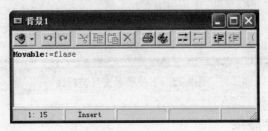

图9-74 "背景1"计算窗口

(3) 在流程线上添加一个【交互】图标，命名为"唐诗"，在【交互】图标右侧拖放 3 个【群组】图标，分别命名为"鹅"、"画"、"锄禾"，把每个【响应】选项卡的【永久】复选框选中，并在【分支】下拉列表框选择【返回】，如图 9-75 所示。

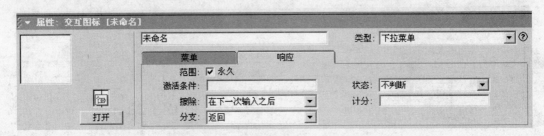

图9-75 设置分支和范围

(4) 打开"鹅"【群组】图标，拖动一个显示图标，命名为"鹅的内容"，并设置以下内容，如图 9-76 所示。并像背景 1 显示图标一样进行"计算"设置。按照此方法对"画"、"锄禾"的内容进行设置。

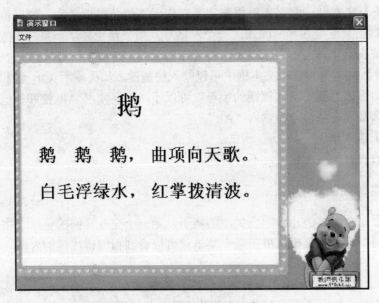

图9-76 "鹅的内容"演示窗口

(5) 复制"背景 1"图标，将其粘贴在第一个交互"唐诗"的下方，并将其重命名为"背景 2"，在其下方流程线上添加另一个【交互】图标，命名为"宋词"，在【交互】图标右侧拖放 2 个【群组】图标，分别命名为"蝶恋花"、"赤壁赋"，把每个【响应】选项卡的【永久】复选框选中，并在【分支】下拉列表框选择【返回】，按照前面唐诗的方法设置宋词部分内容。

(6) 整个程序流程线如图 9-77 所示。

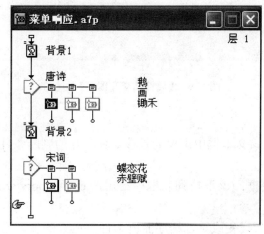

图9-77　主流程线

9.7　条件交互响应

条件交互响应可以对某个不确定的因素进行实时判断，并根据事先的设置来决定分支的流向。例如，在登录窗口中，程序可以根据输入的用户名或密码是否存在来决定程序的流向。条件交互通常与变量、表达式配合使用，共同实现判断过程。在 Authorware7.02 中，让程序监控某个变量、函数或表达式的值，如果此值为真，则可以进行响应，这就是条件交互。条件交互使用起来非常灵活，是多媒体程序设计中比较常用的一种交互方式。

9.7.1　创建一个条件交互

新建一个文件，从【图标】工具栏中向流程线拖放一个【交互】图标，在【交互】图标上拖入一个设计图标，在弹出【交互类型】对话框选择【条件】单选按钮，流程线如图 9-78 所示。

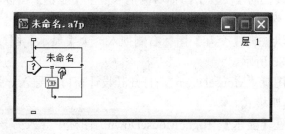

图9-78　条件交互流程线

9.7.2 条件交互属性

双击响应类型"┬"符号，打开交互属性设置面板，如图 9-79 所示。

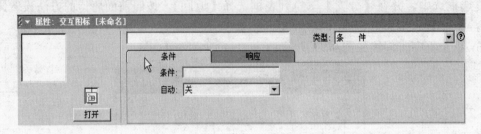

图9-79 【属性：交互图标】面板

1. 【条件】选项卡

● 【条件】文本框：该文本框中出现的是该条件交互的判断条件，它与图标的名称是完全一致的。

● 【自动】下拉列表框：该下拉列表框中给出的是 Authorware7.02 提供的 3 种匹配方式。

➤ 【当由假为真】：从假变成真，程序监测条件表达式的值，当此值从假变成真的时候响应。

➤ 【为真】：只要为真，程序随时监测条件表达式的值，只要为真就进入交互执行。

➤ 【关】：取消自动匹配。只有用户做出响应动作时才判断是否匹配，真的时候响应。

2. 【响应】选项卡

此选项卡的内容与前面相同，不再赘述。

9.7.3 条件交互的使用

本例利用【显示】图标和【交互】图标制作鼠标的左右键功能，利用条件交互响应实现在屏幕上某一个位置单击鼠标左键，图片会随鼠标显示出来；同样，在屏幕上某一位置单击鼠标右键，另一张图片也会随着鼠标显示出来。制作步骤如下：

(1) 新建一个文件，命名并且保存在适当位置。

(2) 从【图标】工具栏向流程线拖入一个【显示】图标，命名为"背景"，并向其中导入一幅图片。

(3) 从【图标】工具栏向流程线拖放一个【交互】图标，命名为"交互"。

(4) 从【图标】工具栏向【交互】图标右侧拖入一个【显示】图标，弹出【交互类型】对话框，选择【条件】单选按钮，并将其命名为"MouseDown"。

(5) 从【图标】工具栏向【交互】图标右侧拖入一个【显示】图标，将其命名为"Right MouseDown"，如图 9-80 所示。

(6) 双击【显示】图标"MouseDown"，打开其设计窗口，导入一张虫子图片，调整其大小，并设置其模式为透明模式。

(7) 同上步操作，在【显示】"Right MouseDown"图标中导入另一张图片，调整其大小，并设置其模式为透明模式。

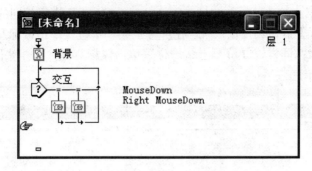

图9-80　流程线窗口

(8) 双击打开响应类型按钮，在【自动】下拉列表框中选择【为真】，如图 9-81 所示。【响应】选项卡中，擦除条件设为【在下一次输入之前】，如图 9-82 所示。做到单击鼠标图片就出现，松开鼠标图片就消失。

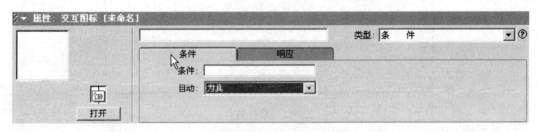

图9-81　【属性：交互图标】面板

图9-82　【属性：交互图标】面板

(9) 下面让图片也随着鼠标的位置而变化。在【显示】图标"MouseDown"上单击鼠标右键，选择【属性】选项，打开【属性：显示图标】面板，设置过渡效果从上到下，时间为 1 秒，设置其显示位置为【在屏幕上】，活动性为【在屏幕上】，在【初始】文本框后填入变量"CursorX"和"CursorY"，表示此图片现在的位置与鼠标的位置相同，如图 9-83 所示。

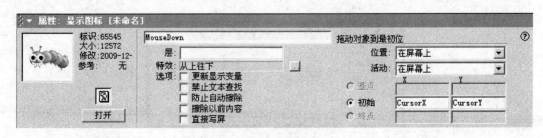

图9-83　设置属性

(10) 同上步操作，对【显示】图标"Right MouseDown"进行相同的设置。

(11) 单击【运行】按钮，预览效果，在屏幕上某一个位置单击鼠标左键，"毛毛虫"图片会跟随鼠标显示出来；同样，在屏幕上某一位置单击鼠标右键，另一张图片也会随鼠标显示出来，如图9-84所示。

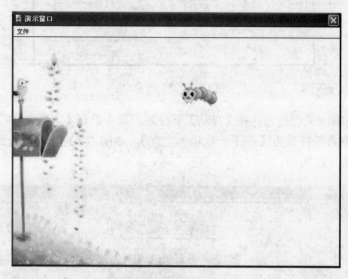

图9-84　最终效果

9.8　文本输入交互响应

文本输入交互响应也是常用的响应类型，用户可以在文本框中输入字符串，实现交互响应。使用文本输入交互方式是利用Authorware7.02的系统变量记录用户输入的文本，并检查该文本是否与预设文本匹配，如果匹配则进入交互，如果不匹配，则不能进入交互。下面将介绍它的使用。

9.8.1　创建一个文本输入交互

文本输入交互的创建也非常简单，用户只需要新建一个文件，然后从【图标】工具栏向流程线拖放一个【交互】图标，然后可以在该【交互】图标上拖放一个设计图标，弹出【交互类型】对话框，选择【文本输入】单选按钮，再单击【确定】按钮即可创建成功，如图9-85所示。

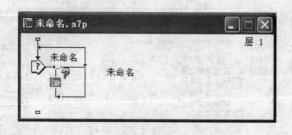

图9-85　文本输入交互流程线

176

9.8.2　文本输入交互属性

同样，新建一个文件，从【图标】工具栏中向流程线拖放一个【交互】图标，在【交互】图标上拖入一个设计图标弹出【交互类型】对话框，选择【文本输入】单击按钮。双击响应类型 "`т`" 符号，打开交互属性设置面板，如图 9-86 所示。

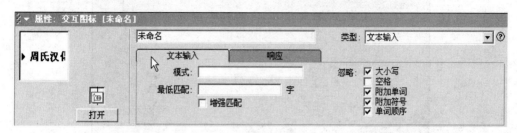

图9-86　【属性：交互图标】面板

1.【文本输入】选项卡

【文本输入】选项卡，如图 9-86 所示。

● 【模式】文本框：预设文本，文本框中显示的就是预设文本，可以直接进行修改。注意修改的同时，该图标的名称不会随之变化，如果【模式】文本框为空，则 Authorware 会自动将图标的名称作为匹配文本。

● 【最低匹配】文本框：最少匹配，可以设置用户最少应当输入的匹配的单词个数。

● 【增强匹配】复选框：多次补充，选中此复选框，则用户有多次补充机会。

● 【忽略】复选框组：此复选框组中的内容表示忽略对用户输入内容的控制。具体有 5 个复选框。

➤ 【大小写】：选中此复选框后，Authorware7.02 将忽略用户输入文体的字母大小写。

➤ 【空格】：忽略用户输入文本中的空格，一般很少使用。

➤ 【附加单词】：忽略多余的词。例如输入 class one 或 class two 均可以响应 class 文本设置标签。

➤ 【附加符号】：特殊标点符号，选中该复选框后，Authorware7.02 将忽略用户输入到文本中的多余标点符号。

➤ 【单词顺序】：即不考虑用户输入文本与预设文本的单词顺序，只考虑内容。例如，选中此项后，输入 Two Class 可以与 Class Two 匹配，进行响应。

2.【响应】选项卡

此选项卡的内容与前面相同，不再赘述。

9.8.3　文本输入交互的使用

本实例介绍通过文本输入交互实现 "密码输入程序" 的设计，其操作步骤如下。

(1) 新建一个文件，命名为 "文本输入 1"，并且保存在电脑的适当位置。

(2) 从【图标】工具栏向流程线上拖入一个【显示】图标，命名为 "背景"，双击打开此【显示】图标，向其中导入一张图片，作为实例的背景，调整图片大小与演示窗口一样大。

(3) 利用文本工具，输入 "请您输入密码:" 字符，调整文字的字体和大小，并设置覆盖模式为 "透明"，如图 9-87 所示。

图9-87 输入字符

(4) 在流程线上拖放一个【交互】图标，命名为"文本输入"，再在这个【交互】图标的右侧添加两个【显示】图标，在弹出的【交互类型】对话框中，选择【文本输入】单选按钮，把两个【显示】图标分别命名为"正确"和"错误"。

(5) 双击打开【显示】图标"正确"，在其演示窗口中利用文本工具输入"密码输入正确，请进入！"字符，设置覆盖模式为"透明"，如图9-88所示。

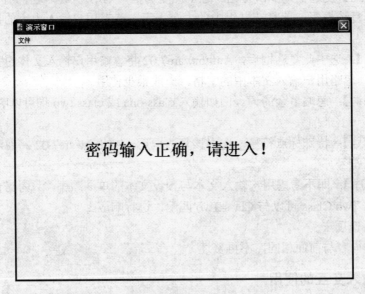

图9-88 演示窗口

(6) 用与步骤5同样的方式在"错误"图标中输入"密码错误，请重新输入！"字符。

(7) 双击"文本输入"【交互】图标，在弹出的演示窗口中调整文本输入框到适当位置，并再次双击交互文本框，弹出【属性：交互作用文本字段】对话框。在【文本】选项卡中设置交互文本框的属性。为了不让别人看到密码，应该设置文本颜色和背景颜色完全相同，如图9-89所示。

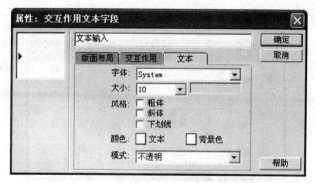

图9-89 【属性：交互作用文本字段】对话框

(8) 双击"正确"图标的响应类型按钮，在模式里面输入正确的密码"123456"，把"正确"图标的分支设为"退出交互"，表示密码正确就可以浏览主流程线上的其他内容。

(9) 同样双击"错误"的响应类型按钮，在模式里面输入错误的密码"*"(输入*号时左右要加英文标点下的双引号)，见图 9-90。

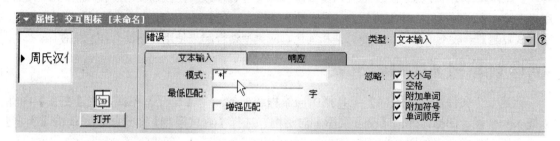

图9-90 【属性：交互图标】面板

(10) 至此程序设计完成，运行程序，输入密码会出现相应的提示，如图 9-91 所示。

图9-91 程序效果图

本实例的流程图如图 9-92 所示。

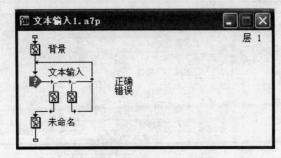

图9-92　程序设计流程图

9.9　重试限制交互响应

【重试限制】交互响应可以为某个交互响应设置限制次数，例如在登录窗口、试题的应答中等。多媒体课件制作中为了防止他人入侵多媒体课件并且修改，往往需要用户输入密码，考虑到用户在输入密码时可能会出现失误，一般安排 3 次机会，这个就可以用【重试限制】响应来实现。【重试限制】一般不单独使用，而总是和其他响应类型结合起来使用。下面介绍它的使用。

9.9.1　创建一个重试限制交互

新建一个文件，从【图标】工具栏中向流程线拖放一个【交互】图标，在【交互】图标上拖入一个设计图标，弹出【交互类型】对话框，选择【重试限制】单选按钮，单击【确定】按钮即可创建成功，如图 9-93 所示。

图9-93　重试限制响应流程图

9.9.2　重试限制交互属性

双击流程线窗口中响应类型"-#-"符号，打开交互属性设置面板，如图 9-94 所示。

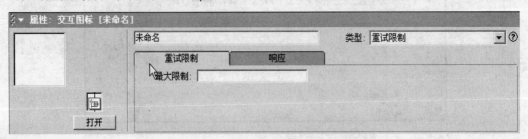

图9-94　【属性：交互图标】面板

180

在【重试限制】选项卡中，【最大限制】文本框用来设置允许用户尝试的最大次数。【响应】选项卡各项和前几节设置方式一样，不再赘言。

9.9.3　重试限制交互的使用

下面我们用重试限制交互设计一个猜数游戏，其操作步骤如下：

(1) 新建一个文件，命名为"重试限制响应"。

(2) 在流程线上放置一个显示图标，命名为"文字"，导入一幅图片，并输入提示信息，如图 9-95 所示"文字"图标内的内容。

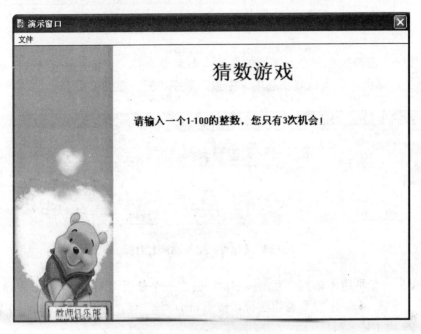

图9-95　猜数游戏演示窗口

(3) 在流程线上放置一个运算图标，命名为"随机数"，双击打开输入如图 9-96 所示内容。

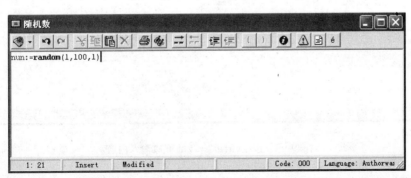

图9-96　随机数窗口中输入初始化函数内容

(4) 向流程线拖放一个交互图标，命名为"猜数游戏"。

(5) 拖曳一个群组图标到交互图标的右边，交互类型选择为"条件"，并打开其属性对话框，在条件选项卡中的条件框里输入"nun=NumEntry"，如图 9-97 所示。交互类型选择"退出交互"。

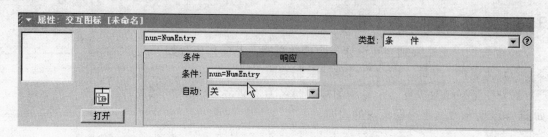

图9-97 【属性：交互图标】面板

(6) 拖曳一个群组图标到交互图标的右边，命名为"3"，交互类型选择为"重试限制"，并打开其属性对话框，在重试限制选项卡中输入数字"3"，见图 9-98。

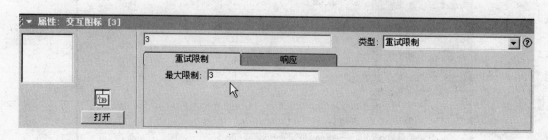

图9-98 【属性：交互图标】面板

(7) 拖曳另一个群组图标到交互图标右面，建立一个使用通配符""的文本输入响应，交互类型选择"重试"。选中"*"群组图标，按下 ctrl+"="键，在弹出的编辑框中输入以下内容。如图 9-99 所示。

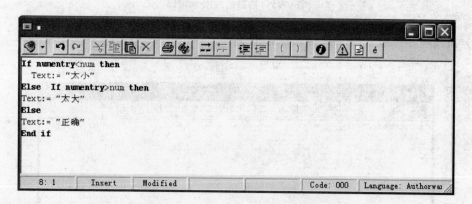

图9-99 按下ctrl+"="键窗口输入内容

(8) 打开"*"群组图标，在二级流程线上拖入一个【显示】图标，输入内容"您输入的数字{Text}，您还有{3-TimesMatched}次机会！"。见图 9-100。其中 TimesMatched 是一个系统变量，存储用户最终操作当前图标的次数。

(9) 程序的整个流程图如图 9-101 所示。

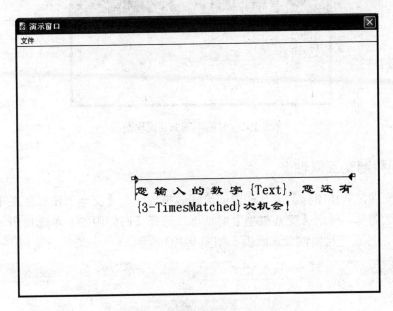

图9-100　提示窗口中输入内容

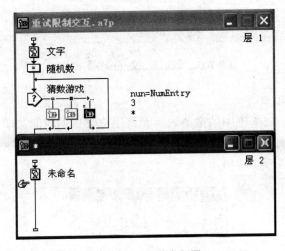

图9-101　整个流程图

9.10　时间限制交互响应

时间限制就是要求用户在规定时间内做出选择，当超过时间限制，将自动退出交互程序。时间限制主要是使用时间来限制用户对某个交互程序的选择，通常该响应方式与别的响应方式结合起来用。

9.10.1　创建一个时间限制交互

时间限制响应的创建方式参照前面其他类型交互创建方法，其流程线图如图 9-102 所示。

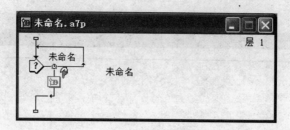

图9-102　时间限制交互流程图

9.10.2　时间限制交互属性

新建一个文件，从【图标】工具栏中向流程线拖放一个【交互】图标，在【交互】图标上拖入一个设计图标，弹出【交互类型】对话框，选择【时间限制】单选按钮。双击响应类型"-♀-"符号，打开交互属性设置面板，如图9-103所示。

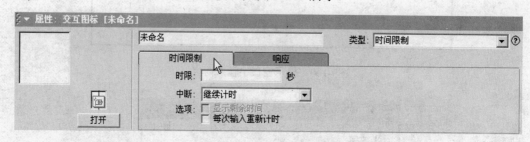

图9-103　【属性：交互图标】面板

1.【时间限制】选项卡

• 【时限】文本框：文本框中的数值表示允许用户尝试的时间，单位是秒。

• 【中断】下拉列表框：用于控制用户跳转到其他操作时，Authorware 7.02 如何处理时间限制交互。其选项如图9-104所示。

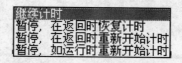

图9-104　【中断】下拉列表框中的选项

➤【继续计时】：在执行一个永久性交互作用时，仍保持计时状态。

➤【暂停，在返回时恢复计时】：当 Authorware 跳转去执行一个永久性交互作用时，暂停计时，返回时，限时响应继续计时。

➤【暂停，在返回时重新开始计时】：当 Authorware 跳转去执行一个永久性交互作用时，暂停计时，用户返回后继续计时。如果在跳转前已经超时，则在用户返回后重新计时。

➤【暂停，如运行时重新开始计时】：当 Authorware 跳转去执行一个永久性交互作用时，暂停计时，用户返回后继续计时，并且只有在跳转前没有超时，限时响应才会重新计时。

• 【选项】复选框组

➤【显示剩余时间】复选框：Authorware 将在演示窗口中显示一个小闹钟，用以倒计时。

➤【每次输入重新计时】复选框：在用户每次尝试时都会重新开始计时。

2.【响应】选项卡

各项和前几节设置方式一样，不再赘言。

9.10.3　时间限制交互的使用

本实例介绍通过时间限制交互控制小狗在固定区域内随机运动，其操作步骤如下：

(1) 放一个显示图标到流程线上，取名为"小狗"，导入一张小狗图片，如图9-105所示。

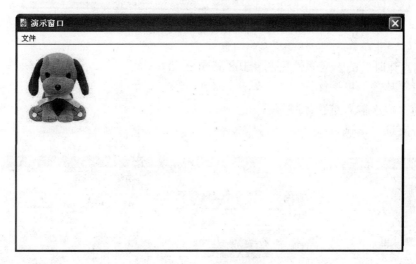

图9-105　小狗图片

(2) 拖动一个移动图标到显示图标的下方，取名为"移动"，如下设置：

- 移动类型为"固定区域内的一点"。
- 移动对象为"小狗"。
- 移动时间为"2"。
- 执行方式为"永久"。

小狗起点为窗口左上角，终点为窗口右下角，基点为（x，y），见图9-106。

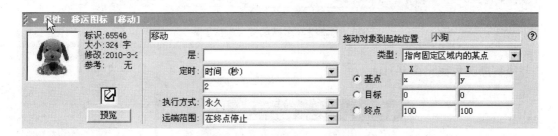

图9-106　移动属性对话框属性设置

(3) 在移动图标下面再放一交互图标，交互图标的左侧放一群组图标，命名为"计时"。

(4) 打开计时群组图标，在其流程线上再放一计算图标，打开计算图标，输入以下内容，见图9-107。

x:=Random(1，100，1)

y:=Random(1，100，1)

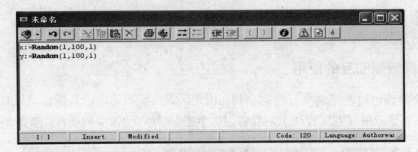

图9-107　计算图标窗口中输入内容

(5) 设置"计时"的响应属性见图 9-108 和图 9-109。

- 时限与"移动"里一样。
- 选项为"每次输入重新计时"。
- 响应分支选"重试"。

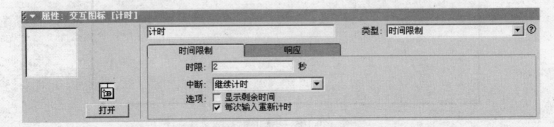

图9-108　交互图标属性【时间限制】

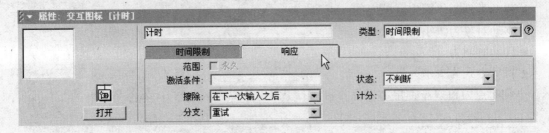

图9-109　交互图标属性【响应】

整个程序流程图见图 9-110。

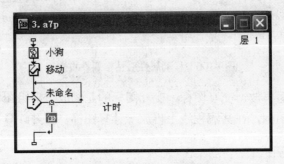

图9-110　整个程序流程图

9.11 按键交互响应

按键响应是指当最终用户敲击键盘上的某个单键或组合键时，能够匹配响应，获得某种反馈信息。

9.11.1 创建一个按键交互

按键响应的创建方式参照前面其他类型交互创建方法，其流程图如图 9-111 所示。

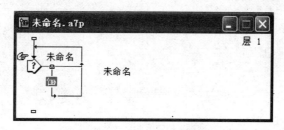

图9-111 按键响应流程图

9.11.2 按键交互属性

新建一个文件，从【图标】工具栏中向流程线拖放一个【交互】图标，在【交互】图标右侧拖入一个设计图标，弹出【交互类型】对话框，选择【按键】单选按钮。双击响应类型按钮"⊶"，打开交互属性设置面板，如图 9-112 所示。

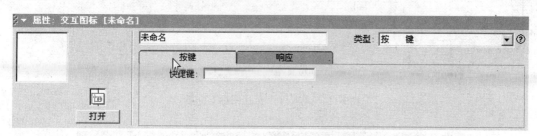

图9-112 【属性：交互图标】面板

【按键】的【快捷键】文本框，用于设置输入字母、数字、功能键或组合键作为快捷键。
【响应】选项卡：各项和前几节设置方式一样，不再赘述。

9.11.3 按键交互的使用

下面我们使用按键交互制作一个通过按键输入试题答案的实例，其操作步骤如下：

(1) 放一个【显示】图标到流程线上，取名为"题目"，导入一张背景图片，并输入相应的文本内容，设置其覆盖模式为"透明"，如图 9-113 所示。

(2) 拖动一个【交互】图标到【显示】图标的下方，取名为"选择答案"。

(3)【交互】图标左侧放一群组图标，设置其类型为"按键响应"，打开交互图标属性对话框，在图标名称框中输入"alA"，如图 9-114 所示。

(4) 打开"alA"群组图标，在其流程线上拖入一显示图标，命名为输入正确应答提示"A√"，并调整到适当位置，如图 9-115 所示。

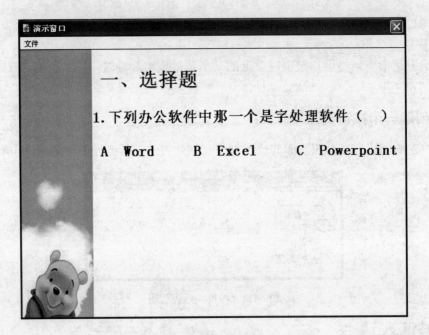

图9-113　背景图片

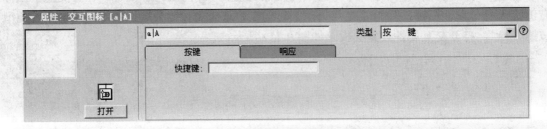

图9-114　【属性：交互图标】面板

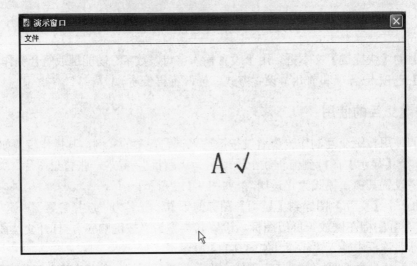

图9-115　演示窗口

(5) 再拖动一计算图标到"反馈信息"显示图标下方,并打开输入变量"a:=a+1",如图9-116 所示。

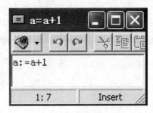

图9-116　计算窗口

(6) 同样按照上述步骤设置另外两个错误答案的群组图标属性,整个程序流程图见图9-117。其效果见图9-118。

图9-117　流程图

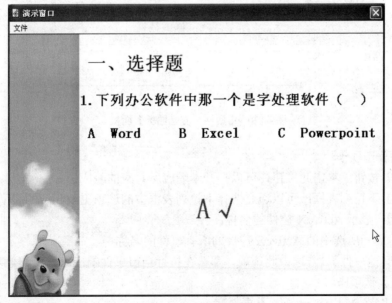

图9-118　程序效果图

9.12 事件交互响应

9.12.1 创建一个事件交互

【事件响应】是一个比较特殊的响应方式，主要用于对 ActiveX 控件等发送的事件进行响应。在 Authorware 中很少用到事件响应，因为事件响应涉及 Windows 的 ActiveX 标准的问题，这里仅简单介绍它的使用方法。

以同样的方式创建事件响应，其流程线如图 9-119 所示。

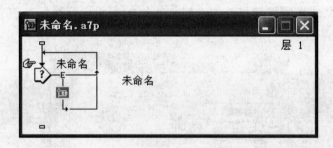

图9-119 事件交互流程线

9.12.2 事件交互属性

新建一个文件，从【图标】工具栏中向流程线拖放一个【交互】图标，在【交互】图标上拖入一个设计图标，弹出【交互类型】对话框，选择【事件】单选按钮。双击【显示】图标上方的"ε"符号，打开交互属性设置面板，如图 9-120 所示。

图9-120 【属性：交互图标】面板

1.【事件】选项卡

- 【打开】按钮：单击此按钮，可以打开本响应所对应的响应图标，编辑其中的内容。
- 【类型】下拉列表框：可以通过选择下拉列表框中的选项更改相应的类型。
- 【发送】：显示 ActiveX 控件的名称。
- 【事】：显示所选中的 ActiveX 控件的所有事件的名称。
- 【挂起其他事件】：若选中此选项，那么在执行当前事件响应时，将其他事件挂起。

2.【响应】选项卡

各项和前几节设置方式一样，不再赘言。

9.13 应 用 实 例

9.13.1 按钮交互实例：中国古代四大美女

主要应用【交互响应】中的【按钮响应】完成中国古代四大美女的实例。流程图如图 9-121 所示。

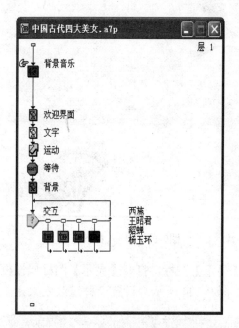

图9-121 "中国古代四大美女"流程图

操作步骤：

(1) 建立一个新文件，单击【文件】|【保存】命令，将该文件命名为"中国古代四大美女"。

(2) 在主流程线上放置一个声音图标，命名为"背景音乐"。放置 3 个【显示】图标，依次命名为"欢迎界面"、"文字"、"背景"。在"文字"【显示】图标后放一个【移动】图标，命名为"运动"。在"运动"移动图标后放一个【等待】图标，命名为"等待"，最后放一个【交互】图标，命名为"交互"。

(3) 双击声音图标，打开属性对话框，单击属性框中的【导入】按钮导入一个音乐文件。在【计时】中选择执行方式【同时】，播放次数为【1】次，即可得到如图 9-122 所示界面。

图9-122 【导入音乐】设置属性

(4) 打开"欢迎界面"【显示】图标，导入一张图片作为背景，即可得到如图 9-123 所示界面。

图9-123　导入背景图片

(5) 双击"欢迎界面"【显示】图标，打开【显示】图标属性框，选择其中的【特效】，调出【特效方式】对话框，如图 9-124 所示。设置一种过渡效果。

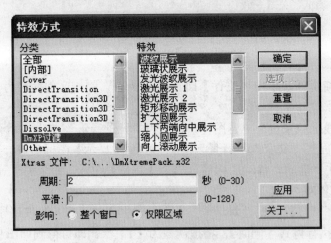

图9-124　【显示】图标过渡效果设置

(6) 打开"文字"【显示】图标，在 Word 中输入艺术字"请你欣赏！"，调整好大小，选择 Word 工具栏中的"复制 "按钮，回到 Authorware 界面，选择工具栏中的"粘贴 "按钮，即可得到如图 9-125 所示界面。将文字移动到如图 9-126 所示位置。

(7) 双击【运动】图标，打开演示窗口并点击文字，将文字移动到如图 9-127 所示位置。点击属性框，在【定时】中设置时间，执行方式选择【等待直到完成】，类型选择【指向固定点】，如图 9-128 所示。

图9-125 输入"艺术字"

图9-126 移动"艺术字"

图9-127 文字位置

图9-128 设置属性

(8) 双击【等待】图标,打开属性框对【时限】作相应的设置,如图 9-129 所示。

(9) 双击"背景"【显示】图标,导入一张背景图片,输入艺术字"中国历史上的四大美女",同时输入"西施"、"王昭君"、"貂蝉"、"杨玉环"并调整好大小,即可得到如图 9-130 所示界面。设置过渡效果。

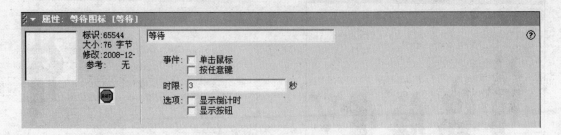

图9-129 设置时限

图9-130 输入"艺术字与文字"

(10) 在【交互】图标右侧依次拖入 4 个群组图标，分别命名为"西施"、"王昭君"、"貂蝉"、"杨玉环"。【交互】类型均设置为按钮响应类型，如图 9-131 所示。切换到【响应】选项卡，【擦除】选择为【在下一次输入之后】，【分支】选择为【重试】，【状态】选择为不判断，如图 9-132 所示。

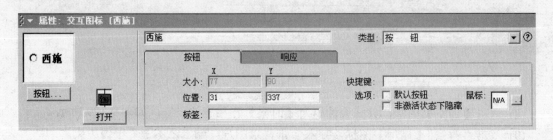

图9-131 按钮类型设置

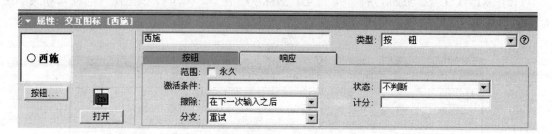

图9-132 响应选项设置

(11) 单击对话框最左边的 按钮... 打开【按钮】对话框，单击【添加】按钮，在弹出的【按钮编辑】对话框中选择【图案】右侧的【导入】，如图9-133 所示。在【导入文件对话框】中依次选择四大美女的图片，将按钮类型变成四大美女的图片，如图9-134 所示。

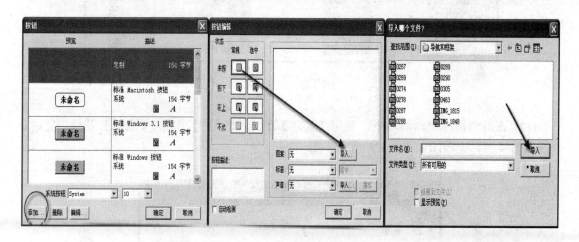

图9-133 按钮类型添加

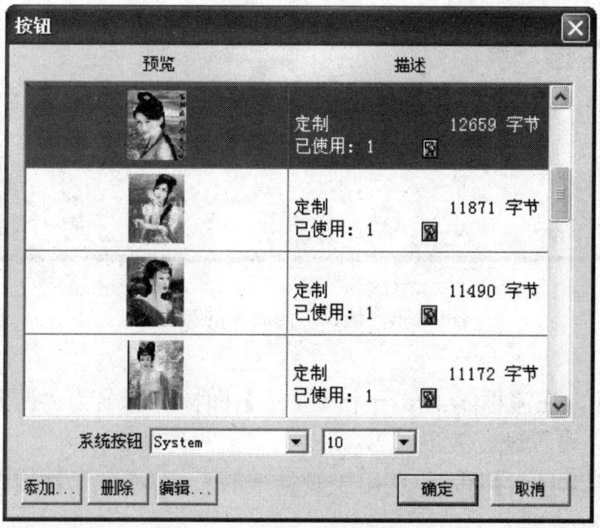

图9-134 按钮类型

(12) 双击【交互】图标，打开【交互】图标演示窗口。对 4 个按钮图片的位置和大小进行调整，如图 9-135 所示。

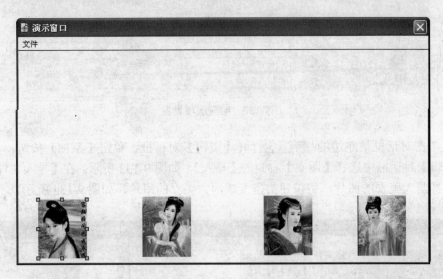

图9-135 按钮图片

(13) 在群组图标"西施"中，利用【显示】图标、【等待】图标、【运动】图标，完成认识西施的实例。流程图如图 9-136 所示。

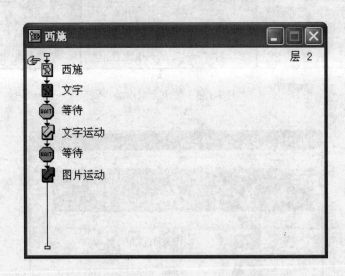

图9-136 认识"西施"的流程图

① 双击群组图标，在流程线上放一个【显示】图标，命名为"西施"。导入一张背景图片，如图 9-137 所示。设置过渡效果。

② 放一个"文字"【显示】图标，利用工具栏中的【文字】工具在演示窗口中输入图 9-138 所示的文字。设置过渡效果。

③ 放一个【等待】图标，打开属性框，对【时限】作相应的设置。如图 9-139 所示。

196

图9-137 导入"背景"图片

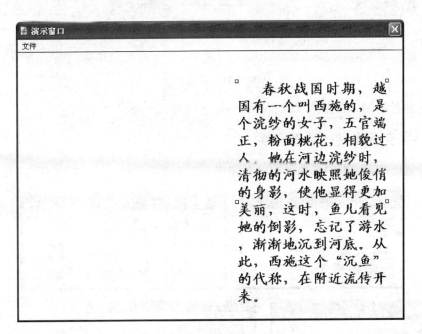

图9-138 文字输入

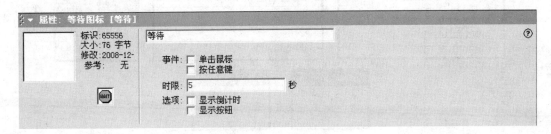

图9-139 设置时限

④ 放置一个移动图标，命名为"文字运动"。双击"运动"图标，打开"文字"演示窗口，将文字从窗口右侧移出，单击属性框，在【定时】中设置时间，执行方式选择【等待直到完成】，类型选择【指向固定点】即可得到如图 9-140 所示界面。

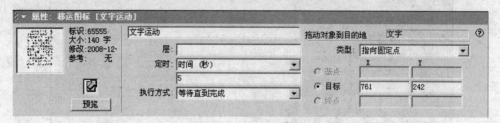

图9-140　运动属性

⑤ 在移动图标后放一个【等待】图标，参照步骤③对属性进行设置。

⑥ 最后放一个移动图标，命名为"图片运动"。参照步骤④，设置移动图标的属性，图片移动是从斜上方移出演示窗口，属性设置如图 9-141 所示。

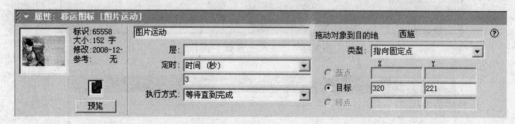

图9-141　设置属性

(14) 其他群组图标的操作步骤和群组图标"西施"一样。

9.13.2　热区交互实例：看图识字

利用【交互】响应中的【热区响应】完成看图识字的实例。流程图如图 9-142 所示。

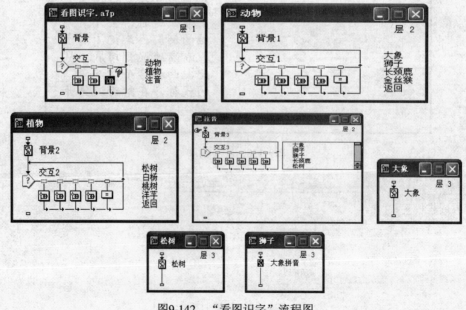

图9-142　"看图识字"流程图

198

操作步骤：

(1) 建立一个新文件，单击【文件】|【保存】命令，将该文件命名为"看图识字"。

(2) 在主流程线上放置一个【显示】图标，命名为"背景"。双击打开图标，导入一张图片作为背景，如图 9-143 所示。

图9-143　导入图片

(3) 在【显示】图标的下方放一个【交互】图标，命名为"交互"。

(4) 在【交互】图标右侧放置 3 个群组图标，选择【热区域】响应条件，依次命名为"动物"，"植物"，"注音"。将 3 个【热区域】拖动到与背景图中的文字相重合位置，如图 9-144所示。

图9-144　【热区域】位置

(5) 打开【交互】图标属性框，进行设置，如图9-145所示。

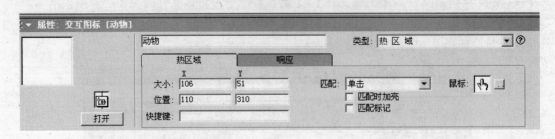

图9-145 属性设置对话框

(6) 双击打开"动物"群组图标，在二级流程线上放一个【显示】图标，命名为"背景1"。双击打开【显示】图标，导入"狮子"、"长颈鹿"、"金丝猴"、"大象"4张图片。调整其大小，位置，如图9-146所示。

图9-146 导入图片

(7) 在【显示】图标后放一个【交互】图标，命名为"交互1"。在其右侧依次放置4个群组图标，选择【热区域】响应类型，命名为"大象"、"狮子"、"长颈鹿"、"金丝猴"。放一个计算图标，选择【按钮响应】类型，命名为"返回"。将4个【热区域】拖动到与"背景1"中4个图片相重合位置，按钮也放到相应位置，如图9-147所示。

(8) 打开"交互1"图标属性框，进行设置，如图9-148所示。

(9) 双击打开"大象"群组图标，在三级流程线上放置一个【显示】图标，双击打开该图标，在Word中利用"自选图形"，输入文字，调整好大小，选择Word工具栏中的"复制 [图标]"按钮，回到Authorware界面，选择工具栏中的"粘贴 [图标]"按钮，得到如图9-149所示界面。

200

图9-147 【热区域】和按钮位置

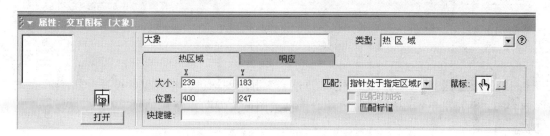

图9-148 属性设置

图9-149 导入Word制作图片

(10) 参照步骤(9)，依次对"狮子"、"长颈鹿"、"金丝猴"群组图标进行相应操作。

(11) 双击打开"返回"计算图标，在对话框中写入返回语句"GoTo(IconID@"背景")"，如图 9-150 所示。按钮响应类型的属性框设置如图 9-151 所示。

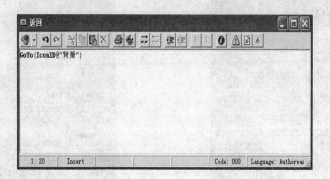

图9-150　输入语句

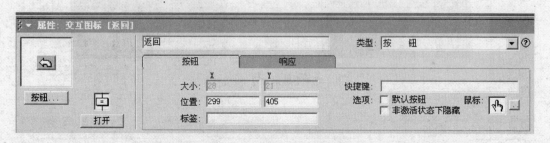

图9-151　按钮响应类型设置

(12) 参照以上步骤，对"植物"和"注音"群组图标进行相应操作设置。"植物"群组里面内容和"动物"群组图标一样。"注音"群组图标流程图如图 9-152 所示，里面包含了所有动物和植物。

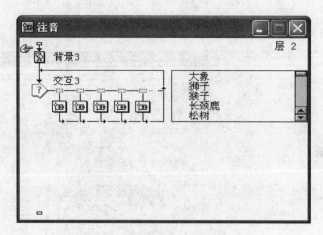

图9-152　"注音"群组图标流程

(13) "注音"群组图标中"背景3"的【显示】图中，导入的背景图片如图 9-153 所示。"交互 3"中"大象"群组图标中的【显示】图标中导入的文字如图 9-154 所示。其余设置参照"动物"群组图标的步骤。

202

图9-153   "背景3"【显示】图标中导入图片

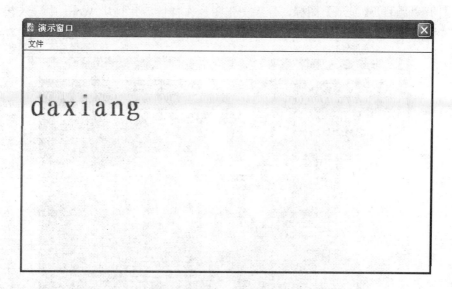

图9-154   "大象拼音"【显示】图标中输入文字

9.13.3   热对象交互实例：九大行星

利用【热对象】响应，完成九大行星的实例。流程图如图9-155所示。

操作步骤：

(1) 建立一个新文件，单击【文件】|【保存】命令，将该文件命名为"九大行星"。

(2) 在主流程线上分别放置12个【显示】图标，分别命名为"题目"、"背景图"、"太阳"、

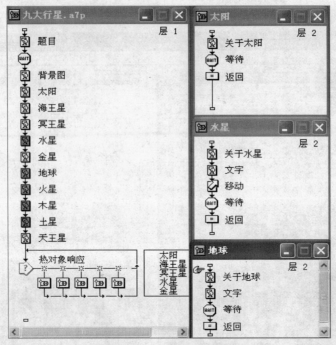

图9-155 "九大行星"流程图

"海王星"、"冥王星"、"水星"、"金星"、"地球"、"火星"、"木星"、"土星","天王星"。

(3) 打开"题目"【显示】图标，导入一张图片作背景，并且从 Word 中导入艺术字"九大行星"，调整好大小，如图 9-156 所示，并设置过渡效果。

图9-156 导入背景图片和艺术字

(4) 在"题目"【显示】图标后放一个【等待】图标，【等待】图标属性设置如图 9-157 所示。

(5) 打开"背景图"【显示】图标，导入一张背景图，如图 9-158 所示。

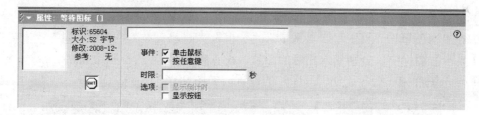

图9-157　属性设置

图9-158　导入图片

(6) 打开"太阳"【显示】图标，导入太阳的图片，如图 9-159 所示。

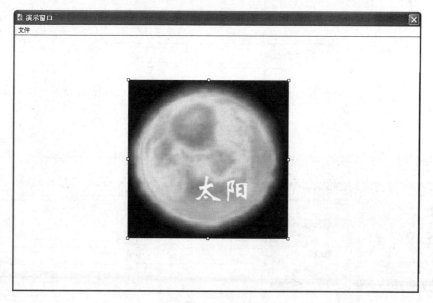

图9-159　导入图片

(7) 打开"太阳"【显示】图标的演示窗口，在工具栏中设置模式为【透明】。

(8) 在"海王星"、"冥王星"、"水星"、"金星"、"地球"、"火星"、"木星"、"土星"、"天王星"【显示】图标中，分别导入相应的图片，设置模式。（方法参照步骤(7)）

(9) 导入图片完成后，调整所有图片的位置，如图 9-160 所示。

图9-160　图片位置

(10) 最后向主流程线上拖入一个【交互】图标，命名为"热对象响应"，在【交互】图标右侧拖入 10 个群组图标，选择【热对象】交互类型 。群组图标依次命名为"太阳"、"海王星"、"冥王星"、"水星"、"金星"、"地球"、"火星"、"木星"、"土星"、"天王星"。如图 9-161 所示。

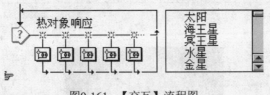

图9-161　【交互】流程图

(11) 双击-※-，弹出属性对话框，对【响应】进行设置，如图 9-162 所示。

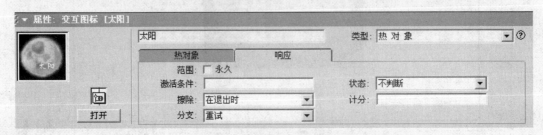

图9-162　【响应】属性对话框

(12) 按住 Shift 键依次打开"太阳"【显示】图标和【热对象】响应类型，选择太阳为热对象，【匹配】选择【单击】，鼠标指针设为手型，如图 9-163 所示。

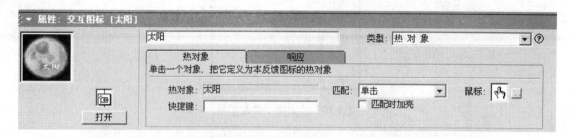

图9-163　【热对象】属性设置

(13) 参照步骤(12)，分别选择"海王星"、"冥王星"、"水星"、"金星"、"地球"、"火星"、"木星"、"土星"、"天王星"为热对象，设置同上。

(14) 双击打开【交互】分支后的"太阳"群组图标，拖一个【显示】图标到流程线上，命名为"关于太阳"。打开后，导入关于太阳的文字介绍。如图 9-164 所示，并设置过渡效果。

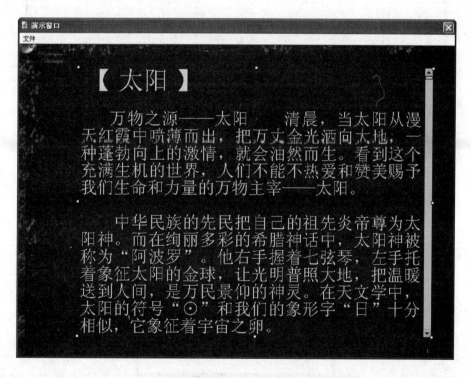

图9-164　输入文字

(15) 再向流程线上拖入一个【等待】图标，属性设置和"题目"【显示】图标后的【等待】图标一致。

(16) 最后拖入一个【计算】图标，命名为"返回"。如图 9-165 所示。

图9-165 "太阳"群组图标

(17) 双击打开【计算】图标，弹出如图 9-166 所示的对话框。输入"GoTo（IconID@"热对象响应"）语句。

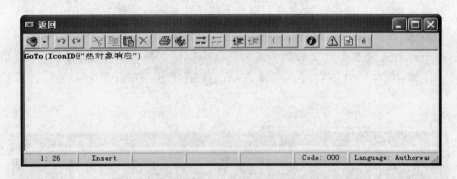

图9-166 设置"返回"语句

(18) 参照步骤(14)、(15)、(16)、(17)，分别设置"海王星"、"冥王星"、"金星"、"天王星"等群组图标中的内容。

(19) "水星"、"木星"、"土星"群组图标中的流程图如图 9-167 所示。

图9-167 "水星"群组图标流程图

(20) 给"文字"【显示】图标中的文字设置一个移动的路径，属性设置如图 9-168 所示。

(21) 其余图标的设置参照"太阳"群组图标中各图标的设置。

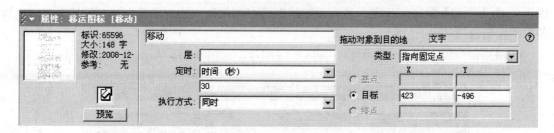

图9-168 文字移动路径设置

(22)"地球"和"火星"群组图标中的内容如图 9-169 所示。群组图标中各图标的设置参照"太阳"群组图标中各图标的设置。

图9-169 "地球"群组图标流程图

9.13.4 目标区交互实例：计算机工作原理

主要利用【交互】响应中的【目标区】响应，完成计算机工作原理的实例。流程图如图 9-170 所示。

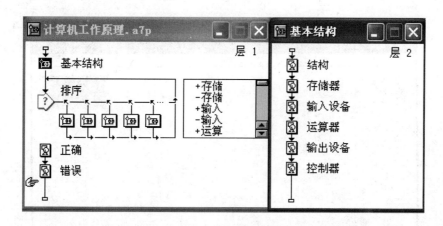

图9-170 "计算机工作原理"流程图

操作步骤如下：

(1) 建立一个新文件，单击【文件】|【保存】命令，将该文件命名为"计算机的工作原理"。

(2) 在主流程线上放置一个群组图标，命名为"基本结构"。打开"基本结构"群组图标，放置 6 个【显示】图标，分别命名为"结构"、"存储器"、"输入设备"、"运算器"、"输出设备"、"控制器"。

(3) 打开"结构"【显示】图标，导入一张图片，如图 9-171 所示。

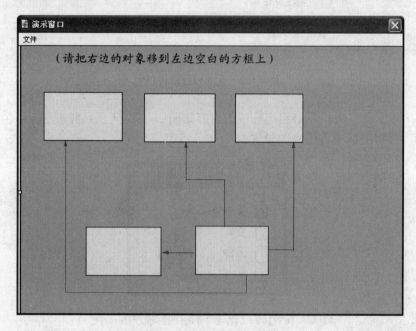

图9-171　导入背景图片

(4) 在 Word 里打开一个文本框给文本框填充深绿的底色，然后在文本框中输入"存储器"，并设置字体和颜色，再给文本框的边框添加颜色，并复制。最后回到 Authorware 界面打开"存储器"【显示】图标的演示窗口，把复制好的文本框粘贴到演示窗口上，如图 9-172 所示。

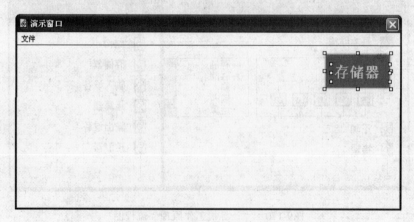

图9-172　导入存储器结构图

(5) 参照步骤(4)，分别制作"输入设备"、"运算器"、"输出设备"、"控制器"【显示】图标中的内容，最终效果如图 9-173 所示。

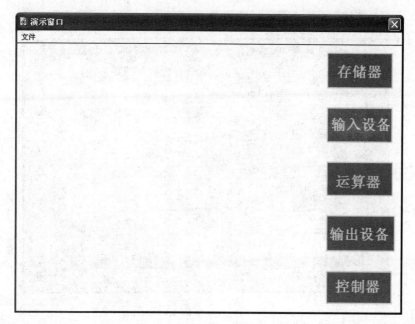

图9-173 【显示】图标演示窗口效果图

(6) 回到上流程线上，在"基本结构"群组图标下，放一个【交互】图标，命名为"排序"。在【交互】图标的右侧放一个群组图标，【交互】类型选择【目标区】，群组图标命名为"存储"。

(7) 按住 Shift 键，分别打开"结构"【显示】图标、"存储器"【显示】图标和【交互】图标属性框。单击"存储器"演示窗口中的"存储器文本框"，将其设置为"目标对象"。在【交互】属性的【目标区】中【放下】选择【在中心定位】，如图 9-174 所示。【响应】的【擦除】选择【在下一次输入之后】，【分支】选择【重试】，【状态】选择【正确响应】，如图 9-175 所示。然后将"存储器"的虚线框拖动到"结构"演示窗口中的合适位置，如图 9-176 所示。

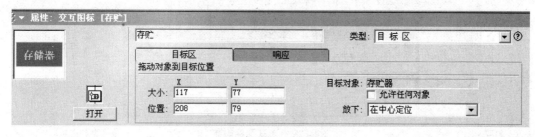

图9-174 目标区设置

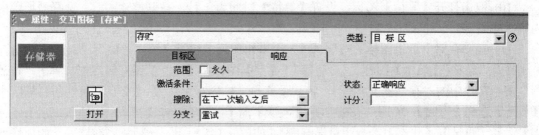

图9-175 响应设置

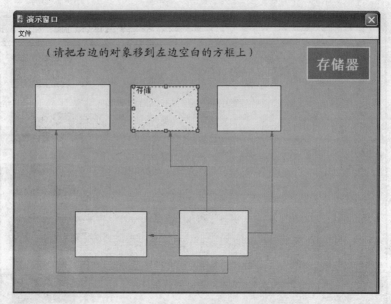

图9-176 存储器的正确位置

(8) 打开"存储"的群组图标分别放上一个【计算】图标、【等待】图标和【擦除】图标，依次命名为"禁止移动"、"等待"、"擦除"，如图 9-177 所示。

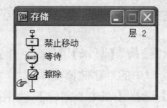

图9-177 "存储"群组流程图

(9) 打开"禁止移动"计算图标，输入如图 9-178 所示内容。

图9-178 计算图标设置

(10) 双击打开【等待】图标，设置【等待】时间为 1 秒。打开擦除图标，选择被擦除的内容，如图 9-179 所示。

(11) 在"存储"群组图标的右侧再放一个群组图标，也命名为"存储"。按住 Shift 键，分别打开"结构"【显示】图标、"存储器"【显示】图标和【交互】图标属性框。单击"存储器"演示窗口中的"存储器文本框"，将其设置为"目标对象"。在【交互】属性的目标区中【放下】选择【返回】，如图 9-180 所示。【响应】的【擦除】选择【在下一次输入之后】，【分支】选择【重试】，【状态】选择【错误响应】，如图 9-181 所示。然后将"存储器"的虚线框拖动到"结构"演示窗口中的合适位置，如图 9-182 所示。

212

图9-179 【等待】图标设置

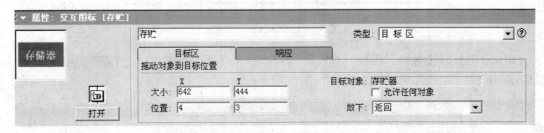

图9-180 目标区的设置

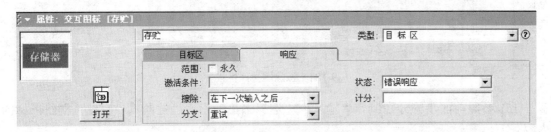

图9-181 响应的设置

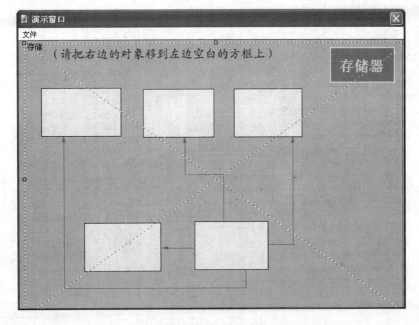

图9-182 存储器的错误位置

(12) 打开"-存储"的群组图标，分别放上一个计算图标、等待图标和擦除图标，分别命名为"错误1"、"等待"、"擦除"。

(13) 打开"错误1"并输入如图9-183所示内容。

图9-183　"错误1"设置

(14) 双击打开【等待】图标，设置时间为1秒。打开擦除图标，选择被擦除的内容，如图9-184所示。

图9-184　擦除图标属性设置

(15) 参照前面步骤分别制作"输入"、"运算"、"输出"、"控制"、"存储"群组图标的内容。

其中各图标中的正确位置和错误位置如图9-185所示。

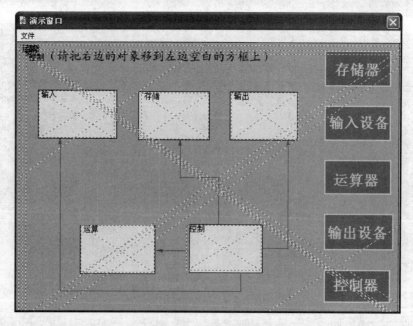

图9-185　最终效果图

(16) 在主流程线的下方再放上两个【显示】图标，分别命名为"正确"、"错误"。

(17) 打开"正确"【显示】图标的演示窗口，输入文字"对了"并设置字体大小和颜色，放在相应位置，如图 9-186 所示。

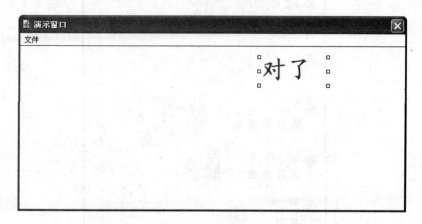

图9-186　正确位置的信息

(18) 打开"错误"【显示】图标的演示窗口，输入文字"错误"并设置字体大小和颜色，放在相应位置，如图 9-187 所示。

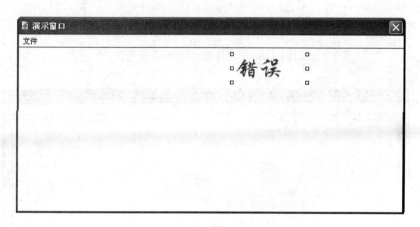

图9-187　错误位置的信息

9.13.5　下拉菜单交互实例：唐诗宋词欣赏

主要利用【交互】中的菜单响应，完成唐诗宋词欣赏的实例。流程图如图 9-188 所示。

操作步骤如下：

(1) 建立一个新文件，单击【文件】|【保存】命令，将该文件命名为"唐诗宋词欣赏"。

(2) 在主流程线上分别放置两个【显示】图标，依次命名为"背景"、"文字"。在"文字"【显示】图标下放一个【计算】图标，命名为"初始变量"，再放一个【声音】图标。

(3) 打开"背景"【显示】图标，导入一张背景图片，如图 9-189 所示界面。设置过渡效果。

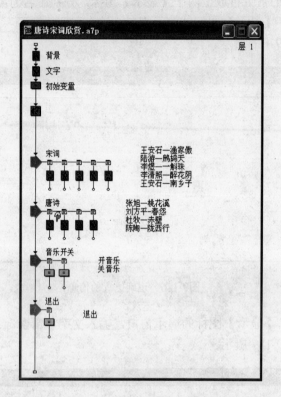

图9-188 "唐诗宋词欣赏 "流程图

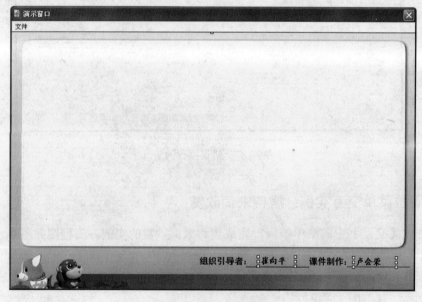

图9-189 导入背景图片

(4) 打开"文字"【显示】图标,导入艺术字 "唐诗—宋词欣赏",并调整好大小,如图9-190 所示。设置过渡效果。

(5) 打开"初始变量"【计算】图标,输入如图 9-191 所示内容。

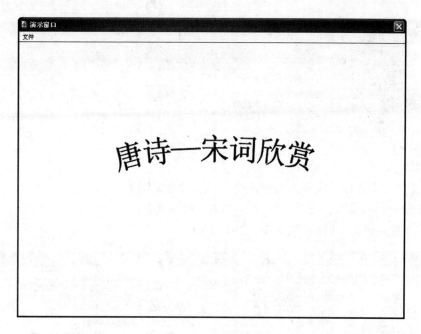

图9-190 输入文字

图9-191 【计算】图标属性设置

(6) 打开【声音】图标的属性对话框，先单击属性框中的【导入】按钮导入【声音】文件。在【计时】中选择执行方式【永久】，【播放】为："直到为真"，"a=0"。【开始】为："a=1"，如图 9-192 所示。

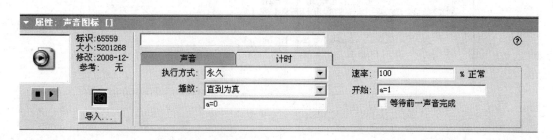

图9-192 导入【音乐】设置属性

(7) 在【声音】图标下依次放 4 个【交互】图标，分别命名为"宋词"、"唐诗"、"音乐开关"、"退出"。【交互】属性设置如图 9-193 所示。

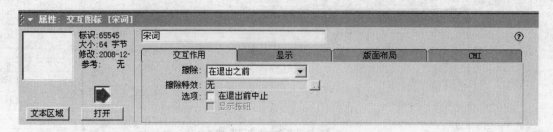

图9-193 【交互】属性设置

(8) 在【交互】图标"宋词"右侧，依次放 5 个【显示】图标，分别命名为"王安石—渔家傲"、"陆游—鹧鸪天"、"李煜—斛珠"、"李清照—醉花阴"、"王安石—南乡子"。【交互】类型选择【下拉菜单】，属性设置如图 9-194 所示。

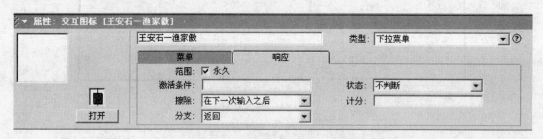

图9-194 【交互】类型属性设置

(9) 打开"王安石—渔家傲"【显示】图标，输入图 9-195 所示的文字。设置过渡效果。

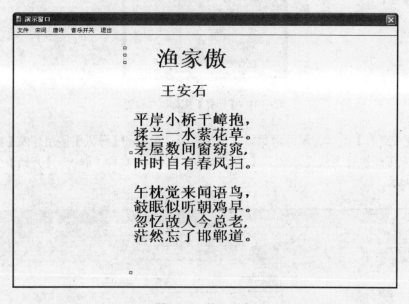

图9-195 输入文字

(10) 其他【显示】图标的操作步骤参照【显示】图标"王安石—渔家傲"。

(11) "唐诗"【交互】图标的具体操作步骤参照"宋词"交互图标。

(12) 在"音乐开关"【交互】图标中依次放两个【计算】图标，分别命名为"开音乐"、"关音乐"。【交互】类型选择【下拉菜单】，属性设置参照步骤(8)。

(13) 打开"开音乐"【计算】图标，输入变量"a:=1"。打开"关音乐"【计算】图标，输入"a:=0"。

(14) 在"退出"【交互】图标右侧放一个【计算】图标，命名为"退出"，【交互】类型选择【下拉菜单】，属性设置参照步骤(8)。打开【计算】图标，输入"Quit()"。

9.13.6　条件交互实例：圣诞快乐

利用【交互】类型中的【条件响应】，完成制作圣诞快乐卡片的实例。流程图如图 9-196 所示。

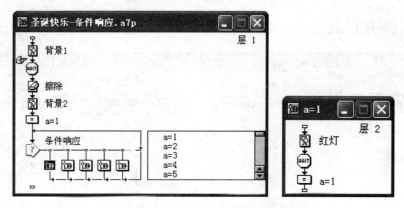

图9-196　"制作圣诞快乐卡片"流程图

操作步骤如下：

(1) 建立一个新文件，单击【文件】|【保存】命令，将该文件命名为"圣诞快乐卡片"。

(2) 在主流程线上分别放置两个【显示】图标，命名为"背景 1"、"背景 2"，一个【等待】图标，一个【擦除】图标，一个【计算】图标，命名为"a=1"，最后放一个【交互】图标并命名为"条件响应"。

(3) 打开"背景 1"【显示】图标，导入一张图片作背景图，如图 9-197 所示。

图9-197　导入背景图片

(4) 双击【等待】图标，设置属性，在事件选项后选择单击鼠标，如图 9-198 所示。

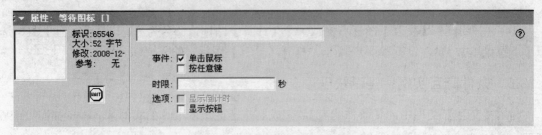

图9-198　设置【等待】图标属性

(5) 双击【擦除】图标，选择被擦除的对象，如图 9-199 所示。

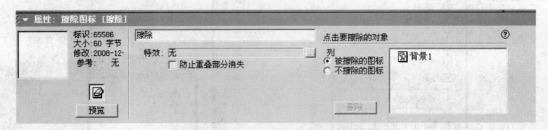

图9-199　设置擦除图标属性

(6) 打开"背景2"【显示】图标，导入圣诞树和圣诞老人图片，如图 9-200 所示。

图9-200　导入背景图片

(7) 双击【计算】图标，输入如图 9-201 所示内容。

(8) 单击【交互】图标，设置其属性，如图 9-202 所示。

(9) 在"条件响应"【交互】图标右侧分别放 9 个【群组】图标，依次命名为"a=1"、"a=2"、"a=3"、"a=4"、"a=5"、"a=6"、"a=7"、"a=8"、"a=9"。选择【交互】类型为【条件响应】，如图 9-203 所示。设置"条件响应"【交互】图标属性，如图 9-204 所示。

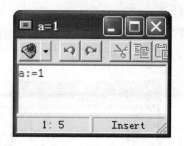

图9-201　设置【计算】图标属性

图9-202　设置【交互】图标属性

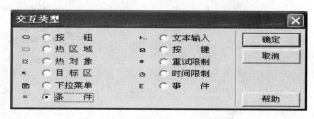

图9-203　设置【交互】类型图

图9-204　设置"条件响应"图标属性图

(10) 单击【交互】图标右侧的第一个"–┬–"，调出"a=1"【群组】图标的条件响应设置属性框，输入如图9-205 所示内容。

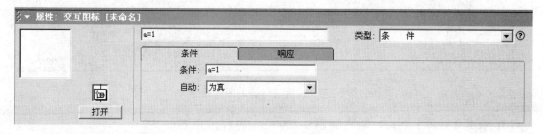

图9-205　条件响应属性设置

(11) 双击打开【群组】图标"a=1",在【群组】图标"a=1"的主流程线上放一个【显示】图标,命名为"红灯",一个【等待】图标,一个【计算】图标,如图9-206所示。打开"红灯"【显示】图标,绘制一个红五角星,输入一个"圣"字,如图9-207所示。

图9-206 "a=1"【群组】图标流程

图9-207 红灯【显示】背景图

(12) 双击【等待】图标,设置属性,如图9-208所示。

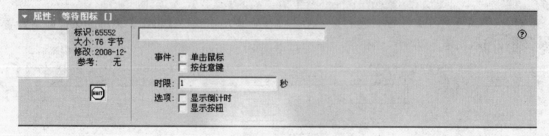

图9-208 设置【等待】图标属性

(13) 双击【计算】图标,输入如图9-209所示内容。

(14) 用同样的方法完成【群组】图标"a=2"、"a=3"、"a=4"、"a=5""a=6"、"a=7"、

"a=8"、"a=9"的设置。【群组】图标中的【显示】图标里依次输入的内容是"圣诞老人送礼物来啦!",灯的颜色依次是"绿色"、"黄色"、"紫色"、"蓝色"、"粉色"、"深蓝色"、"橘黄色"、"褐色"。需要注意的是设置条件时,"a=1"对应的条件是"a=1",相应的"a=2"对应的条件是"a=2",依此类推。在设置"a=9"【群组】图标时,里面的【计算】图标输入图9-210所示内容。

图9-209　设置【计算】图标属性

图9-210　"a=9"【群组】图标中【计算】图标设置

9.13.7　文本输入交互实例:学英语单词

利用【交互】响应中的【文本输入响应】,完成学英语单词的例子。主流程图如图 9-211所示。

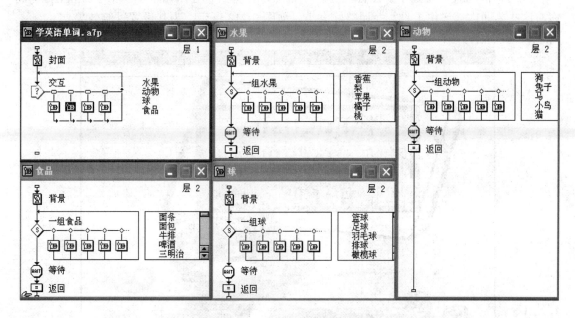
图9-211　"学英语单词"主流程图

操作步骤如下:

(1) 建立一个新文件,单击【文件】|【保存】命令,将该文件命名为"学英语单词"。

(2) 在主流程线上放置一个【显示】图标,命名为"封面"。放一个【交互】图标,命名为"交互"。在【交互】图标右侧放 4 个【群组】图标。依次命名为"水果"、"动物"、"球"、"食品"。【交互】响应类型选择为【按钮】。双击打开【交互】图标,调整 4 个按钮的位置和大小,如图 9-212 所示。

图9-212　【交互】响应演示窗口

(3) 打开"封面"【显示】图标，导入一张图片作背景。导入艺术字"小学 English:考考你，这些单词你都记住了吗？"调整好大小，如图 9-213 所示，为其设置过渡效果。

图9-213　导入背景图片和艺术字

(4) 单击"水果"【群组】图标，在里面放一个【显示】图标，命名为"背景"。导入一张图片作背景，如图 9-214 所示。

图9-214　导入图片

(5) 在【显示】图标下面放一个决策图标，【等待】图标和【计算】图标，分别命名为"一组水果"、"等待"、"返回"。决策图标后放入 5 个【群组】图标，分别命名为："香蕉"、"梨"、"苹果"、"橘子"、"桃"。如图 9-215 所示。

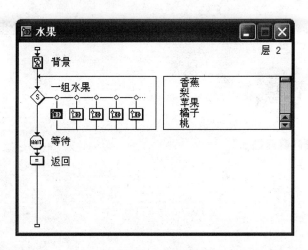

图9-215　"水果"【群组】图标流程图

(6) 在决策图标后的"香蕉"【群组】图标内放入【显示】图标、【交互】图标，分别命名为"香蕉图片"、"文本响应"。在【交互】图标右侧放一个名为"banana"的【显示】图标，如图 9-216 所示。【交互】类型选择【文本输入】响应，在图片箭头指向处输入正确答案，如图 9-217 所示。

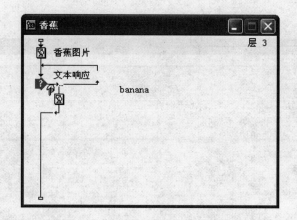

图9-216 "香蕉"【群组】图标流程图

图9-217 "文本响应"属性设置

(7) 打开"香蕉图片"【显示】图标,导入香蕉图片。打开"banana"【显示】图标,导入艺术字"banana"。同时打开这两个【显示】图标的演示窗口,调整好图片和文字的大小、位置,如图 9-218 所示。

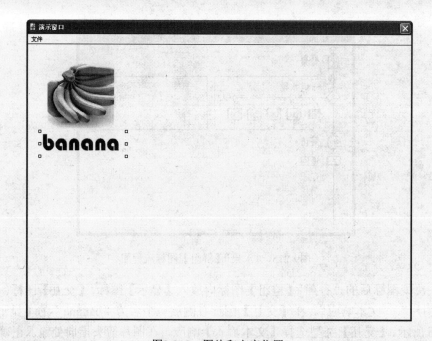

图9-218 图片和文字位置

226

(8) 决策图标后的其余【群组】图标内容导入的方法参照"香蕉"【群组】图标。

(9) 单击决策图标，对决策图标的属性设置如图 9-219 所示。单击决策图标右侧的"-◇-"，对判断路径进行设置，如图 9-220 所示。

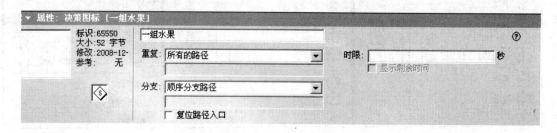

图9-219　决策图标属性设置

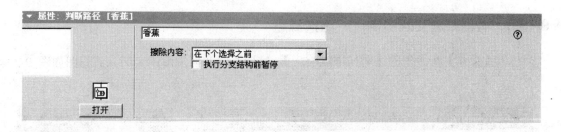

图9-220　判断路径属性设置

(10) 打开决策图标后的【等待】图标，设置属性。如图 9-221 所示。

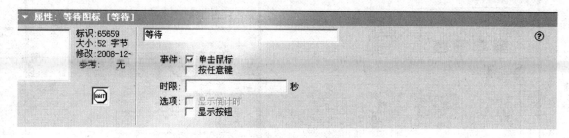

图9-221　【等待】图标属性设置

(11) 打开【计算】图标，输入如图 9-222 所示内容。

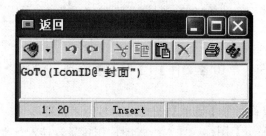

图9-222　【计算】图标属性设置

(12) 依照步骤(11)，对"动物"、"球"、"食品"【群组】图标中的内容进行设置。流程图如图 9-223 如示。

227

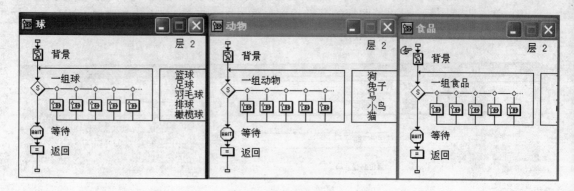

图9-223 流程图

9.13.8 时间限制交互实例：一组选择题

利用【交互】响应中的【时间限制响应】，完成小学几何图形的实例。流程图如图 9-224 所示。

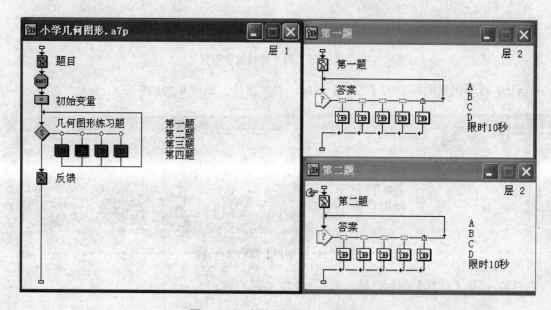

图9-224 "小学几何图形"流程图

操作步骤如下：

(1) 建立一个新文件，单击【文件】|【保存】命令，将该文件命名为"小学几何图形"。

(2) 在主流程线上放置一个【显示】图标，命名为"题目"。

(3) 打开"题目"【显示】图标，导入一张图片作背景。导入艺术字"小学几何图形"，调整好大小，如图 9-225 所示。

(4) 在主流程线上放置一个【等待】图标，设置属性，如图 9-226 所示。

(5) 再放一个【计算】图标，命名为"初始变量"并打开，输入图 9-227 所示内容。

图9-225　导入背景图片和艺术字

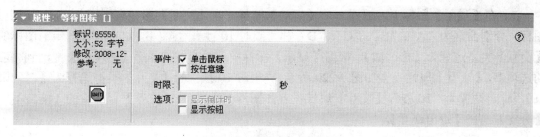

图9-226　【等待】图标设置

图9-227　【计算】图标属性设置

　　(6) 在主流程线上添加决策图标，并命名为"几何图形练习题"；在其右侧拖入 4 个【群组】图标，分别命名为"第一题、第二题、第三题、第四题"。决策图标的属性设置和判断路径的设置与"练习 7"里的决策图标的设置一致。

　　(7) 双击打开命名为"第一题"的【群组】图标，拖入一个【显示】图标，命名为"第一题"。导入一张图片作背景，输入如图 9-228 所示文字。

229

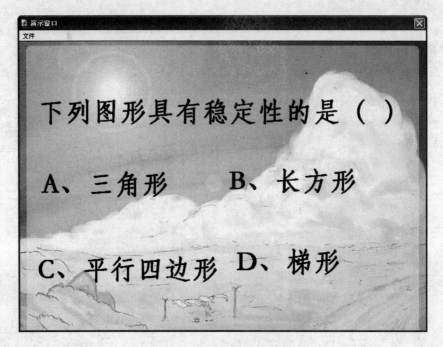

图9-228　导入背景图和文字

(8) 在【显示】图标下，放置一个【交互】图标。在【交互】图标右侧拖入 5 个【群组】图标，分别命名为 "A"、"B"、"C"、"D" 和 "限时 10 秒"。"A、B、C、D"【群组】图标的【交互】类型选择为【热区域】，根据【显示】图标中的内容，把 4 个【热区域】拖动到相应的选项上，【交互】属性设置如图 9-229 所示。"限时 10 秒" 的【交互】类型选择为【时间限制】，时间设置为 "10 秒"，【交互】属性设置如图 9-230 所示。【交互】属性中的【响应】中【分支】选择【退出交互】。

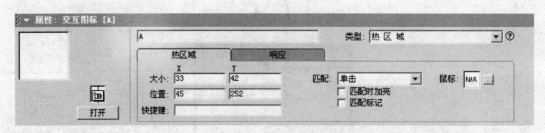

图9-229　"热区域" 属性设置

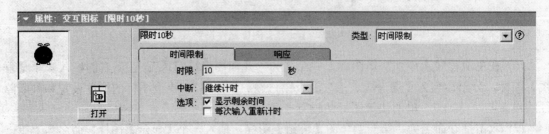

图9-230　"时间限制" 属性设置

(9) 打开"A"【群组】图标，放一个【显示】图标、【等待】图标和【计算】图标。【显示】图标命名为"正确提示"，打开【显示】图标，绘制如图 9-231 所示图形。

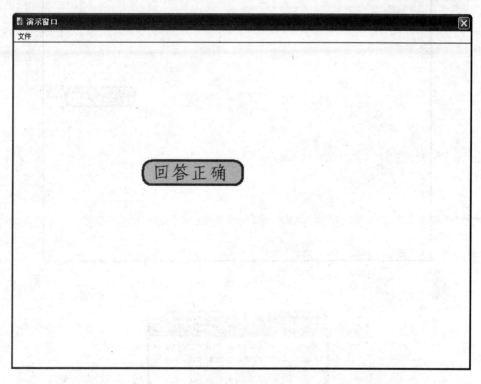

图9-231　输入内容

(10) 打开【等待】图标，设置【等待】时间为"2 秒"，在【事件】中的两个都选上。打开【计算】图标，输入如图 9-232 所示内容。

图9-232　【计算】图标属性设置

(11) 打开"B"【群组】图标，放一个【显示】图标并命名为"错误提示"，打开【显示】图标，使用工具栏中的工具绘制如图 9-233 所示图形。

(12) 在"错误提示"【显示】图标下放一个【等待】图标和【计算】图标，参照步骤(10)设置【等待】图标属性。【计算】图标输入图 9-234 所示内容。

(13) 参照"B"【群组】图标的制作，完成"C"、"D"【群组】图标中的内容。

(14) 打开"限时 10 秒"【群组】图标，放一个【显示】图标和【等待】图标。【显示】图标中绘制如图 9-235 所示图形。

图9-233 输入内容

图9-234 【计算】图标属性设置

图9-235 输入内容

(15) 【等待】图标属性设置参照步骤(10)。

(16) 第二题、第三题、第四题的步骤参照第一题制作。

(17) 最后在主流程线上放一个【显示】图标，命名为"反馈"，导入一张图片做背景，输入图 9-236 所示文字。

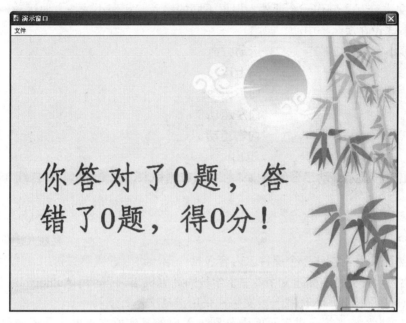

图9-236　输入文字

本 章 习 题

一、简答题

1. Authorware7.02 给用户提供了多少种交互类型？分别是哪些？各有什么特点？

2. 交互响应属性中的"After Next Entry"和"Before Next Entry"在具体应用时有什么区别？

3. Authorware 给用户提供了几种条件结束判断的方法？

4. 如何修改交互响应的光标样式？

5. 有几种方式可以实现文字的链接交互？试举例说明。

6. 在自定义按钮时，仅设置了按钮的"Normal"状态，那么，其中的"Checked"状态又具有什么作用？

二、操作题

1. 利用按钮交互，制作一个课件。内容包括"概述"、"实例讲解"、"测试"3 个页面及"退出"。首页面中标题文字"中小学教师计算机培训"，用 Authorware 制作阴影字。

(1) 概述"部分加入任意一段文字，采用滚动文本。

(2) 各页面中分别加入简要内容（其中内容必须包含您的真实姓名），并采用不同的出场、擦除效果。

(3) 退出时显示移动字幕的效果（字幕从底部移入，上部移出），持续 3 秒，内容为：

制作人：你的真实姓名

策划人：你的真实姓名

总设计：您的真实姓名

2. 利用文本交互，制作一个课件，根据不同的输入，实现小球按方向运动，运动时间设定为 2 秒，小球设在演示框中心。

输入（须小写）	运动方向
u	向上运动
d	向下运动
l	向左运动
r	向右运动
exit	退出

并在退出时，显示移动字幕的效果（字幕从右侧移入，左侧移出），持续 3 秒，

内容为：

制作人：你的真实姓名

策划人：你的真实姓名

3. 利用热区交互，制作一个课件。内容包括"第一讲"、"第二讲"、"第三讲"3 个页面及"退出"。首页面中标题文字"中小学教师计算机培训"，用 Authorware 制作阴影字。

(1) "第一讲"部分加入任意一段文字，采用滚动文本。

(2) "第二讲"、"第三讲"页面中分别加入您的真实姓名，并采用不同的出场、擦除效果。

(3) "退出"部分设计一个模拟小球滚动碰墙后弹回的动画，速度设定为持续时间（Time）3 秒，并退出。

4. 利用按键交互制作选择题：

5+6=____

A 8   B 10   C 9   D 11

(1) 按 D 则显示："恭喜你，你作对了！"

(2) 按 A、B、C 任意一个时，则显示"还要继续努力呀！"

(3) 右下角制作一个退出按钮，显示移动字幕的效果（字幕从底部移入，上部移出），持续 3 秒，内容为：

制作人：你的真实姓名

策划人：你的真实姓名

时间：2010-3-25

第 10 章　判断图标、框架图标和导航图标的应用

学习目标：

1. 了解【判断】图标、【框架】图标和【导航】图标结构和功能。
2. 掌握【判断】图标、【框架】图标和【导航】图标的属性设置。
3. 掌握【判断】图标、【框架】图标和【导航】图标的应用。

　　决策判断结构主要用于设置决策方式，用来决定设计图标能否被执行，以什么顺序执行，以及总共执行多少次。在 Authorware7.02 中可以使用【判断】图标来实现各种判断和循环过程。该图标是 Authorware7.02 提供的一个基本图标，主要用于在程序中设置分支，并根据条件进行判断，执行相应的分支情况。一个【判断】图标可以有多个分支结构，执行分支的条件也可以多种多样。

　　利用【框架】图标和【导航】图标构成的框架结构可以对页面进行高效的管理。在 Authorware7.02 中，【框架】图标的主要作用是构成框架结构，框架结构在多媒体作品中用来建立一个页面系统。框架结构的每一个分支叫做一页，利用框架结构提供的一组【导航】图标组成的导航按钮可以实现在不同的页码之间进行跳转。

10.1　判断图标概述

　　判断图标又称为决策图标，用途很广泛，可用来制作分支流程和循环。决策图标的形状为◇，这种菱形结构来源于高级语言中用来控制程序分支的流程结构。决策判断分支结构由【判断】图标及附属于该设计图标的分支图标共同构成，如图 10-1 所示。其结构有些类似交互图标，包括一个判断图标以及附加在其上的一个或多个分支路径，只是各个分支路径的判断标识符都是相同的。返回路径不是由各个分支路径决定，而是由判断图标决定，并且判断图标的功能与交互图标有很大的区别。当程序运行到判断图标时，Authorware 会根据判断图标当时的设置情况自动地沿着一个分支运行。需要说明的一点是，判断图标的自动性，即 Authorware 在遇到交互图标时是根据用户的交互响应来决定程序的分支的，但在遇到判断图

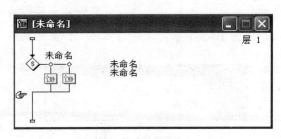

图10-1　决策分支结构

标时所选择的分支路径却不是事先确定的，也不是由用户决定的，而是由 Authorware 自动决定的。

决策判断分支结构的构造方法与构造一个交互作用分支结构类似：首先向主流程线上拖放一个【判断】图标，然后，再拖放其他设计图标至【判断】图标的右边释放，该设计图标就成为一个分支图标。但是决策判断分支结构与交互作用分支结构所起的作用截然不同，当程序执行到一个决策判断分支结构时，Authorware7.02 将会按照【判断】图标的属性设置，自动决定分支路径的执行次序以及分支路径被执行的次数，而不是等待用户的交互操作。在默认的情况下，Authorware7.02 会自动将所有的分支图标按照从左到右的顺序各执行一次，然后退出决策判断分支结构，继续沿主流程线向下执行，是否擦除分支图标的信息由分支路径的属性决定。

10.2 判断图标的属性设置

10.2.1 判断图标属性设置

有了一个决策判断结构之后，通过【判断】图标属性设置面板和【分支】属性设置面板就可以对决策判断结构的执行方式进行设置。双击【判断】图标，打开【判断】图标属性设置面板，如图 10-2 所示。

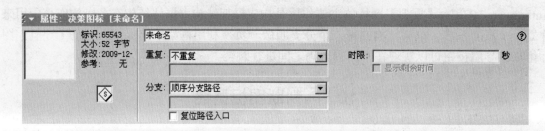

图10-2 【判断】图标属性设置面板

• 【时限】文本框：用于限制决策判断分支结构的运行时间，在这里可以输入代表时间长度的数值、变量或表达式，单位为秒。一旦到达规定时间，Authorware7.02 会立即从决策判断分支结构中返回到主流程线上并沿主流程线继续向下执行。

• 【显示剩余时间】复选框：如果设置了限制时间，此复选框就变为可用状态。打开此复选框，则程序执行到决策判断分支结构时，演示窗口中会显示一个倒计时钟，用于提示剩余时间。

• 【重复】下拉列表框：用于设置 Authorware7.02 在决策判断分支结构中循环执行的次数，其中有以下 5 个选项，如图 10-3 所示。

图10-3 【重复】下拉列表框

236

➢【固定的循环次数】选项：根据在下方的文本框中输入的数值、变量和表达式的值，Authorware7.02 将在决策判断分支结构中循环执行固定的次数，至于每次沿哪条分支路径执行由【分支】属性决定。如果设置的次数小于 1，则 Authorware7.02 退出决策判断分支结构，不执行其中任何分支图标。

➢【所有的路径】选项：直到所有的分支图标都被执行过，在每个分支图标都至少被执行过一次之后，Authorware7.02 退出决策判断分支结构。

➢【直到单击鼠标或按任意键】选项：Authorware7.02 将不停地在决策判断分支结构中循环执行，直到用户按下了鼠标键或键盘上的任意键。

➢【直到判断值为真】选项：选择此选项，则 Authorware7.02 在执行每次循环之前，都会对输入到下方文本框中的变量或表达式的返回值进行判断，如果值为"假"，就一直在决策判断分支结构内循环执行；如果值为"真"，就退出决策判断分支结构。

➢【不重复】选项：选择此选项，则 Authorware7.02 只在决策判断分支结构中执行一次，然后就退出决策判断分支结构返回到主流程线上继续向下执行，至于沿哪条分支路径执行由【分支】的属性设置来决定。

●【分支】下拉列表框：配合【重复】选项使用，设置 Authorware 执行到决策判断分支结构时，究竟执行哪些路径，并且这里的设置可以在【判断】图标的外观上显示出来。其有 4 个选项，如图 10-4 所示。

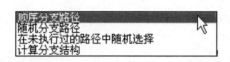

图10-4 【分支】下拉列表框选项

➢【顺序分支路径】：Authorware 在第一次执行到决策判断分支结构时，执行第一条分支路径中的内容，第二次执行到决策判断分支结构时，执行第二条分支路径中的内容，依此类推即可。

➢【随机分支路径】：Authorware 在执行到一个决策判断分支结构时，将随机选择一条分支路径执行。

➢【在未执行过的路径中随机选择】：Authorware 执行到某个决策判断分支结构时，会随机选择一条从未执行过的分支路径执行。这个选项保证了 Authorware 在重复执行某条分支路径前，将所有的分支路径都执行过一遍。

➢【计算分支结构】：在下方的文本框中输入变量或表达式，Authorware 在执行到决策判断分支结构时，会根据文本框中的值选择要执行的分支路径：如果该值等于 1，则执行第一条分支路径；如果该值等于 2，则执行第二条分支路径，依此类推。

●【复位路径入口】复选框：Authorware 使用变量来记忆已经执行过的分支路径的有关信息，打开此复选框就会将这些记忆信息清除。Authorware 无论第几次执行到此决策判断分支结构，都好像是初次执行它一样。

10.2.2　分支结构属性设置

双击分支标记"-◇-"，打开分支属性设置面板，如图 10-5 所示。

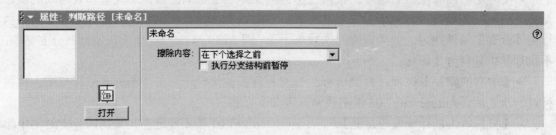

图10-5 分支结构属性设置面板

● 【擦除内容】下拉列表框：用于设置何时擦除对应分支图标显示的内容，有以下 3 种选择，如图 10-6 所示。

图10-6 【擦除内容】下拉列表框选项

➢ 【在下个选择之前】：只要程序一执行完当前的分支图标，就立刻擦除对应的显示内容。

➢ 【在退出之前】：保留所有的显示信息，直到 Authorware 从当前决策判断分支结构中退出才进行擦除。

➢ 【不擦除】：保留所有的显示信息，除非使用了【擦除】图标将它们擦除。

● 【执行分支结构前暂停】复选框：选择该复选框，则程序在离开当前分支路径前会在演示窗口中显示一个【继续】按钮，用户单击该按钮，程序继续运行。

在课件制作中就可以利用判断图标实现流程的的循环与分支。比如可以在程序中顺序或随机地出一道题，当用户回答正确后，又随机地给用户出另一道题。下面是一个小测试的流程线图（图 10-7）和与运行结果图（图 10-8），可供用户参考一下。

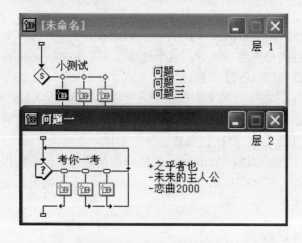

图10-7 "小测试"流程线图

图10-8 "小测试"运行结果

10.3 框架图标概述

在 Authorware7.02 中，【框架】图标的作用是建立框架分支和框架循环结构。它可以由多种图标组成，并且可以实现多种图标的功能。【框架】图标是 Authorware 中很特殊的图标，其他图标有些是可以单独使用的，如【显示】图标、【数字电影】图标、【声音】图标、【DVD】图标等，有些图标是需要和其他图标一起使用的，如【移动】图标、【擦除】图标等。只有【框架】图标不仅是一个图标，而且还包括其自身内部的框架结构。

利用框架结构可以在多媒体课件作品中建立一个页面系统。框架结构的一个分支叫做一页，利用框架结构提供的一组【导航】图标组成的导航按钮可以实现在不同的页码之间进行跳转。

在流程线上添加一个【框架】图标，双击该图标，弹出如图 10-9 所示的框架窗口。

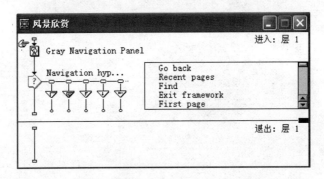

图10-9 框架窗口

框架窗口是一个特殊的设计窗口，窗格分隔线将其分为两个窗格：上方的入口窗格和下方的出口窗格。当 Authorware 执行到一个【框架】设计图标时，在执行附属于它的第一个页图标之前会先执行入口窗格中的内容，如果在这里准备了一幅背景图片的话，该图片在用户浏览各页内容时会一直显示在演示窗口中，而在退出框架结构时，Authorware 会执行框架窗口出口窗格中的内容，然后擦除框架里【显示】的所有内容（包括各个页中的内容及入口窗格中的内容），撤销所有的导航控制。所以我们可以把程序每次进入或退出【框架】设计图标时必须执行的内容（比如设置一些变量的初始值、恢复变量的原始值等）加入到框架窗口中，用鼠标上下拖动光标可以调整两个窗格的大小。

10.3.1 建立框架结构

首先，从【图标】工具栏向设计窗口的流程线上拖放一个【框架】图标，然后在其右侧添加需要的图标作为框架结构的分支，也称为页，这样就建立了框架结构。当所建立的框架结构复杂时，最好使用【群组】图标作为框架的页，这样可以使程序的结构清晰、条理分明，便于修改维护。

建立框架结构的具体步骤如下。

(1) 流程线上添加一个【框架】图标，如图 10-10 所示。

(2) 在【框架】图标右侧添加两个【群组】图标，分别命名为"第一页"、"第二页"。

(3) 双击"第一页"【群组】图标，在打开的二级设计流程线窗口中添加一个【显示】图标"图片 1"，如图 10-11 所示。

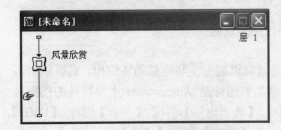

图10-10　建立【框架】图标　　　　图10-11　"第一页"【群组】图标的二级设计流程线

(4) 双击该【显示】图标，导入一幅图片，如图 10-12 所示。

图10-12　图片1【显示】图标导入图片

(5) 双击"第二页"【群组】图标，在打开的二级设计流程线窗口中添加一个【显示】图标命名为"图片 2"。双击该【显示】图标，导入另一幅图片，如图 10-13 所示。

图10-13　图片2【显示】图标导入图片

　　(6) 这样一个利用默认的框架结构制作的图片浏览程序就完成了，其流程线图如图 10-14 所示，效果图如图 10-15 所示。

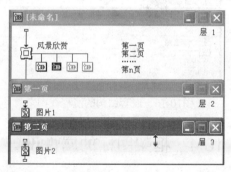

图10-14　流程线图

图10-15　效果图

10.3.2 框架结构的嵌套

所谓框架结构的嵌套,就是指在框架结构中放入另一个框架结构,框架结构的嵌套就是把一个框架结构作为另一个框架结构的一个页面来使用。对于篇幅很长的电子读物,一般需要在程序中嵌套框架结构。首先使用每章作为外框架结构的页面,在每章构成的页面中建立内框架结构,并且使用每页作为内框架结构的页面。

应用框架结构的嵌套,用户在阅读时可以首先使用外层框架结构选择要阅读的章节,再用内层框架结构选择要阅读的页数,从而实现高效的定位,高效的阅读。在创建嵌套框架结构时,一定要注意协调各个页面跳转属性的设置,否则程序可能会无法控制。嵌套结构的流程线图如图 10-16 所示。

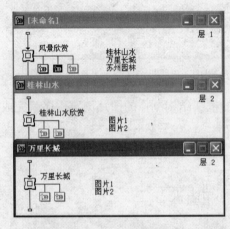

图10-16 嵌套结构的流程线图

10.4 框架图标的属性设置

新建一个文件,从【图标】工具栏中向流程线拖放一个【框架】图标。按下 Ctrl 键,用鼠标双击【框架】图标,打开【框架】设计图标属性面板,如图 10-17 所示。下面对该对话框做介绍。

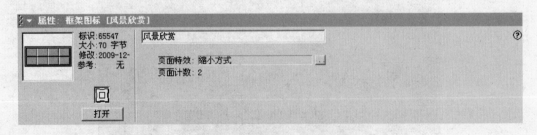

图10-17 【属性:框架图标】面板

(1) 在设计图标内容预览框中显示出框架窗口入口窗格中第一个包含了【显示】对象的设计图标的内容。

(2)【页面特效】文本框:该文本框中【显示】为各页【显示】内容设置的过渡效果,单击 按钮弹出【页特效方式】对话框,如图 10-18 所示。

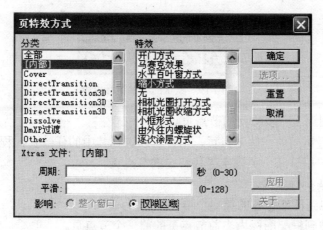

图10-18 【页特效方式】对话框

(3)【页面计数】：其右侧的数字用来显示该图标所附的页面的总数。

(4)【打开】按钮：单击该按钮，便可弹出【框架】窗口。此处不再详述。

10.5 导航图标概述

一个好的多媒体课件应该能做到对其中的内容进行方便的导航控制，也就是在各个页面之间任意前进、后退；单击超文本对象跳转到相应的专题内容；随时查看历史记录等。Authorware 可以利用导航结构方便地实现这些功能。事实上，导航结构能够实现的功能远远不止这些，在 Authorware 中可以利用导航结构实现在程序中的任意跳转。

1. 导航结构的组成

导航结构由【框架】图标、附属于【框架】图标的页图标和【导航】图标组成。使用【导航】图标，可以跳转到程序中的任意页图标中去，可以向前、向后跳转，也可以向嵌套在一个页图标中的另一个图标跳转。【导航】图标并不限于在交互作用分支结构中使用，实际上它可以放在流程线上的任意位置，也可以放在【框架】设计图标中。

2. 利用导航结构实现的功能

(1) 跳转到任意页图标中，比如单击任意超文本对象可以跳转到包含相关专题内容的页面。

(2) 根据相对位置进行跳转，比如跳转到前页或者跳转到后页。

(3) 从后向前返回到用户使用过的页。

(4) 显示历史记录列表，从中选择一项作为目的地，然后进行跳转。

(5) 使用查找功能定位所需的页，然后进行跳转。

【框架】图标、页图标、【导航】图标必须结合在一起使用，单独使用其中之一没有任何意义。创建一个基本的导航框架很简单，拖动一个或多个设计图标到【框架】图标右方释放即可，就像创建一个交互作用分支结构一样，最好使用【群组】图标作为页图标。

10.6 导航图标属性设置

框架图标内的导航图标一共提供了 8 种顺序式的页管理功能，如图 10-19 所示。

图10-19　默认的导航图标内容

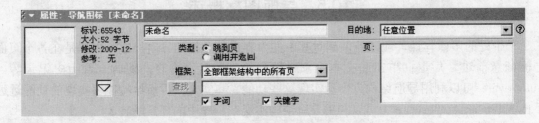（图标）：程序返回到上一步访问的节点页。

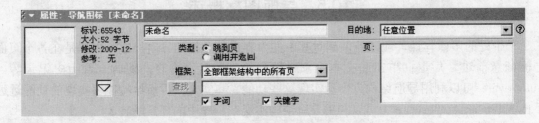（图标）：显示最近访问的一些节点页，用户可以选择其中的任一页，程序将转至该页执行。

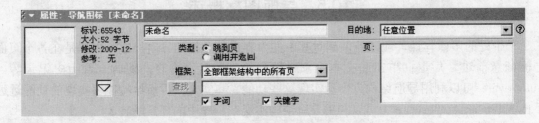（图标）：允许用户根据某一关键字寻找特定的节点页。

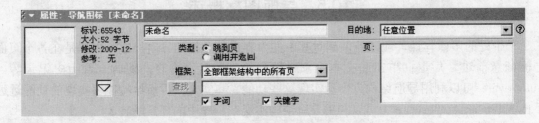（图标）：退出框架执行范围。

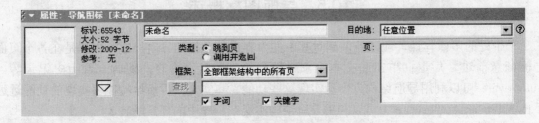（图标）：程序跳转到框架管理的第一个节点页。

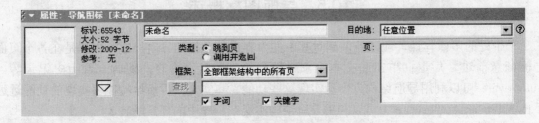（图标）：程序跳转到框架图标内当前节点页的前一个节点页。

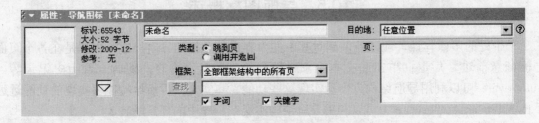（图标）：程序跳转到框架图标内当前节点页的下一个节点页。

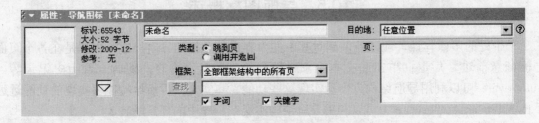（图标）：程序跳转到框架管理的最后一个节点页。

从【图标】工具栏中向流程线上拖放一个【导航】图标，图标的默认名字是"未命名"而非"Untitled"。双击该【导航】图标，打开【属性：导航图标】面板，如图 10-20 所示。

图10-20　【属性：导航图标】面板

【目的地】下拉列表框：在此下拉列表框中可以选择程序跳转的目的位置，下面分别说明，其选项如图 10-21 所示。

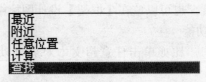

图10-21　【目的地】下拉列表框选项

(1) 选择【最近】选项，如图 10-22 所示。选中该项后，【导航】图标形状变为""，此时【导航】图标的默认功能是从当前页面跳转到上一次显示的页面。

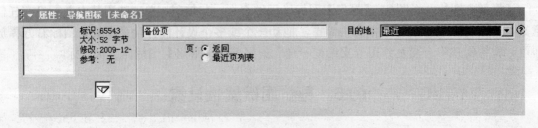

图10-22　设置目标位置为【最近】

244

● 【返回】单选按钮：即跳回。选中该选项后，【导航】图标的功能是从当前页面跳转到上一次显示的页面。

● 【最近页列表】单选按钮：选中该单选按钮后，其作用是打开【最近页】对话框，其中列出的是已经浏览的页面名称，在需要重新浏览的名称上双击，可以打开该页面。

(2) 选择【附近】选项，如图 10-23 所示。

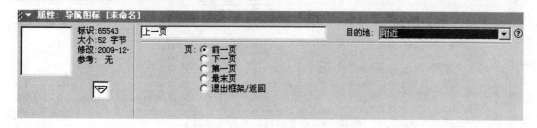

图10-23　设置目标位置为【附近】

● 【前一页】单选按钮：选中此单选按钮，其功能是显示当前页的前一页，在系统默认情况下，如果当前一页是第一页，则其前一页是最后一页。

● 【下一页】单选按钮：选中此单选按钮，功能是显示当前页的下一页，在系统默认情况下，如果当前页是最后一页，则其下一页是第一页。

● 【第一页】单选按钮：选中此单选按钮，其功能是从当前页跳转到整个框架结构的第一页。

● 【最末页】单选按钮：选中此单选按钮，其功能是从当前页跳转到整个框架结构的最后一页。

● 【退出框架/返回】：选中此单选按钮，其功能是退出框架结构继续执行下面的图标。

(3) 选择【任意位置】选项，如图 10-24 所示。

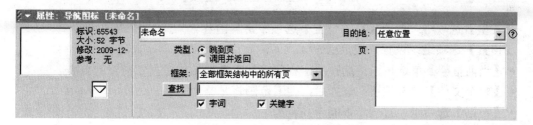

图10-24　设置目标位置为【任意位置】

【类型】选项组内容如下。

● 【跳到页】单选按钮：选中此单选按钮，作用是控制程序流程跳转到设定的图标进行执行，当跳转到的图标所在框架结构退出时，将继续沿着流程线执行。

● 【调用并返回】单选按钮：调用设定页面，执行完毕后返回。选定此项后，其功能与选中【跳到页】单选按钮时基本相同。不同之处在于选中【调用并返回】时，当被调用页面所在框架结构退出时，程序将会返回到调用之前的位置处执行。

● 【框架】下拉列表框：在此列表框中可以选择需要跳转的目的页面的所在位置。选择【未命名】项表示跳转的目的页面在本框架结构中，本框架中的页面名称将在其下的文本框中列出，可以选中其中一页。

● 【查找】文本框：在其右侧的文本框中输入查找使用的关键字，选中【关键字】复选框，Authorware 将自动显示与关键字匹配的页面；选中【字词】复选框，只要页面的文字匹配，Authorware 就会显示它。

(4) 选择【计算】选项，如图 10-25 所示。

图10-25　设置目标位置为【计算】

● 【类型】选项组：参照【任意位置】选项中讲解内容。

● 【图标】文本框：输入数值、变量或者表达式，Authorware7.02 会显示 ID 号与该文本框的值相同的页面。

(5) 选择【查找】选项，弹出的对话框如图 10-26 所示。

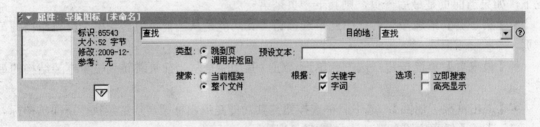

图10-26　设置目标位置为【查找】

【类型】选项组：参照【任意位置】选项中讲解内容。

【搜索】选项组：设置查找范围。

● 【当前框架】单选按钮：选择后，程序将在本框架结构中搜索需要的页面。

● 【整个文件】单选按钮：选择后，搜索范围将是整个文件。

● 【根据】选项组：进一步限制查找范围。

● 【关键字】复选框：如果选中该复选框，程序在搜索时会将用户输入的字符或字符串作为关键字进行搜索。

● 【字词】复选框：如果该复选框处于选中状态，程序将会以字符匹配的方式根据用户输入的字符或字符串进行搜索。

● 【预设文本】文本框：读者可以在此文本框中预先设置一个字符和字符串，当【查找】对话框弹出的时候，这个字符或字符串会显示在对话框中。

● 【选项】选项组介绍如下。

➤【立即搜索】复选框：如果选中该复选框，那么单击【查找】对话框中的【查找】按钮时，查找过程将立刻进行。如果在【预设文本】文本框中输入某个条件，那么在程序运行过程中当这个条件满足时，搜索过程立刻进行，而不需要弹出【查找】对话框。

➤【高亮显示】复选框：此复选框的作用是控制搜索结果的显示方式，选中该复选框，搜索结束后在【查找】对话框中的页面文本框将显示匹配页面中与搜索关键字相邻近的一段文字，同时与关键字匹配的文字以高亮度显示。选中此复选框后，【查找】文本框将变大，搜索时间也会变长。

　　框架图标和导航图标在课件制作中往往结合起来使用，框架图标用来管理超文本内的页，导航图标主要负责管理页与页之间的链接关系。如我们可以用框架和导航图标来控制课件内容以幻灯片播放，见图 10-27 和图 10-28 所示。

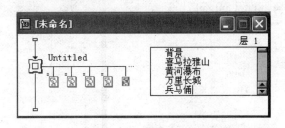

图10-27　"中国风景"流程线

图10-28　"中国风景"效果图

10.7　应用实例：十二生肖图

　　主要利用【判断】图标，完成十二生肖的实例。流程线图如图 10-29 所示。

　　操作步骤如下：

　　(1) 建立一个新文件，单击【文件】|【保存】命令，将该文件命名为"十二生肖图"。

　　(2) 在主流程线上分别放置两个【显示】图标和一个交互图标，命名为"背景"、"十二生肖"、"交互"。

　　(3) 打开"背景"【显示】图标，导入一张图片作背景，并且导入艺术字"Welcome"和"十二生肖图"，调整好大小，如图 10-30 所示界面，为其设置过渡效果。

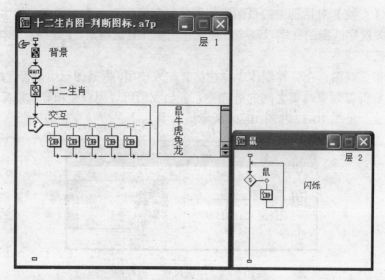

图10-29 "十二生肖图"流程线图

图10-30 导入背景图片和艺术字

(4) 在"背景"【显示】图标下，放一个等待图标。设置属性，如图 10-31 所示。

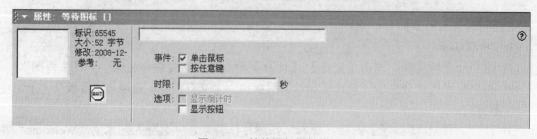

图10-31 等待图标属性设置

(5) 打开"十二生肖"【显示】图标，导入一张背景图片和鼠、牛、虎、兔、龙、蛇、马、羊、猴、鸡、狗、猪各属相的图片，并且在相应的图片旁导入事先在 Word 中做好的艺术字，如图 10-32 所示。设置过渡效果。

图10-32　十二生肖图界面

(6) 在"交互"图标右侧依次拖入 12 个"群组"图标，分别命名为"鼠"、"牛"、"虎"、"兔"、"龙"、"蛇"、"马"、"羊"、"猴"、"鸡"、"狗"、"猪"。交互类型选择【热区域】。

(7) 单击交互图标，将各属相的【热区域】拖动到如图 10-33 所示位置。交互图标的属性设置如图 10-34 所示。

图10-33　【热区域】位置

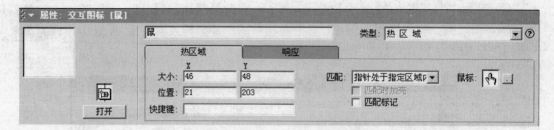

图10-34　交互图标属性设置

(8) 打开"鼠"群组图标，拖入一个决策图标并设置属性，如图 10-35 所示。判断路径的设置如图 10-36 所示。

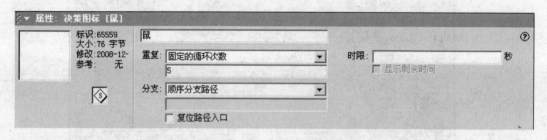

图10-35　判断图标的属性设置

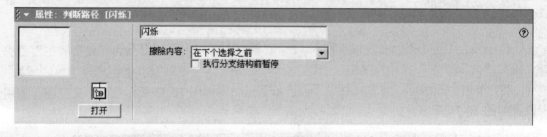

图10-36　判断路径的设置

(9) 在决策图标右侧拖入一个群组图标并命名为"闪烁"，如图 10-37 所示。

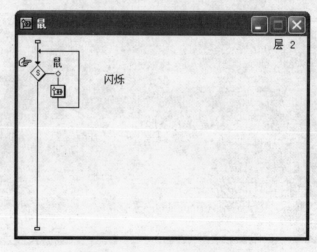

图10-37　"鼠"群组图标流程图

(10) 打开"闪烁"群组图标，放一个【显示】图标和两个等待图标，如图 10-38 所示。

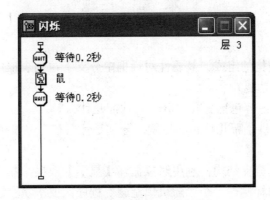

图10-38 "闪烁"群组图标流程图

(11) 在"鼠"【显示】图标中导入鼠的图片，并且要该图片和步骤(5)中导入的鼠的图片完全重合，如图 10-39 所示。

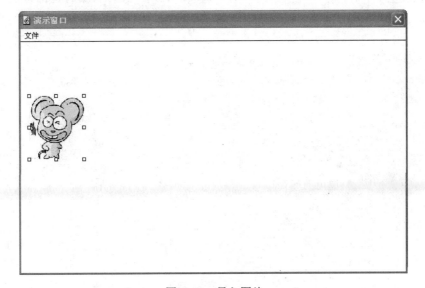

图10-39 导入图片

(12) 将两个等待图标的属性均设置为等待 0.2 秒，如图 10-40 所示。

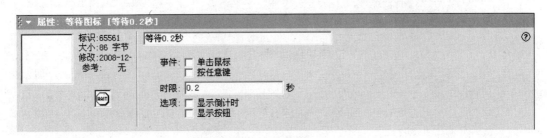

图10-40 "等待"图标的属性设置

(13) 参照步骤(8)到步骤(12)，完成其他群组图标里的内容。

251

本 章 习 题

一、问答题：

1. 简述【判断】结构的组成。其属性对话框中分支下拉列表框中有几种分支结构路径？分别是什么？各有什么功能？

2.【框架】图标的内容包括哪几部分？其功能是什么？

3.【导航】图标提供了哪几种目的位置，分别是什么？

二、操作题：

1. 使用循环执行的分支结构，利用对象循环【显示】效果，制作一个顺序分支实例。

2. 利用【判断】图标制作一个"随机填空题"程序，要求填空题个数不能少于 5 个。

3. 利用【框架】图标制作一个简单的框架结构。

4. 利用【判断】图标、【框架】图标、【导航】图标，设计一个简单的"判断题"，要求：

(1) 设计 5 道判断题，其内容不限，可以随机抽取。

(2) 每道题都有"正确"和"错误"两个选项，且用户选择答案时，都有反馈信息。

(3) 利用导航按钮结构设计控制按钮，可实现在两道题之间进行跳转。

第11章　知识对象和 ActiveX 控件的应用

学习目标:

1. 了解知识对象和 ActiveX 控件的概念。
2. 掌握知识对象的使用。
3. 掌握 ActiveX 控件的注册和使用。

Authorware7.02 为用户提供了一个标准化的功能模块——知识对象。知识对象是一组功能强大的程序模块，它具有强大的向导功能和友好的工作界面，可以简单快捷地帮助用户实现复杂的开发目标。与模块相同，用户可以编写自己的知识对象，并且把它加入到知识对象目录下，以便以后使用。

ActiveX 是一种基于空间开发的对象处理、分发和包装技术，由 Microsoft 公司提出技术标准。ActiveX 控件是一些标准应用对象，可以在很多应用程序软件中导入使用，但是不能单独运行使用。

11.1　知识对象概述

知识对象是指一个已经设计好的程序逻辑（通常封装在一个模板里），每个知识对象都连接着一个向导。向导也是一个 Authorware 片段，在向某个 Authorware 程序中插入知识对象时，向导提供一个在 Authorware 程序中创建、修改甚至添加新的内容和逻辑结构的接口界面。

1. 知识对象的作用

知识对象是一个功能非常强大的工具，它使得没有经验的开发者能够轻松和快速地完成一半的设计任务，也可以使得有经验的开发者用它自动生成重复性的设计，以提高开发效率。知识对象主要用于以下几方面:

(1) 帮助用户创建上百万个选择的问题。这些问题是由专家设计的，可以创建一个知识对象，使得初级开发者通过文本输入每一个问题并建立起交互，而无须用 Authorware 对话框。例如一个网上答题的题目确定下来后，就可以创建一个知识对象，让初级的使用者能从一个文本文件中将这些问题引入，而无须逐一使用对话框来实现它们。

(2) 与 Powerpoint 的功能相似，Authorware 可以利用知识对象窗口建立模板帮助培训者构建培训课程。

(3) Authorware 可以实现批量操作。例如我们创建了一个非常大的程序，其中包含了数以千计的页面。当需要修改这些页面时，逐一修改的工作会很费力，而在这时 Authorware 可以帮助我们大大减少工作量，比如需要给每个页面增加一个前缀，就可以使用知识对象来实现。

(4) Authorware 可以创建基础 Authorware 对象。比如在编制多媒体片段的过程中，发现有必要从创建的许多不同的知识对象中把相似的部分单独提取出来做一个基础知识对象，然后用这个基础知识对象来实现其他的知识对象。

（5）知识对象的错误修改功能。当使用过程中发现错误时，可以创建一个知识对象来修正这些错误。

2. 知识对象的分类

每个知识对象都有一个图标和一个向导，双击该图标可以启动相应的向导，通过向导设置知识对象的属性。启动 Authorware 的时候，系统会提示在新建文件时是否使用知识对象，如图 11-1 所示。

图11-1　【新建】对话框

在程序设计过程中，单击常用工具栏中的【知识对象】按钮，打开【知识对象】对话框，如图 11-2 所示。在【知识对象】对话框中，知识对象的类型都显示在【分类】下拉列表框中，如图 11-3 所示，共提供 10 种类型的知识对象，选择其中之一后，该类型的所有知识对象就会全部显示出来。

图11-2　【知识对象】对话框

图11-3　【知识对象】类型选择

各类知识对象分别介绍如下。

(l) Internet 类知识对象，共有 3 种知识对象，它们是 Authorware Web 播放器安全性、发送 Email、运行默认浏览器，如图 11-4 所示。

- Authorware Web 播放器：该知识对象用于设置 WebPlayer 的安全属性。
- 发送 Email：该知识对象用于发送 E-mail 文件。使用时需要设置发送者、接收者的 E-mail 地址，以及发送邮件的服务器地址等。
- 运行默认浏览器：该知识对象可以使用户使用系统默认的网络浏览器来浏览指定的 URL。

(2) LMS 类知识对象：该类知识对象用于学习管理系统，以便于和 LMS 进行数据和信息的交换，共有两种知识对象，即 LMS（初始化）和 LMS（发送数据），如图 11-5 所示。

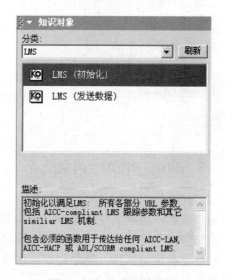

图11-4　Internet类知识对象　　　　图11-5　LMS类知识对象

- LMS（初始化）：该知识对象用于初始化程序，以便与 LMS 系统进行数据、信息的交换。
- LMS（发送数据）：该知识对象用于向 LMS 系统发送数据。

(3) RTF 对象类：该类知识对象用于对 RTF 对象进行创建和编辑，共有 6 种知识对象，它们是：保存 RTF 对象、插入 RTF 对象热文本交互、查找 RTF 对象、创建 RTF 对象、获取 RTF 对象文本区、显示或者隐藏 RTF 对象，如图 11-6 所示。

- 保存 RTF 对象：该知识对象用于将 RTF 对象以 RTF 文件保存到磁盘中。
- 插入 RTF 对象热文本交互：该知识对象用于为指定 RTF 对象创建具有热区响应的交互作用分支结构，并自动读取 RTF 对象中与超文本对应的超链接代码。
- 查找 RTF 对象：该知识对象用于搜索当前的 RTF 对象中指定的文本内容。
- 创建 RTF 对象：该知识对象用于创建一个 RTF 对象。
- 获取 RTF 对象文本区：该知识对象用于从 RTF 对象中获取文本内容。
- 显示或者隐藏 RTF 对象：该知识对象用于设置 RTF 对象的属性，包括显示和隐藏。

(4) 界面构成类知识对象，如图 11-7 所示，主要用于进行程序的界面设置，共有 13 种知识对象。

- 保存文件时对话框：该知识对象用于创建一个保存文件的对话框，并将文件名和保存路径作为变量保存。

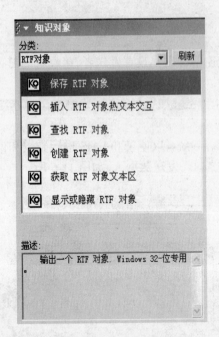

图11-6　RTF类知识对象　　　　　　　　图11-7　界面构成类知识对象

- 窗口控制：该知识对象用于创建一个 32 位的 Windows 控制对象。
- 窗口控制—获取属性：该知识对象用于获取由窗口控制创建的控制对象的属性。
- 窗口控制—设置属性：该知识对象用于设置由窗口控制创建的控制对象的属性。
- 打开文件时对话框：该知识对象用于打开一个文件选择对话框，在对话框中可以对硬盘中的文件进行选择。
- 电影控制：该知识对象用于进行数字化电影播放的控制。该知识对象可以创建控制数字电影播放的控制面板，对数字化电影播放进行控制。
- 复选框：该知识对象用于添加一个或者多个复选框。
- 滑动条：该知识对象用于创建各种风格的滚动条。
- 浏览文件夹对话框：该知识对象用于在程序运行过程中创建一个目录浏览对话框，可以使用户浏览硬盘中的目录，并将选择的路径作为变量进行保存。
- 设置窗口标题：该知识对象用于设置演示窗口的标题。
- 收音机式按钮：该知识对象可以设置一个或者多个单选按钮，并设置按钮在演示窗口中的位置。
- 消息框：该知识对象用于添加 Windows 标准风格的对话框。
- 移动指针：该知识对象用于控制鼠标指针在演示窗口的位置，实现自动演示功能。在该知识对象中可以设置鼠标的起始位置和终止位置。

(5) 评估类知识对象，如图 11-8 所示，该类型的知识对象用于创建一些测试程序，包括选择界面风格以及记录测试结果等，共有 9 种知识对象。

- 单选问题：该知识对象用于创建单项选择测试题。
- 得分：该知识对象用于创建提供测试成绩的记录。
- 登录：该知识对象用于创建测试成绩的储存方式。
- 多重选择问题：该知识对象用于创建多项选择测试题。

- 简答题：该知识对象用于创建简答测试题。
- 热点问题：该知识对象用于创建热区测试题。
- 热对象问题：该知识对象用于创建热对象测试题。
- 拖放—问题：该知识对象用于创建拖放测试题。
- 真—假问题：该知识对象用于创建判断正误的测试题。

(6) 轻松工具箱类知识对象，如图 11-9 所示。该类型的知识对象主要用于提高程序的易用性，包含了易用性的知识对象、模块及命令等，共有 4 种知识对象。

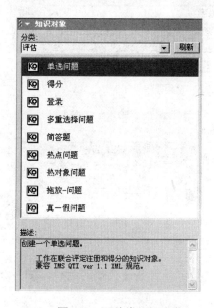

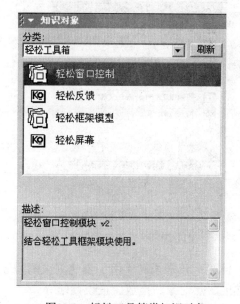

图11-8　评估类知识对象　　　　　　　图11-9　轻松工具箱类知识对象

- 轻松窗口控制：该知识对象用于提供创建易用性的窗口控制。
- 轻松反馈：该知识对象用于提供阅读交互作用的反馈信息或者设计图标的描述信息。
- 轻松框架模型：该知识对象用于提供创建支持易用性的程序框架。
- 轻松屏幕：该知识对象用于提供屏幕响应键盘输入时的内容。

(7) 文件类知识对象，该类型的知识对象用于提供一些文件操作功能，共有 7 种知识对象，如图 11-10 所示。

- 添加—移除字体资源：该知识对象用于添加和删除字体。如果在程序中使用了系统中没有的一些字体，这些字体将无法正常显示，可以使用该知识对象进行字体的添加，保证正常显示。
- 复制文件：该知识对象用于将一个或多个文件复制到指定的目录中。使用时，需要指定文件名以及路径。
- 查找 CD 驱动器：该知识对象用于查找计算机上的第一个光盘驱动器的盘符，并将盘符保存到变量中。
- 跳到指定 Authorware 文件：该知识对象用于从一个 Authorware 文件跳转到另—个 Authorware 文件中去。
- 读取 INI 值：该知识对象用于从一个 Windows 文件中读取一个值。

● 设置文件属性：该知识对象用于设置一个或者多个文件的属性，如只读、隐藏、系统及存档。

● 写入 INI 值：该知识对象用于向 Windows INI 文件中写入值。

(8) 新建类知识对象，如图 11-11 所示，该类知识对象用于创建新程序时的框架，共有 3 种知识对象。

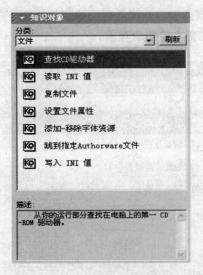
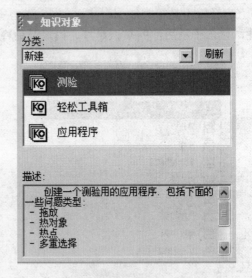

图11-10　文件类知识对象　　　　　　　　图11-11　新建类知识对象

● 测验：该知识对象用于创建测试的程序框架，其中包含多种类型的题目，如多选、单选、热区、热对象、拖放、正误判断等。

● 轻松工具箱：该知识对象用于创建适用于训练、演示作用的程序框架。

● 应用程序：该知识对象用于创建标准化的易用型程序。

(9) 指南类知识对象，如图 11-12 所示。该类知识对象提供了用于教学程序使用的知识对象，共有 2 种知识对象。

图11-12　指南类知识对象

● 相机部件：该知识对象介绍照相机的各组成部分。

● 拍照：该知识对象介绍如何使用照相机。

以上 9 种类型的知识对象是 Authorware 为用户提供的标准化功能模块，可以方便地使用这些知识对象进行程序设计。

11.2 知识对象的使用

下面我们使用新建知识对象中的应用程序来创建一个具有框架页面结构的应用程序。制作步骤如下。

(1) 首先新建一个文件，在弹出的【新建】对话框中选择【应用程序】这一知识对象，在流程线上双击【应用程序知识对象】图标，弹出如图 11-13 所示的对话框。

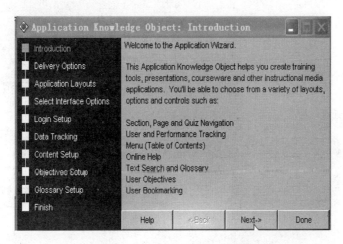

图11-13 应用知识对象对话框

(2) 单击【Next】按钮，打开如图 11-14 所示的向导对话框，该对话框用来设置程序演示窗口的大小。

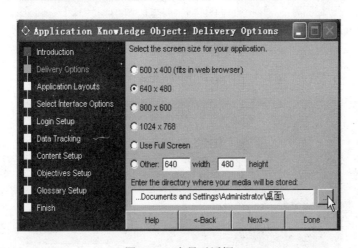

图11-14 向导对话框

(3) 用户可以在 Other 单选按钮后的文本框内输入宽度和高度，单击该对话框下面的 按钮，打开如图 11-15 所示的对话框。在该对话框中选择保存位置。

图11-15　Media Location

(4) 接着单击【Next】按钮，打开如 11-16 所示的对话框。在该对话框中可以选择应用程序的布局。

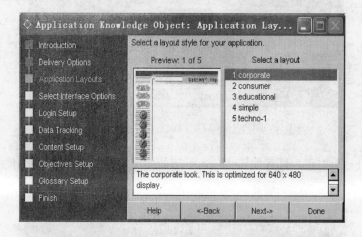

图11-16　布局对话框

(5) 单击【Next】按钮，弹出如图 11-17 所示的对话框。

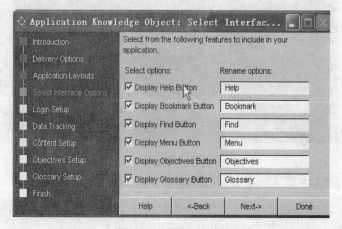

图11-17　设置对话框

(6) 单击【Next】按钮，弹出如图 11-18 所示的对话框。在该对话框中为应用程序选择登录选项。

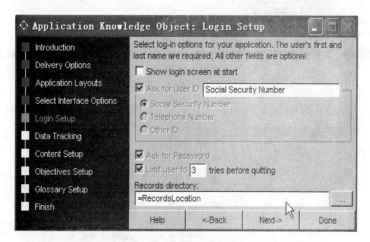

图11-18　设置登陆选项图

(7) 单击【Next】按钮，弹出如图 11-19 所示的对话框，该对话框用来设置应用程序记录用户的个人信息。如果在该对话框中选择【Track user progress and report to】复选框，其下的两个单选按钮变为可用状态，前两个单选按钮用来确定记录用户的个人信息，如果选择第二个单选按钮，则进入应用系统时不需要进行登录。

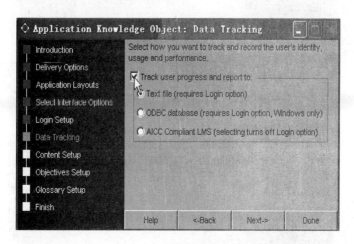

图11-19　设置用户对话框

(8) 单击【Next】按钮，弹出如图 11-20 所示的对话框。该对话框用于对应程序中的章节、页、小测验等进行设置。单击该对话框右侧的【Add Section】按钮，则工作区上方的细长文本框中将出现"New Section"字样，用户在该文本框中根据实际需要改变其内容，然后按回车键，这时修改内容将出现在其下的大列表框中。

(9) 单击【Next】按钮，将弹出如图 11-21 所示的对话框。该对话框用来为应用程序中的Objectives 对话框添加具体内容，用户可以将应用程序的提要或导读等内容放在这里。

(10) 接着单击【Next】按钮，将弹出如图 11-22 所示的对话框。该对话框的功能是为应用程序设置一个词汇表，只有选择对话框上的【Include glossary in application】复选框，对词

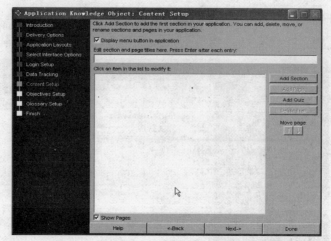

图11-20 设置章节对话框图

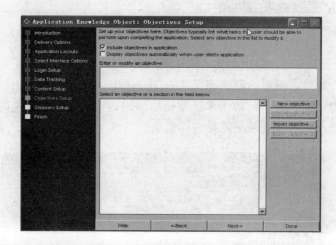

图11-21 设置Objectives对话框

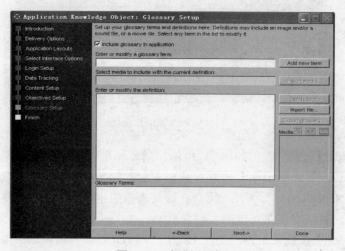

图11-22 完成对话框

汇表的设置才有效,要对词汇表进行设置,可以单击右侧的【Add new trem】按钮,这时【Enter or modify a glossary term】文本框中显示"New Term"字样。

（11）单击 Next 按钮，将弹出完成对话框，如图 11-23 所示。在该对话框右侧的工作区中通知用户利用知识对象对应用程序进行设置的操作已经完成。

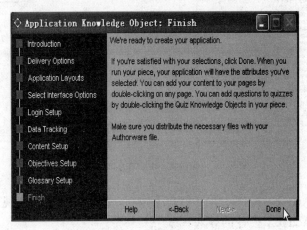

图11-23 设置词汇表对话框

此时的流程线如图 11-24 示。

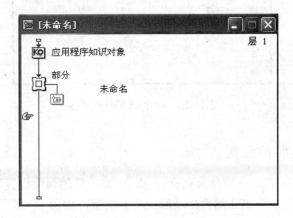

图11-24 程序流程线图

11.3 ActiveX 控件的导入和设置

本节主要介绍 ActiveX 控件的导入与设置，然后再介绍 ActiveX 控件的注册和安装。

11.3.1 ActiveX 控件的导入

ActiveX 控件可以提供很多特殊的功能，很多应用程序都有相应的 ActiveX 控件。比如 Windows Media Player、Word 等，这些 ActiveX 控件就可以实现 Windows Media Player 和 Word 的核心基本功能。

单击流程线上要导入支持 ActiveX 的地方，单击【插入】|【控件】|【ActiveX】命令，弹出【Select ActiveX Control】对话框，如图 11-25 所示。在该对话框中的控件描述列表框中显示所有安装在系统中 ActiveX 控件。在该对话框中的文本框中输入所要导入的 ActiveX 控件的关键字。

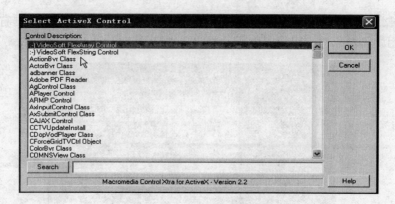

图11-25　Select ActiveX Control 对话框

选择所需要的 ActiveX 控件，单击【OK】按钮，将在流程线上出现一个图标，如图 11-26 所示。这就完成了 ActiveX 控件的导入。

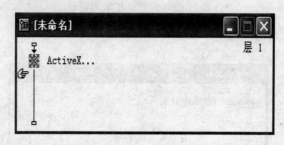

图11-26　ActiveX控件流程线

11.3.2　ActiveX 控件的设置

以 Windows Media Player 控件为例介绍 ActiveX 控件的属性设置。在流程线上右击控件图标，选择"属性"命令弹出【属性：功能图标】面板，如图 11-27 所示。

图11-27　【属性：功能图标】对话框

该对话框包括 3 个选项卡。

1.【功能】选项卡

在该选项卡中显示该功能图标的名称、所导入的控件类型以及支持导入该控件的文件。支持导入 ActiveX 的文件是 Authorware 安装目录下 Xtras 文件夹中的 ActiveX.x32 文件。

2.【显示】选项卡

该选项卡的主要功能设置选项如图 11-28 所示。

图11-28 【显示】选项卡

(1)【层】文本框：该文本框用来设置显示对象的层次。用于控制该对象与其他显示对象的前后覆盖关系，其默认值为 0（表示最底层）。

(2)【特效】文本框：在该文本框中显示过渡的效果，用户用以单击 ▦ 按钮，弹出【特效方式】对话框，如图 11-29 所示，用来选择不同的过渡效果。

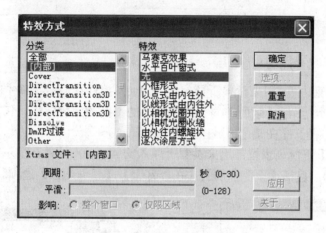

图11-29 【特效方式】对话框图

(3)【模式】下拉列表框：在该下拉列表框中可设置所导入的控件的显示方式，如图 11-30 所示。

(4)【颜色】选项：单击【前景色】或者【背景色】按钮，弹出【颜色】对话框，选择演示窗口的前景色和背景色，如图 11-31 所示。

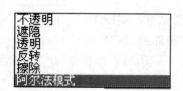

图11-30 【模式】下拉列表框内容

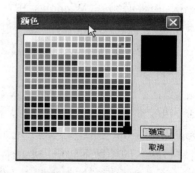

图11-31 设置颜色选项

(5)【选项】选项组

• 【防止自动擦除】复选框：选中该选项后，则防止后面的图标自动擦除选中该选项的

265

图标。如果要擦除该图标，则必须使用【擦除】图标来将它从演示窗口中擦除。

- 【擦除以前内容】复选框：选中该项后，演示窗口在显示该图标之前，会自动将前面所用图标的内容擦除掉。如果前面的图标设置了【防止自动擦除】，那么将不能擦除其中的内容。

- 【最优显示】复选框：选中该选项后，系统将图标的内容直接显示到屏幕上。

3.【版面布局】选项卡

该选项卡的各种功能设置，如图 11-32 所示。

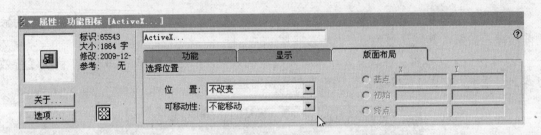

图11-32 【版面布局】选项卡

(1)【位置】下拉列表框：用来设置所导入的 ActiveX 控件在演示窗口中的位置，如图 11-33 所示选择不同的选项，激活【版面布局】选项卡中的不同的定位方式，包括【不改变】、【在屏幕上】、【沿特定路径】、【在某个区域中】4 个选项。

(2)【可移动性】下拉列表框：用来设置所导入的 ActiveX 控件在演示窗口中是否可以移动，如图 11-34 所示，包括【不能移动】、【在屏幕上】、【任何地方】选项。

图11-33 【位置】下拉列表框选项

图11-34 【可移动性】下拉列表框选项

11.4 ActiveX 控件的注册和安装

ActiveX 控件必须在 Windows 中注册后才能使用。在 Authorware 中可以直接使用的 ActiveX 控件都已经在 Windows 中注册过。本节介绍两种注册安装 ActiveX 控件的方法。

在 ActiveX 控件【属性：功能图标】对话框中单击 选项... 按钮，弹出【ActiveX Control Properties】对话框，如图 11-35 所示。

单击 URL 按钮，弹出【ActiveX Control URL】对话框，如图 11-36 所示。

- Classid 文本框：在该文本框中显示当前 ActiveX 控件的 ID 编号。

- Download from URL 文本框：在该文本框中输入下载所需控件文件的地址，运行程序时，系统将按输入的地址下载所需要的控件文件。

- Version to 文本框：该文本框用于输入所需 ActiveX 控件的版本号。如果在 4 个文本框中都输入 "-1"，系统将下载该控件的最新版本。

各项设置完成后，单击对话框中的【OK】按钮，完成设置。运行程序时，系统将按所输入的地址下载所需要的控件文件，并在 Windows 中注册，这样我们就可以在后面使用它了。

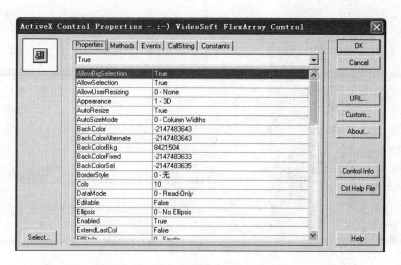

图11-35 属性控制对话框

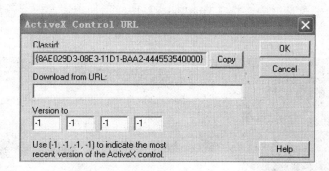

图11-36 ActiveX Control URL 对话框

11.5 应用实例：动物保护知识

利用知识对象，完成"动物保护知识"的实例。流程图如图 11-37 所示。

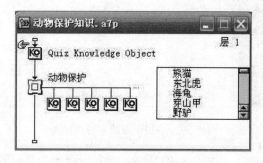

图11-37 "动物保护知识"流程图

操作步骤如下：

(1) 在进行测验题选项设置时，将缺省尝试次数设置为 1，如图 11-38 所示。

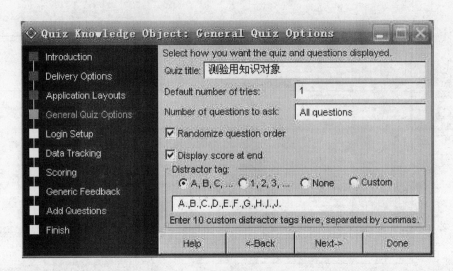

图11-38　将缺省尝试次数设置为1

(2) 在增加测验题对话框中，按【True/False】按钮添加正误题，并给出问题的标题，如图 11-39 所示。

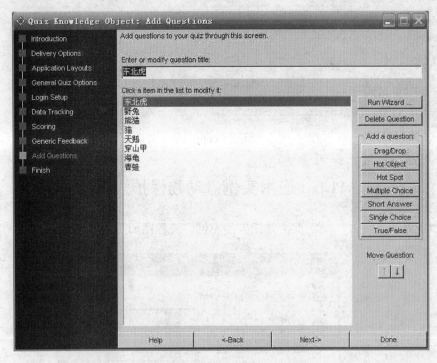

图11-39　添加正误题并给出标题

(3) 在问题设置对话框中，如图 11-40 所示，设置问题并为其配置相应的图像文件和声音文件；设置正确答案和正确评价信息；设置错误答案和错误评价信息。

(4) 在编辑状态，分别双击选中画面中的各种文字，调整其大小、位置和颜色等，如图 11-41 所示。

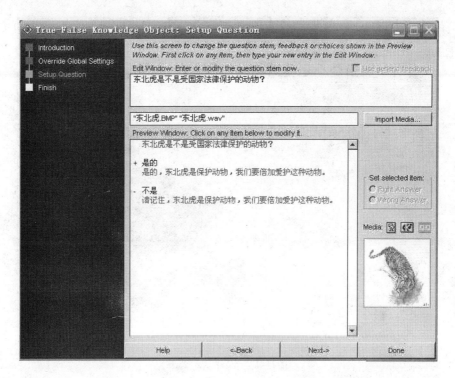

图11-40 设置问题、答案、评价和添加媒体

图11-41 调整文字的大小、位置和颜色

(5) 文件运行后效果如图 11-42 所示。选择问题的正确答案和正确评价信息，如图 11-43 所示。选择问题的错误答案和错误评价信息，如图 11-44 所示。

图11-42 课件演示效果

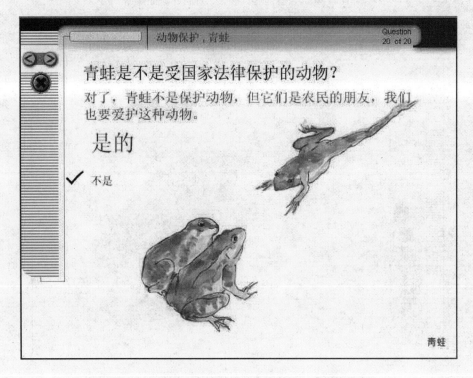

图11-43 问题"青蛙"的正确答案和正确评价信息

猫是不是受国家法律保护的动物？

错了，猫不是保护动物。但它是人们喜爱的宠物。

✕ 是的

不是

图11-44 问题"猫"的错误答案和错误评价信息

本 章 习 题

一、简答题

1. 知识对象分为几类？分别是什么？

2. ActiveX 控件的功能是什么？如何实现？

3. OLE 技术支持两种类型的对象，分别是什么？

4. 在 Authorware7.02 中共拥有几种不同类型的 Xtras，它们分别是什么？

二、操作题

1. 选择一个 ActiveX 控件，手动注册到 Windows 系统中。

2. 应用知识对象创建一个 Windows 消息框。

3. 使用 ActiveX 控件制作一个网络浏览器。

第12章 调试和发布课件

学习目标：

    1. 掌握文件的调试和文件搜索路径的设置。

    2. 掌握文件的打包和发布。

    3. 掌握一键发布的操作。

    4. 掌握文件的网络发布。

    多媒体课件制作结束之后，要真正成为能使用的产品，就必须先要经过调试，然后再将文件进行打包和发行，并组织所有与发布相关的文件，形成发布版本。

    本章将详细介绍文件的调试、文件一键发布的操作过程、文件网络发布的过程及在这些过程中应该注意的事项等。

12.1 调 试 课 件

    调试在课件开发的过程中是非常重要的，因为在程序的运行过程中，有时可能会发现某些图片的布置不合理，或者需要修改其他内容，这时可以直接双击窗口中的内容，则程序停止运行，Authorware 的图形工具箱便出现在演示窗口中，并且该对象所属的图标也出现在图形工具箱左边的区域中，如图 12-1 所示。此时，利用图形工具箱中的工具按钮编辑对象完成后，单击【运行】命令，将继续执行应用程序。这时候就可以根据情况来对此程序进行调试。常用的调试方法有两种，即使用开始/结束标志和使用控制面板。下面具体介绍它们。

图12-1　双击停止程序

12.1.1　使用开始和结束标志

在图标工具栏中有两个调试时使用的旗帜：开始和结束标志。

开始（START）旗帜：在程序设计流程线上建立一个执行起点。

结束（STOP）旗帜：在程序设计流程线上建立停止执行作品的终点，如图 12-2 和图 12-3 所示。

图12-2　图标工具栏　　　　　　　　图12-3　开始/结束旗帜

开始/结束旗帜可以大大提高程序调试的效率，特别是调试规模较大的程序时，可以利用开始/结束旗帜将程序分段执行，观察本段内运行的结果是否正确，以快速确定错误所在区间，具体操作时只需要将 ⌒ 和 ⌐ 拖动到流程线上相应的位置就行了，如图 12-4 所示。

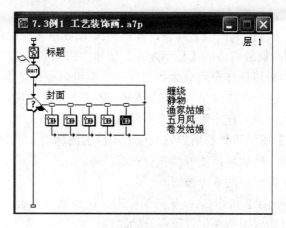

图12-4　带有旗帜的流程图

根据上图所定义的流程线，运行程序的结果只执行开始旗帜与结束旗帜之间的程序。如果要使开始和结束旗帜图标恢复原位，可以单击图标工具栏上安放开始和结束旗帜图标的位置。

12.1.2　使用控制面板

利用控制面板可以更方便地控制程序的执行，从而使程序调试工作能够顺利地完成。单

击【窗口】|【控制面板】命令，弹出如图 12-5 所示的控制面板。

在控制面板中，有 6 个按钮，其功能如下：

- 开始程序 ：单击该按钮，程序从开始处执行。
- 重新设置 ：单击该按钮，程序退回到开始处，从头等待开始执行。
- 停止运行 ：单击该按钮，程序停止并退出运行。
- 暂停运行 ：单击该按钮，程序暂停运行。
- 运行程序 ：单击该按钮，程序从暂停处开始运行。
- 跟踪程序 ：单击该按钮，打开跟踪窗口，进一步进行运行设置。

跟踪窗口主要是用来跟踪显示 Authorware 中程序执行过程中所遇到的图标的相关信息。如果程序的分支结构特别复杂，或者程序执行得太快，以至于用户很难看得清楚，此时跟踪窗口将是用户能力的延伸，可以帮助用户来调试复杂的或运行得很快的应用程序。下面我们将进一步对跟踪窗口的功能做一介绍，跟踪窗口见图 12-6。

图12-5　控制面板　　　　　　　　　　图12-6　跟踪窗口

打开跟踪窗口的方法如下。

(1) 单击【窗口】|【控制面板】命令，弹出如图 12-5 所示的控制面板。

(2) 然后单击控制面板最右边的【显示跟踪】按钮，弹出如图 12-6 所示的跟踪窗口。

跟踪窗口和控制面板连接在一起成为组合窗口，该组合窗口是浮动窗口，可以用鼠标调整到屏幕的任意位置，也可以像改变其他 Windows 窗口一样通过拖曳窗口的四边和四角来任意改变窗口的大小。当用户沿程序流程线来跟踪 Authorware 作品时，当遇到【等待】图标、【交互】图标、【框架】图标等需要用户输入交互响应的图标时，该跟踪窗口会自动停下来，等候用户与程序的对话，然后从该处继续执行跟踪任务。

下面再介绍一下跟踪窗口的 6 个按钮。

- 【从标志旗开始执行】按钮 ：从开始标志旗帜处重新开始，使用该按钮，跟踪窗口将从程序流程线上的开始旗帜所在位置重新开始跟踪。
- 【初始化到标志旗处】按钮 ：从开始标志旗帜重新设置跟踪窗口，如果开始旗帜已经放置到流程线上，则单击该按钮，跟踪窗口便从开始旗帜处重置跟踪。
- 【向后执行一步】按钮 ：单步跟踪功能在调试中，有助于接近问题的所在。如果是一个分支结构或者是一个映射图标，则单击该按钮，Authorware7.02 将执行分支结构或映射图标中的所有对象，而不是一个图标一个图标地执行。在使用该功能按钮时，在跟踪窗口只显示映射图标的图标，以及包含映射图标名和进入、退出该映射图标记录的信息列表。

- 【向前执行一步】按钮 ∅：该功能按钮用来在流程线上进行更为精确的跟踪，如果是一个分支结构或者是一个映射图标，单击该按钮，则 Authorware7.02 将进入分支结构或映射图标中，一个图标一个图标地执行。在使用该按钮时，跟踪窗口会显示所有图标的信息。
- 【打开跟踪方式】按钮 ：该功能按钮控制跟踪信息的显示与否，即使是在跟踪的时候，该按钮仍然可用。在调试的过程中，用户可能只对某一部分的信息有兴趣，则可以将该按钮关上，关闭跟踪信息。
- 【显示看不见的对象】按钮 ：显示不可见的信息，在该功能按钮打开的情况下，程序在演示窗口上可以显示某些不能显示的内容，如目标区等。当该按钮关闭时，程序不显示这些不可见的内容。

12.2　打包与发布课件

一个多媒体课件作品制作完成后，并对它进行了较为安全的测试且通过后，再接下来就应当对它打包，最后交给用户使用。Authorware 能通过打包使课件脱离其编辑的环境后也能直接运行该程序。

12.2.1　文件的发行准备

1. 发行文件时需要包含的文件

只是把程序文件和库文件打包并不能进入发布环节，所制作的多媒体应用程序要正常无误地运行还需要以下文件。

(1) Xtras 文件：程序中使用的由 Xtras 形式所支持的功能，均有一个 Xtras 文件与之相对应，这些 Xtras 文件必须与程序文件在同一目录下的 Xtras 文件夹中。

(2) 外部函数文件：程序中使用的数字电影驱动文件（xmo）、ActiveX 控件（ocx、cab）、自定义函数文件（ucd、u32、dll）。

(3) 外部媒体文件：程序以链接形式使用的所有图像、声音、数字电影等外部媒体文件。

(4) 字体文件：程序中使用的专用字体文件。

(5) 安装程序的文件：如果程序是需要安装的，则安装程序本身及所需要的文件也要一同发布。

(6) 外部数据文件：程序中以文本方式读取的外部数据文件、通过 ODBC 查询的数据库文件、与程序使用和发布相关的文件等。

2. Xtras 扩展文件

Xtras 的完整定义应该是：按 Macromedia 的开发规范 Xtra Development Kit 开发出来的，为 Macromedia 的产品提供扩展功能的部分。对用户来说，他们不需要什么新的知识就可以熟练地使用这些功能，因为它们都是用相同的 C 语言模板开发出来的。具体说来，Authorware 中的 Xtras pf 可以分为 5 类：Transition Xtras、Sprite Xtras、Tool Xtras、Scripting Xtras 以及 MIX Sevice and Viewer Xtras。

(1) Transition Xtras：Transition Xtras 是专门处理过渡效果的 Xtras，在选择过渡效果时，除了 Internal 外的那些过渡效果，都是由 Transition Xtras 来提供的。使用 Transition Xtras 的时候，需要把相应的 Xtras 文件复制到 Xtras 目录下，启动 Authorware 后，在过渡效果对话框中，就可以看到刚增加的 Transition Xtras 已经在类别列表里可供使用了。

(2) Sprite Xtras：Sprite Xtras 是最为重要的一类 Xtras，它的功能是使 Authorware 能引入更多类型的媒体。

(3) Tool Xtras：Tool Xtras 是提供一些 Authorware 实用工具的 Xtras，例如：把 WAV 变为 SWA 的 Xtras。选择 Xtras 菜单就可以看到这些 Xtras。使用方法和一般的 Windows 程序相同。

(4) Scripting Xtras：Scripting Xtras 以前也叫 Lingo Xtras，因为它是从 Director 的 Lingo 语言转化来的 Xtras，提供一些扩展 Authorware 功能的函数，使用方法和使用系统函数差不多。

(5) MIX Service and Viewer Xtras：MIX Service and Viewer Xtras 构成了 Authorware 的核心部分，Authorware 就是通过它们来支持多种媒体的。在 Xtras 目录下，可以找到很多这样的 Xtras，如 Pngimpx32 是支持 PNG 格式图像的 Xtras。如果在打包后，发现运行到某类声音或图像时，出现 Xtras not Found 的对话框，就是因为缺少 MIX Service and Viewer Xtras。这时候只需要把相应媒体的 Xtras 复制到打包文件的 Xtras 目录里即可。

3. 选择发行使用的载体

对那些已经打包完毕的文件和需要的外部文件，其发行的媒介载体有 3 种：磁盘、CD-ROM 和网络。对于 Authorware 来说，只要有一种载体就可以，在本地磁盘、可移动磁盘以及网络服务器是一样的。其中选择依据主要是文件的大小。

4. 程序文件的打包

在 Authorware 的程序设计中，作品结束后必须呈现给读者，而为了程序的安全和保密，不能将源代码直接公布出去，必须将文件进行打包封装起来，然后依据用户所处的系统环境以不同的方式进行发布。

打包就是将设计好的程序作品创建成一个可以独立运行的文件。由于使用环境的不同，可以使用不同的打包方式保证程序打包后可以被正常运行。

打开需要打包的程序文件，然后单击【文件】|【发布】|【打包】命令，打开如图 12-7 所示的对话框，在该对话框的下拉列表框中，显示了 Authorware 提供的两种程序打包方式。

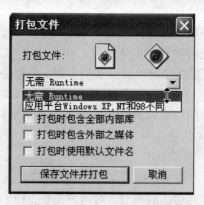

图12-7 【打包文件】对话框

• 【无需 Runtime】：打包为.a7r 的文件，该文件不可以独立运行，需要由 Runa7w32.LAU 运行。

• 【应用平台 Windows XP，NT 和 98 不同】：程序打包成可以在 Windows XP、NT 和 98 环境下独立运行的文件，文件的后缀名是.exe。无需 Runtime 的支持，Runtime 程序已经被打包到程序内部。

另外，还有 4 个用于设置程序打包的复选框，下面进一步介绍它们。

● 【运行时重组无效的链接】复选框：选择此项，可以是由于一些操作的原因，如剪切、复制、粘贴等造成的流程线上的图标 ID 号发生变化，导致系统无法识别某些链接关系恢复正常。

● 【打包时包含全部内部库】复选框：选择该复选框，可以将程序设计过程中使用的库文件图标全部打包到程序内部。

● 【打包时包含外部之媒体】复选框：选择该复选框，将在程序设计过程中使用的外部文件打包到程序内部，这样可能会导致最终打包出来的文件很大，但如果在网络中发布，可以提高文件在网络中运行的速度。

● 【打包时使用默认文件名】复选框：选择该复选框，系统将 Authorware 文件的文件名作为打包后的文件名，并且打包后的文件将保存在 Authorware 文件所在文件夹。

12.2.2　一键发布

将程序从源文件得到一个可以在一些系统环境下独立运行的应用程序叫做程序的发布。一键发布是指只需要保存用户的应用程序，然后发布到 Web、CD-ROM 或企业内部网，使用这一强大功能只需要简单的一步，即执行【文件】|【发布】|【一键发布】命令，就可以实现同时将文件打包并且发行成几种格式，例如可以一步将制作的应用程序打包并生成.a7p文件、网络播放器使用的 aam 文件和包含应用程序的网页 HTML 文件。不仅如此，该功能还包括用户可以自定义的选项设置、自动识别和收集发布的程序需要的支持文件（如 Xtras、DLL和 UCD），甚至包括了可以传输至远端服务器上的功能。

单击【文件】|【发布】|【发布设置】命令，弹出如图 12-8 所示的对话框。该对话框最上方位置用来选择当前被发布文件的名称以及路径，单击后面的 ┉ 按钮可以浏览位置。

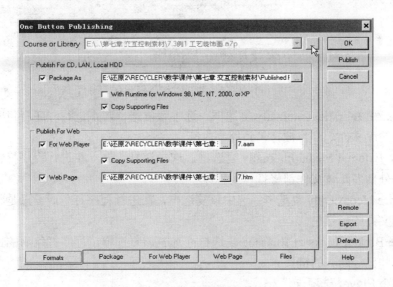

图12-8　发布设置对话框

1. Formats 选项卡

该选项卡用来设置文件发布的格式，包括 LAN、Local HDD 或者 Web 格式等。

Publish For CD、LAN、Local HDD 选项组内容介绍如下。

(1) Package As 复选框：选中该复选框，允许在 CD-ROM、LAN 和本地磁盘中发布。

- "发行路径"文本框：可以选择打包文件的存储路径。
- With Runtime for Windows 98，ME，NT，2000，or XP 复选框：选中该复选框，程序将打包为包含 Runtime 可以独立运行的.exe 文件。
- Copy Supporting Files 复选框：选中该复选框，Authorware7.02 在打包程序时将各种支持文件复制到发布文件中。

(2) Publish For Web 选项组内容介绍如下。

- For Web Player 复选框：选中该复选框，允许为 Authorware Web Player 进行打包发布。这种方式打包形成的.aam 文件，必须由 Authorware7.02 Web Player 执行。
- Web Page 复选框：选中该复选框，程序将打包发布成标准的网页格式。

2. Package 选项卡

在该选项卡中的各选项主要用于对各种打包属性进行设置，如图 12-9 所示。主要包括以下 4 个复选框。

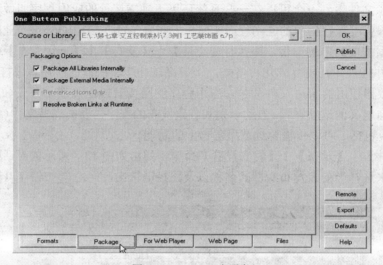

图12-9 Package选项卡

- Package All Libraries Internally 复选框：选中该复选框，在进行程序打包时，所有与程序有链接关系的库文件，都将被打包到程序内部。
- Package External Media Internally 复选框：选中该复选框，在进行程序打包时，所有在程序中使用的外部多媒体文件都将打包到程序中去。
- Referenced Icons Only 复选框：选中该复选框，在进行程序打包时，只是将与程序存在链接关系的库文件图标打包。
- Resolve Broken Links at Runtime 复选框：选中该复选框，程序打包后的文件在运行时将自动恢复那些已经断开的链接。

3. For Web Player 选项卡

该选项卡用来对发布后的文件在网上运行进行设置，如图 12-10 所示。

(1) Map File 选项组：该选项组包括两个文本框和一个复选框。

- Segment Prefix Name 文本框：该文本框用于输入片段文件名的前缀名。
- Segment Size 文本框：该文本框用于输入用在网络中传输的文件片段大小，根据网络链接设备，系统自动改变片段大小。

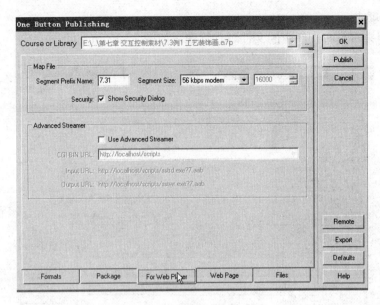

图12-10　For Web Player选项卡

● Security 复选框：选中该复选框，发布后的文件在网络上被 Web Player 播放器播放时将显示安全对话框。

(2) Advanced Streamer 选项组：该选项组包括 1 个复选框，1 个文本框。

● Use Advanced Streamer 复选框：如果选中该复选框，可以得到增强的流技术支持。

● CGI-BIN URL 文本框：选中上一个复选框，该文本框被激活，在该文本框中输入支持流技术的公共网关接口地址。

4. WebPage 选项卡

在该选项卡中可设置嵌入 Map 文件的网页属性，如图 12-11 所示。此选项卡这里不做介绍。

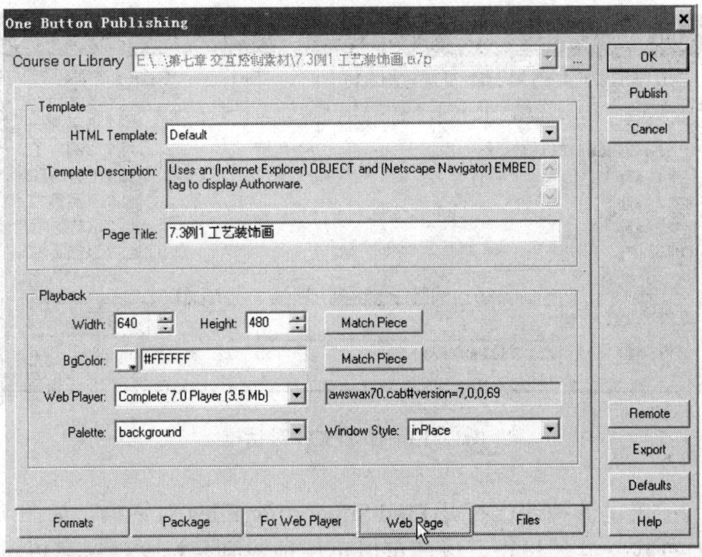

图12-11　WebPage选项卡

5. Files 选项卡

该选项卡用来对发布程序中的文件进行管理，如图 12-12 所示。

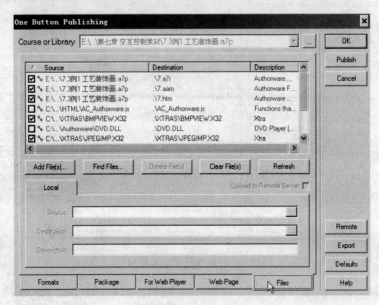

图12-12　Files选项卡

该文件列表框罗列出来的是要发布的重要文件，单击文件前面的标志，处于选中的状态时，该文件将被发布，如果文件处于未被选中状态时，则该文件不会发布出去。

下面对 5 个按钮进行介绍。

Add File(s)... ：单击该按钮，可以向文件列表框中添加文件，通常 Authorware7.02 会将所需要的文件都列出来。但对于 ActiveX 控件以及数字电影等特殊文件，需要单击该按钮进行添加，单击该按钮，弹出如图 12-13 所示的对话框。

图12-13　添加文件对话框

Find Files... ：单击该按钮，打开 Find Supporting Files 对话框，如图 12-14 所示。在该对话框中是一些对查找文件的设定，以便可以更快地找到目标文件。可以设置要查找文件的类型以及文件的大致路径。

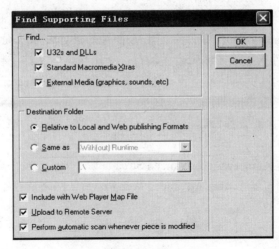

图12-14　查找文件对话框

：单击该按钮，可以删除列表框中的文件。

Clear File(s)：单击该按钮，可以清除在文件列表中的所有文件。

Refresh：单击该按钮，可以刷新文件列表框中的文件。

Local 选项卡：该选项卡主要对一些文件属性进行设置。

12.2.3　网络发布

在开发一个 Authorware7.02 项目初期，就应考虑到是否将其放置到 Internet 或企业内部网上，当程序在网上运行时，这些片段可以边下载边播放。使数据量较大的媒体程序分散下载，而不是等待下载完毕后再播放。由于这些片段本身的数据量都比较小，因此等待下载的时间就很短。Authorware7.02 的网络播放器可根据程序运行状况判断下载内容。若在服务器端安装一个 Authorware 的 CGI 应用程序（Authorware Advanced Streamer），则可以使下载更为流畅。

网络发布通常包括以下步骤。

(1) 首先考虑网络允许的播放速度,保证用户可以在低带宽网络环境以及程序所占用的内存空间，具体内容包括：

- 正常运行程序。
- 尽量使用小的演示窗口。
- 尽量使用小尺寸和低色彩位数的图。
- 尽量能避免使用长的声音文件。
- 图像格式应使用 JPEG 和 GIF。
- 语言文件用 VOX（Voxware）格式。
- 其他声音文件避免使用外部链接的媒体文件，避免使用 AVI 等非流式播放的外部媒体文件。
- 在程序中充分利用与网络发布相关的系统函数。

(2) 程序打包。根据前面讲解的打包方法，以 "无需 Runtime" 方式将程序打包成.a7r 文件，将库文件打包成.a7e 文件。这里需要注意的一点是：在 Internet 上发布的程序，尤其是在浏览器窗口中显示而不是在独立窗口显示的程序,其文件属性设置不应显示标题栏和菜单栏。

(3) 网络打包。用网络打包程序 Authorware Web Packager 将.a7r 和.a7e 文件进行网络打包。

(4) 根据需要修改 aam 文件。当课件中使用了非 Authorware 系统提供的自定义函数、Xtras 文件等，需要在 aam 文件增加或者编辑有关的行，指出与这些文件下载相关的参数。

(5) 设计嵌入 aam 的网页，也就是设计 HTML 文件，Authorware7.02 的网络播放器是通过浏览器下载和播放网络发布的课件。

(6) 配置服务器，为保证服务器能识别网络打包的文件，需要为服务器配置相应的 MIME 类型。

(7) 在服务器上安装 Authorware Advanced Streamer。

(8) 在课件用户的浏览器下安装 Advanced Web Player（网络播放器）。

本 章 习 题

一、简答题

1. 如何设置跟踪窗口？
2. 如何设置文件的搜索路径？
3. 为什么要对文件打包，如何操作？
4. 通过【Publish】命令可以生成哪些应用程序？
5. Windows98 环境下打包发布的作品能否在 Windows 2000 环境下使用？
6. 程序发布时是否必须将 Xtras 文件夹的内容全部带上？

二、操作题

1. 打开一个已经完成的文件，自己设置其搜索路径。
2. 选择一个自己已经做好的文件，将其进行打包并发布。
3. 使用"一键发布"将自己已经做好的文件打包发布。

第3篇　多媒体课件设计与制作实训

学习多媒体技术重在练习。在练习中体会、总结，在练习中感受多媒体的魅力，在练习中掌握多媒体创作的基本技能。

为实现学用结合，培养学习者独立创作能力，本章选编了 11 个实训，旨在以任务和学习驱动的方式引导实训练习。

实训一　多媒体课件脚本设计实训

实训目的：掌握多媒体课件脚本的编写方法。

实训要求：编写小学语文第九册《海上日出》课件脚本。

为了看日出，我常常早起。那时天还没有大亮，周围很静，只听见船里机器的声音。

天空还是一片浅蓝，很浅很浅的。转眼间，天水相接的地方出现了一道红霞。红霞的范围慢慢扩大，越来越亮。我知道太阳就要从天边升起来了，便目不转睛地望着那里。

果然，过了一会儿，那里出现了太阳的小半边脸，红是红得很，却没有亮光。太阳像负着什么重担似的，慢慢儿，一纵一纵地，使劲儿向上升。到了最后，它终于冲破了云霞，完全跳出了海面，颜色真红的可爱。一刹那间，这深红的圆东西发出夺目的亮光，射得人眼睛发痛。它旁边的云也突然有了光彩。

有时候太阳躲进云里。阳光透过云缝直射到水面上，很难分辨出哪里是水，哪里是天，只看见一片灿烂的亮光。

有时候天边有黑云，云还很厚。太阳升起来，人看不见它。它的光芒给黑云镶了一道光亮的金边。后来，太阳慢慢透出重围，出现在天空，把一片片云染成了紫色或者红色。这时候，不仅是太阳、云和海水，连我自己也成了光亮的了。

这不是伟大的奇观吗？

实训指导：

1. 课件设计

制作一张表格，主要填写课件题目、教学目标、创作平台、创作思路和内容简介等信息，具体如下。

课件教学目标等信息的描述

课件题目	创作思路
教学目标	内容简介
创作平台	

2. 课件制作

脚本卡片的编写（共　个模块）

模块序号		页面内容简要说明
屏幕显示		
说　　明		

实训二　多媒体课件素材设计实训

实训目的：掌握文本、图像、声音和视频素材设计的方法。

实训要求：

(1) 使用 Word 对文本素材进行设计。

(2) 使用 Photoshop 对图像素材进行设计。

(3) 使用麦克风和"录音机"录制声音并编辑。

(4) 使用 Premiere 软件编辑视频素材。

实训指导：

文本素材的设计

(1) 普通文本的输入、编辑和格式设置。

(2) 艺术字、文本框的插入和编辑。

(3) 表格的建立和编辑。

图像素材的设计

(1) 使用屏幕捕捉软件 Snaglt 捕捉屏幕影像。

(2) 使用 Photoshop 对图像进行查看、编辑和处理。

声音素材的设计

(1) 播放音频信息。

(2) 录制教学音频信息。

(3) 声音文件的插入与混合。

(4) 使用"超级音频解霸"软件对声音文件进行格式转换。

视频素材的设计

(1) 素材的采集和导入。

(2) 素材的加载和剪辑。

(3) 特技的叠加。

(4) 字幕的制作。

(5) 作品的预览和输出。

实训三　Authorware 基础知识、显示图标和等待图标实训

实训目的：掌握 Authorware 的基本操作和创建流程；通过显示图标和等待图标的使用，将文字、图形和图像完美地组合在一起。

实训要求：

(1) Authorware 的启动和退出。

(2) 熟悉 Authorware 系统环境。

(3) 运用显示图标和等待图标制作《中国古代四大发明》多媒体课件。

实训指导：

《中国古代四大发明》

1. 课件设计

课件教学目标等信息的描述

课件题目	中国古代四大发明	创作思路	依次介绍四大发明，最后总结
教学目标	了解四大发明的历史背景和意义	内容简介	指南针、造纸术、印刷术和火药
创作平台	Authorware7.02		

脚本卡片的编写（共 10 个模块）

模块序号	1	页面内容简要说明	题目
屏幕显示	背景图片 显示题目：中国古代四大发明 显示四大发明小图片		
说　明	给该页面加特效		

模块序号	2	页面内容简要说明	指南针
屏幕显示	以指南针图片做背景 显示：指南针 指南针发明、改进、应用的过程；外传		
说　明	"指南针"设置为艺术字 给该页面加特效		

模块序号	3	页面内容简要说明	指南针的意义
屏幕显示	以指南针图片做背景 指南针的意义		
说　明	给该页面加特效		

模块序号	4	页面内容简要说明	造纸术
屏幕显示	以造纸图片做背景 显示：造纸术 造纸术发明、改进、应用的过程；外传		
说　明	"造纸术"设置为艺术字 给该页面加特效		

模块序号	5	页面内容简要说明	造纸过程
屏幕显示	以卡通纸张图片做背景 造纸过程		
说　明	给该页面加特效		

模块序号	6	页面内容简要说明	活字印刷术
屏幕显示	以活字印刷图片做背景 显示：印刷技术 印刷术发明、改进、应用的过程；外传		
说　明	"印刷技术"设置为艺术字 给该页面加特效		

模块序号	7	页面内容简要说明	造纸和印刷术的意义
屏幕显示	浅色调背景图片 造纸和印刷术的意义		
说　明	给该页面加特效		

模块序号	8	页面内容简要说明	火药
屏幕显示	以火药和火器图片做背景 显示：火药和火器 火药和火器发明、改进、应用的过程；外传		
说　明	"火药和火器"设置为艺术字 给该页面加特效		

模块序号	9	页面内容简要说明	火药的意义
屏幕显示	浅色调背景图片 火药和火器的意义		
说　明	给该页面加特效		

模块序号	10	页面内容简要说明	总结
屏幕显示		浅色调背景图片 四大发明的发明时间及发明者	
说　明		以表格形式呈现四大发明的发明时间及发明者 给该页面加特效	

2. 课件制作

本书资源网站提供了这个课件实例的素材及源文件，可作为参考进行上机练习。《中国古代四大发明》课件封面效果如实训图1所示。

实训图1　《中国古代四大发明》课件演示效果

《中国古代四大发明》课件程序流程结构图如实训图2所示。

实训图2　课件程序流程结构图

287

实训四　擦除图标和群组图标实训

实训目的： 通过擦除图标的使用，可以删除屏幕中不再需要的对象；运用群组图标可以扩展流程线，可以像 Windows 中的文件夹一样存储图标。

实训要求： 运用擦除图标和群组图标及之前所学图标制作《古风》多媒体课件。

实训指导：

《古风》

1. 课件设计

课件教学目标等信息的描述

课件题目	古风	创作思路	介绍作者，学习古风内容，练习作业
教学目标	掌握《古风》的内容，了解作者，欣赏李白的诗歌。	内容简介	作者简介、课文内容、李白的诗歌和课后习题
创作平台	Authorware7.02		

脚本卡片的编写（共6个模块）

模块序号	1	页面内容简要说明	题目
屏幕显示	浅色调背景图片 显示题目古风和语文课件		
说　明	"语文课件"设置为艺术字 给该页面加特效		

模块序号	2	页面内容简要说明	作者简介
屏幕显示	以李白肖像图片做背景 显示：作者简介内容		
说　明	给该页面加特效		

模块序号	3	页面内容简要说明	《古风》内容
屏幕显示	以浅色荷花图片做背景 显示《古风》内容		
说　明	给该页面加特效		

模块序号	4	页面内容简要说明	对《古风》的理解
屏幕显示	浅色调背景图片 显示：作者在怎样的心境下写的这首诗 我们该怎样去理解作者的心境		
说　明	给该页面加特效		

模块序号	5	页面内容简要说明	诗歌欣赏
屏幕显示	李白的三首诗		
说　明	三首诗分三页显示，每一页都设置特效		

模块序号	6	页面内容简要说明	课后作业
屏幕显示	浅色调背景图片 显示：课后作业和四道习题的题目		
说　明	"课后作业"设置为艺术字 给该页面加特效		

2. 课件制作

本书资源网站提供了这个课件实例的素材及源文件，可作为参考进行上机练习。

《古风》课件效果如实训图 3 所示。

实训图3 《古风》课件封面

《古风》课件程序流程结构图如实训图4所示。

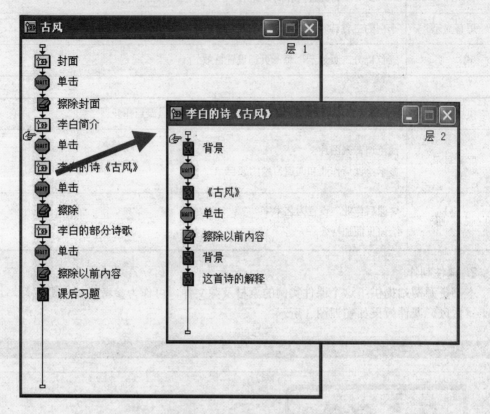

实训图4　课件程序流程结构图

实训五　移动图标实训

实训目的： 在 Authorware 开发中，主要围绕移动图标使得显示对象沿着设计的路径移动而产生动画效果。通过设置移动图标的属性，可以使得移动对象产生 5 种不同的动画效果。本实训旨在通过典型练习，掌握其属性设置，创建丰富动画效果。

实训要求： 运用移动图标及之前所学图标制作《解析"国"字》、《天体运动》等多媒体课件。

实训指导：

《解析"国"字》

1. 课件设计

课件教学目标等信息的描述

课件题目	解析"国"字	创作思路	依次介绍国字的组成部分的意义
教学目标	了解中文国字的组成原由	内容简介	主要以国字的各个组成部分为内容进行讲解
创作平台	Authorware7.02		

290

脚本卡片的编写（共3个模块）

模块序号	1	页面内容简要说明	题目
屏幕显示	背景图片 显示题目：解析"国"字		
说　　明	给该页面加特效		

模块序号	2	页面内容简要说明	国字各组成部分的古代解析
屏幕显示	背景图片 中国文字底蕴 主、口、王的古代意思		
说　　明	给该页面加特效		

模块序号	3	页面内容简要说明	国字的具体分解
屏幕显示	先显示主字，然后点字头移动下来变成玉字，继而右边出现一个口字，最后玉字经移动进入口字，变成了国字		
说　　明	运用移动图标		

2. 课件制作

本书资源网站提供了这个课件实例的素材及源文件，可作为参考进行上机练习。

《解析"国"字》课件效果如实训图5所示。

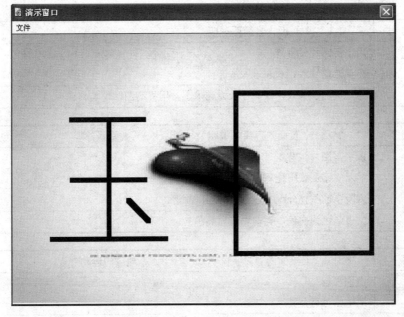

实训图5　《解析"国"字》课件演示效果

《解析"国"字》课件程序流程结构图及运动图标属性设置如实训图 6 所示。

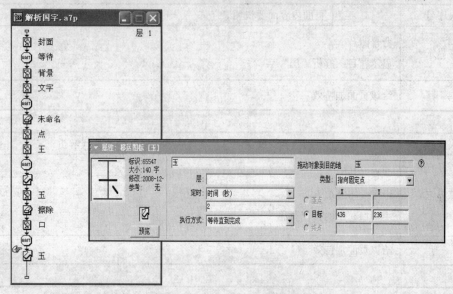

实训图6　课件程序流程结构图及运动图标属性设置

《天体运动》

1. 课件设计

课件教学目标等信息的描述

课件题目	天体运动	创作思路	太阳、地球、月亮如何运动
教学目标	通过简单的模拟运动，了解太阳、地球、月亮的运动规律	内容简介	太阳、地球、月亮简单模拟运动
创作平台	Authorware7.02		

脚本卡片的编写（共 8 个模块）

模块序号	1	页面内容简要说明	封面
屏幕显示	用宇宙图片做背景 显示课前导入：欢迎进入本课件		
说　　明	给该页面加特效，课前导入为艺术字，用移动图标使其移动		

模块序号	2	页面内容简要说明	太阳系外观
屏幕显示	以宇宙图片做背景 显示文字：太阳地球月亮简单模拟运动 太阳系的整体外观和各行星的运动轨迹		
说　　明	文字颜色为白色，运动轨迹为黄色		

模块序号	3	页面内容简要说明	月亮地球的运动外观
屏幕显示	白色背景 地球、月亮及其运动轨迹		
说　　明	屏幕显示为一张整体图片，直接从外部导入		

模块序号	4	页面内容简要说明	直线
屏幕显示	显示：两条带箭头的红色直线		
说　明	红色直线从一位置运动到指定位置，运用移动图标，调整好指向位置		

模块序号	5	页面内容简要说明	轨道2
屏幕显示	太阳系和地球的运动轨迹		
说　明	屏幕显示为一张整体图片，直接从外部导入		

模块序号	6	页面内容简要说明	地球
屏幕显示	显示：地球图片，调整到运动轨迹上		
说　明	运用移动图标，使地球在运动轨迹上运动一圈		

模块序号	7	页面内容简要说明	轨道3
屏幕显示	显示地球和月亮的运动轨迹		
说　明	显示内容为一张整图，直接从外部导入		

模块序号	8	页面内容简要说明	月亮
屏幕显示	显示：月球图片，调整到运动轨迹上		
说　明	运用移动图标，使月球在运动轨迹上运动一圈		

2. 课件制作

本书资源网站提供了这个课件实例的素材及源文件，可作为参考进行上机练习。

《天体运动》课件效果如实训图7所示。

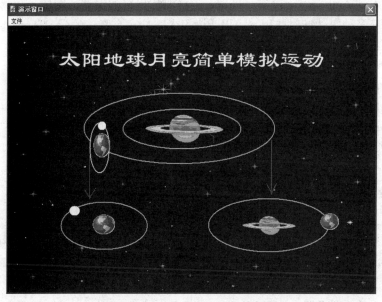

实训图7　《天体运动》课件演示效果

《天体运动》课件程序流程结构图及运动图标属性设置如实训图 8 所示。

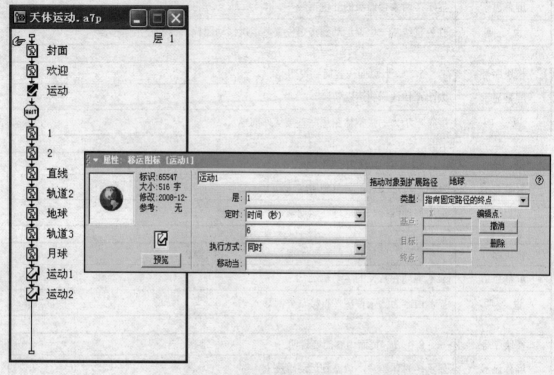

实训图8　课件程序流程结构图及运动图标属性设置

实训六　声音图标、数字电影图标和插入其他外部媒体实训

实训目的： 运用声音图标和数字电影图标可以将外部的声音（声效、解说词、音乐等）、视频等素材导入到 Authorware 中进行处理。这样制作出来的课件，图像、动画、声音、视频等交织在一起，多种媒体同时作用，可以为学习者建构一个真正的学习环境。

实训要求：

(1) 运用声音图标和数字电影图标制作《有的人》多媒体课件。

(2) 在课件中插入 GIF 动画。

(3) 在课件中插入 Powerpoint 演示文稿。

(4) 在课件中插入 Flash 动画。

实训指导：

《有的人》

1. 课件设计

课件教学目标等信息的描述

课件题目	有的人	创作思路	为纪念鲁迅先生有感而写
教学目标	了解鲁迅先生	内容简介	通过与"有的人"的对比突出鲁迅先生的伟大
创作平台	Authorware7.02		

脚本卡片的编写（共 2 个模块）

模块序号	1	页面内容简要说明	题目
屏幕显示	以鲁迅先生肖像为背景 题目为：有的人 字体：1 号黑体　文字上面注拼音		
说　　明	给该页面加特效		

模块序号	2	页面内容简要说明	课文内容
屏幕显示	《有的人》AVI 视频		
说　　明	同步播放《有的人》WAV 音频		

2. 课件制作

本书资源网站提供了这个课件实例的素材及源文件，可作为参考进行上机练习。

《有的人》课件效果如实训图 9 所示。

实训图9　《有的人》课件演示效果

《有的人》课件程序流程结构图如实训图 10 所示。

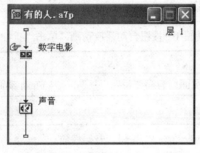

实训图10　课件程序流程结构图

《插入外部媒介》

1. 课件设计

课件教学目标等信息的描述

课件题目	插入外部媒介	创作思路	依次介绍 GIF、Flash、ppt 的插入
教学目标	学习如何插入外部文件	内容简介	GIF；Flash；PPT
创作平台	Authorware7.02		

脚本卡片的编写（共 7 个模块）

模块序号	1	页面内容简要说明	题目
屏幕显示	背景图片 左侧四分之一处画一竖直线		
说　明	线条为蓝色略加粗		

模块序号	2	页面内容简要说明	交互
屏幕显示	显示：按钮 5 个 分别为 GIF1 ；GIF2 ；Flash1 ；Flash2； PPT		
说　明	排列按钮在左侧四分之一处		

模块序号	3	页面内容简要说明	GIF 动画 1
屏幕显示	插入 GIF 动画 1		
说　明	单击 "GIF1 动画 1" 按钮进入		

模块序号	4	页面内容简要说明	GIF 动画 2
屏幕显示	插入 GIF 动画 2		
说　明	单击 "GIF 动画 2" 按钮自动播放		

模块序号	5	页面内容简要说明	Flash 动画 1
屏幕显示	插入 Flash 动画 1		
说　明	单击 "Flash 动画 1" 按钮自动播放动画，单击 "重播" 按钮重新播放		

模块序号	6	页面内容简要说明	Flash 动画 2
屏幕显示	插入 Flash 动画 2		
说　明	鼠标单击 "Flash 动画 2" 按钮，开始播放		

模块序号	7	页面内容简要说明	插入 PPT
屏幕显示	计算机系统组织结构图 PPT		
说　明	该组织结构图成分枝状，由 ppt 做成，单击"ppt"按钮显示		

2. 课件制作

本书资源网站提供了这个课件实例的素材及源文件，可作为参考进行上机练习。

插入外部媒介效果如实训图 11 所示。

实训图11　插入外部媒介课件演示效果

插入外部媒介课件程序流程结构图如实训图 12 所示。

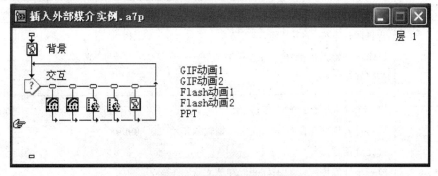

实训图12　课件程序流程结构图

实训七　计算图标实训

实训目的：通过计算图标的使用，可以引入 Authorware 提供的丰富的系统函数，从而充分地实现作品的灵活性和交互性，在提高课件制作水平的同时，将大大提高课件开发的效率。

实训要求：运用计算图标及其他相关图标制作《闰年的算法》、《二十四节气歌》等多媒体课件。

实训指导：

《闰年的算法》

1. 课件设计

课件教学目标等信息的描述

课件题目	闰年的算法	创作思路	介绍闰年的算法
教学目标	了解闰年算法的意义，会计算闰年的算法	内容简介	介绍闰年的算法，掌握和学会计算闰年
创作平台	Authorware7.02		

脚本卡片的编写（共 4 个模块）

模块序号	1	页面内容简要说明	题目
屏幕显示	用浅紫色卡通图片做背景 显示题目：计算图标的使用实例		
说　明	对文字进行相应的字体、颜色、大小的设置 给该页面加特效		

模块序号	2	页面内容简要说明	设置窗口
屏幕显示	背景图片不变		
说　明	放一个计算图标：设置窗口 双击打开该计算图标，在英文状态下输入：ResizeWindow(800,600) 给该页面加特效		

模块序号	3	页面内容简要说明	输入年份
屏幕显示	背景图片不变 显示：请输入年份（0～9999） 公元 0 年是闰年		
说　明	放一个交互图标：输入年份 双击打开该交互图标输入文字：请输入年份（0～9999） 公元 0 年是闰年 放一个计算图标，双击打开，在英文状态下输入： number := NumEntry if ((number/4) = INT(number/4) & (number/100) <> INT(number/100)) | (number/400) = INT(number/400) then verdict:="闰年" else verdict:="平年" 给该页面加特效		

模块序号	4	页面内容简要说明	重新计算
屏幕显示	背景图片不变		
说　　明	放一个计算图标，双击打开，在英文状态下输入： Restart() 给该页面加特效		

2. 课件制作

本书资源网站提供了这个课件实例的素材及源文件，可作为参考进行上机练习。

《闰年的算法》课件效果如实训图 13 所示。

实训图13　《闰年的算法》课件演示效果

《闰年的算法》课件程序流程结构图及计算图标相关设置如实训图 14 所示。

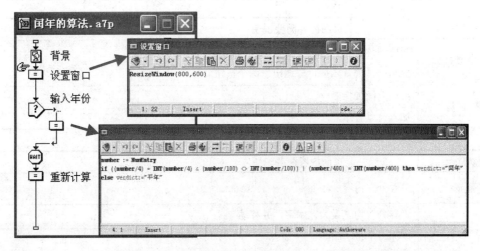

实训图14　课件程序流程结构图及计算图标相关设置

《二十四节气歌》

1. 课件设计

课件教学目标等信息的描述

课件题目	二十四节气歌	创作思路	依次介绍二十四节气，最后总结
教学目标	了解二十四节气歌，并学会吟唱	内容简介	一年二十四节气的先后顺序
创作平台	Authorware7.02		

脚本卡片的编写（共 12 模块）

模块序号	1	页面内容简要说明	题目
屏幕显示	用绿色调图片做背景 显示题目：二十四节气歌　"关音乐"、"退出"两个按钮		
说　明	给该页面加特效 文字"二十四节气歌"设为艺术字		

模块序号	2	页面内容简要说明	全图 1
屏幕显示	彩色图片背景 显示："关音乐"、"退出"两个按钮		
说　明	加入主题音乐 给该页面加特效		

模块序号	3	页面内容简要说明	全图 2
屏幕显示	彩色图片背景 显示："关音乐"、"退出"两个按钮		
说　明	给该页面加特效 加入背景音乐		

模块序号	4	页面内容简要说明	春天
屏幕显示	彩色图片背景 显示："关音乐"、"退出"两个按钮		
说　明	给该页面加特效 加入背景音乐		

模块序号	5	页面内容简要说明	春分
屏幕显示	"春分"内容		
说　明	"春分"句子设为艺术字，并移动 添加一个移动图标 给该页面加特效		

模块序号	6	页面内容简要说明	夏天
屏幕显示	以卡通图片做背景 显示："关音乐"、"退出"两个按钮		
说　明	给该页面加特效 加入背景音乐		

模块序号	7	页面内容简要说明	夏忙
屏幕显示	"夏忙"内容		
说　明	"夏忙"句子设置为艺术字，并移动 添加移动按钮 给该页面加特效		

模块序号	8	页面内容简要说明	秋天
屏幕显示	以卡通图片做背景 显示："关音乐"、"退出"两个按钮		
说　明	给该页面加特效 加入背景音乐		

模块序号	9	页面内容简要说明	秋分
屏幕显示	"秋分"内容		
说　明	给该页面加特效 "秋分"设置为艺术字，并移动 添加移动按钮		

模块序号	10	页面内容简要说明	冬天
屏幕显示	以卡通图片做背景 显示："关音乐"、"退出"两个按钮		
说　明	给该页面加特效 加入背景音乐		

模块序号	11	页面内容简要说明	冬雪
屏幕显示	"冬雪"内容		
说　明	给该页面加特效 "冬雪"设置为艺术字，并移动 添加移动按钮		

模块序号	12	页面内容简要说明	总结
屏幕显示	显示：春、夏、秋、冬四张图片		
说　明	给该页面加特效 加入背景音乐		

2. 课件制作

本书资源网站提供了这个课件实例的素材及源文件，可作为参考进行上机练习。

《二十四节气歌》课件效果如实训图 15 所示。

实训图15 《二十四节气歌》课件演示效果

《二十四节气歌》课件程序流程结构图及计算图标相关设置如实训图 16 所示。

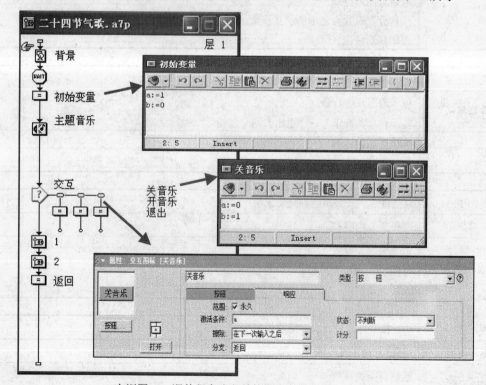

实训图16 课件程序流程结构图及计算图标相关设置

实训八 交互图标实训

实训目的：在 Authorware 中，人机交互主要是通过交互图标来实现的。通过使用交互图标，可以运用 11 种交互方式来实现人机交互：按钮交互、热区交互、热对象交互、目标区域交互、文本输入交互、菜单交互、按键交互、限次交互、时间限制、条件交互和事件交互。

实训要求：运用交互图标及之前所学图标制作《海的女儿》、《走进陇南》、《甘南夏河欢迎您》、《认识角度》、《桃花源记》、《世界水日主题》、《四季诗歌》、《古诗欣赏—设置课件密码》、《十二生肖趣味谜语》、《一组选择题》等多媒体课件。

实训指导：

《海的女儿》

1．课件设计

课件教学目标等信息的描述

课件题目	海的女儿	创作思路	呈现故事内容和相关图片，最后了解故事的寓意
教学目标	通过这则童话故事，了解其中的寓意，并且了解安徒生其他的童话故事	内容简介	海的女儿的故事、图片、海洋世界、音乐
创作平台	Authorware7.02		

脚本卡片的编写（共 7 个模块）

模块序号	1	页面内容简要说明	题目
屏幕显示	用海洋图片做背景 显示题目：童话故事　海的女儿 显示美人鱼大图片及小图片，每个小图片旁边有相应的文字，依次为：故事、图片、海洋世界、音乐		
说　明	给该页面加特效 "童话故事"、"海的女儿"为艺术字 故事、图片、海洋世界、音乐为按钮响应		

模块序号	2	页面内容简要说明	故事
屏幕显示	用美人鱼图片做背景 显示：《安徒生童话》作品简介		
说　明	给该页面加特效		

模块序号	3	页面内容简要说明	《海的女儿》中文版
屏幕显示	用美人鱼图片做背景 显示课文中文版全文		
说　明	给该页面加特效 配有课文朗读		

模块序号	4	页面内容简要说明	《海的女儿》英文版
屏幕显示	用美人鱼图片做背景 显示：作品内容		
说　明	给该页面加特效		

模块序号	5	页面内容简要说明	图片展示
屏幕显示	以海洋图片做背景 显示文字：美丽的公主变成了海里的泡沫成为了永远的童话！ 显示和该童话相关的一些图片		
说　明	给该页面加特效，小图片加特效，小图片每隔3秒自动呈现 所显示的文字为艺术字		

模块序号	6	页面内容简要说明	海洋世界图片展示
屏幕显示	美人鱼图片置于屏幕的左下角 展示海洋世界的图片		
说　明	给该页面加特效 并且所展示的海洋图片也有特效，图片每隔3秒自动呈现在屏幕上		

模块序号	7	页面内容简要说明	音乐
屏幕显示	用模块1的海洋图片做背景 显示美人鱼图片 显示文字（歌词）		
说　明	文字移动同时播放音乐 给该页面加特效		

2. 课件制作

本书资源网站提供了这个课件实例的素材及源文件，可作为参考进行上机练习。

《海的女儿》课件效果如实训图17所示。

实训图17 《海的女儿》课件演示效果

《海的女儿》课件程序流程结构图及按钮响应相关设置如实训图18所示。

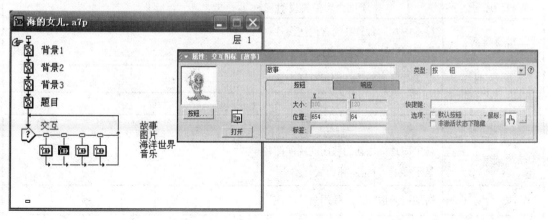

实训图18 课件程序流程结构图及按钮响应相关设置

《走进陇南》

1. 课件设计

课件教学目标等信息的描述

课件题目	走进陇南	创作思路	先总体展示陇南市全貌，再依次展示陇南市九个地区代表景色
教学目标	知道陇南市各个地区的特色景色	内容简介	西和县的庙坪坝、宕昌县的官鹅沟、礼县的祁山武祠侯、成县的鸡峰、徽县的金源广场、两当县的云屏三峡、文县的天池、康县的白云山公园、武都的万象洞
创作平台	Authorware7.02		

脚本卡片的编写（共 11 个模块）

模块序号	1	页面内容简要说明	题目
屏幕显示	用陇南市长江大道局部效果图做背景 显示题目：陇南欢迎您		
说　明	给该页面加特效，单击鼠标进入下一页		

模块序号	2	页面内容简要说明	陇南市地图
屏幕显示	显示图片：陇南市九大地区分布图		
说　明	给该页面加特效		

模块序号	3	页面内容简要说明	西和县庙坪坝
屏幕显示	显示图片：西和县庙坪坝图片 显示标题：西和县庙坪坝		
说　明	给该页面加特效，使用热区响应		

模块序号	4	页面内容简要说明	宕昌县 官鹅沟
屏幕显示	显示图片：宕昌县的官鹅沟图片 显示标题：宕昌县 官鹅沟		
说　明	给该页面加特效，使用热区响应		

模块序号	5	页面内容简要说明	礼县 祁山武祠侯
屏幕显示	显示图片：礼县的祁山武祠侯图片 显示标题：礼县 祁山武祠侯		
说　明	给该页面加特效，使用热区响应		

模块序号	6	页面内容简要说明	成县 鸡峰
屏幕显示	显示图片：成县的鸡峰图片 显示标题：成县 鸡峰		
说　明	给该页面加特效，使用热区响应		

模块序号	7	页面内容简要说明	徽县 金源广场
屏幕显示	显示图片：徽县的金源广场图片 显示标题：徽县 金源广场		
说　明	给该页面加特效，使用热区响应		

模块序号	8	页面内容简要说明	两当县 云屏三峡
屏幕显示	显示图片：两当县的云屏三峡图片 显示标题：两当县 云屏三峡		
说　明	给该页面加特效，使用热区响应		

模块序号	9	页面内容简要说明	文县 天池
屏幕显示	显示图片：文县的天池图片 显示标题：文县 天池		
说　明	给该页面加特效，使用热区响应		

模块序号	10	页面内容简要说明	康县 白云山公园
屏幕显示	显示图片：康县的白云山公园图片 显示标题：康县 白云山公园		
说　明	给该页面加特效，使用热区响应		

模块序号	11	页面内容简要说明	武都 万象洞
屏幕显示	显示图片：武都的万象洞图片 显示标题：武都 万象洞		
说　明	给该页面加特效，使用热区响应		

2. 课件制作

本书资源网站提供了这个课件实例的素材及源文件，可作为参考进行上机练习。

《走进陇南》课件效果如实训图 19 所示。

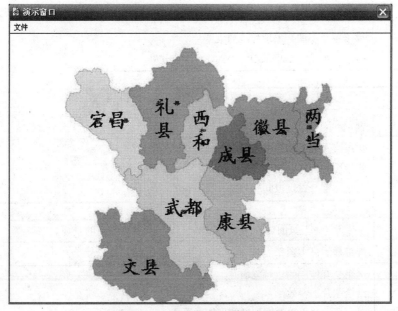

实训图19　《走进陇南》课件演示效果

307

《走进陇南》课件程序流程结构图及热区响应相关设置如实训图20所示。

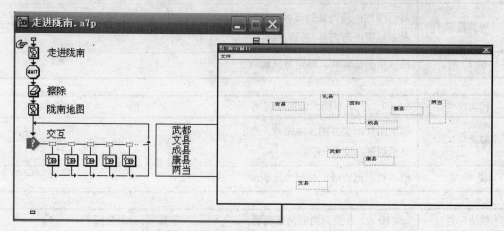

实训图20　课件程序流程结构图及热区响应相关设置

《甘南夏河欢迎您》

1. 课件设计

课件教学目标等信息的描述

课件题目	甘南夏河欢迎您	创作思路	依次欣赏甘南夏河的景色
教学目标	初步了解甘南夏河的风貌	内容简介	欣赏美丽的甘南夏河的六大景观
创作平台	Authorware7.02		

脚本卡片的编写（共7个模块）

模块序号	1	页面内容简要说明	题目
屏幕显示	显示题目：美丽的甘南夏河欢迎您 屏幕显示：六张小图		
说　明	将该页面上的文字设为艺术字 单击各个小图会出现相应的大图片 每个小图用一个显示图标导入		

模块序号	2	页面内容简要说明	甘南夏河的景观一
屏幕显示	屏幕显示：大图一		
说　明	运用交互控制的热对象响应 给该图片加特效 单击该图片可以返回到"题目"主页面		

模块序号	3	页面内容简要说明	甘南夏河的景观二
屏幕显示	屏幕显示：大图二		
说　明	运用交互控制的热对象响应 给该图片加特效 单击该图片可以返回到"题目"主页面		

模块序号	4	页面内容简要说明	甘南夏河的景观三
屏幕显示	屏幕显示：大图三		
说　明	运用交互控制的热对象响应 给该图片加特效 单击该图片可以返回到"题目"主页面		

模块序号	5	页面内容简要说明	甘南夏河的景观四
屏幕显示	屏幕显示：大图四		
说　明	运用交互控制的热对象响应 给该图片加特效 单击该图片可以返回到"题目"主页面		

模块序号	6	页面内容简要说明	甘南夏河的景观五
屏幕显示	屏幕显示：大图五		
说　明	运用交互控制的热对象响应 给该图片加特效 单击该图片可以返回到"题目"主页面		

模块序号	7	页面内容简要说明	甘南夏河的景观六
屏幕显示	屏幕显示：大图六		
说　明	运用交互控制的热对象响应 给该图片加特效 单击该图片可以返回到"题目"主页面		

2. 课件制作

本书资源网站提供了这个课件实例的素材及源文件，可作为参考进行上机练习。

《甘南夏河欢迎您》课件效果如实训图 21 所示。

实训图21　《甘南夏河欢迎您》课件演示效果

《甘南夏河欢迎您》课件程序流程结构图及热对象响应相关设置如实训图 22 所示。

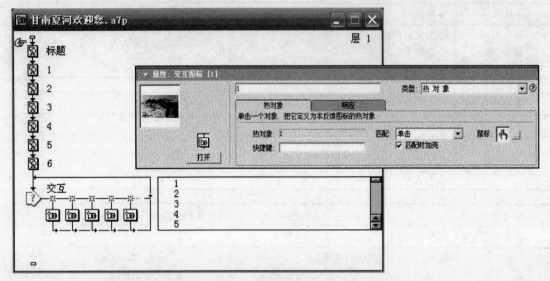

实训图22　课件程序流程结构图及热对象响应相关设置

《认识角度》

1. 课件设计

课件教学目标等信息的描述

课件题目	对角度的认识	创作思路	依次介绍各种角度
教学目标	了解各种角度，并能分辨出它们之间的关系	内容简介	钝角、直角、锐角、平角
创作平台	Authorware7.02		

脚本卡片的编写（共 7 个模块）

模块序号	1	页面内容简要说明	封面
屏幕显示	背景图片 显示题目：对角度的认识		
说　明	给该页面加特效		

模块序号	2	页面内容简要说明	题目
屏幕显示	以帆船图片做背景 显示：课堂练习 下列度数各代表什么角		
说　明	"课堂练习"设置为艺术字 给该页面加特效		

模块序号	3	页面内容简要说明	大于 90 度
屏幕显示	显示：大于 90 度		
说　明	使用目标区响应方式		

模块序号	4	页面内容简要说明	90度
屏幕显示	显示：90度		
说　明	使用目标区响应方式		

模块序号	5	页面内容简要说明	小于90度
屏幕显示	显示：小于90度		
说　明	使用目标区响应方式		

模块序号	6	页面内容简要说明	180度
屏幕显示	显示：180度		
说　明	使用目标区响应方式		

模块序号	7	页面内容简要说明	将各角度拖入所填的内容看效果
屏幕显示	以漫画图片做背景 各个角度和其所对应的位置		
说　明	答对了则出现胜利画面；答错了则返回，出现失望画面		

2. 课件制作

本书资源网站提供了这个课件实例的素材及源文件，可作为参考进行上机练习。

《认识角度》课件效果如实训图23所示。

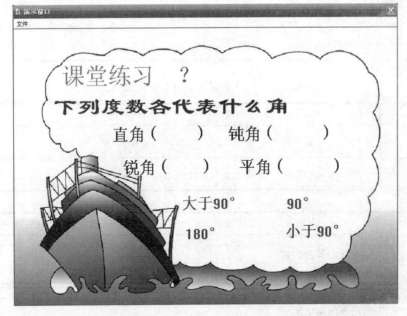

实训图23　《认识角度》课件演示效果

《认识角度》课件程序流程结构图及目标区响应相关设置如实训图24所示。

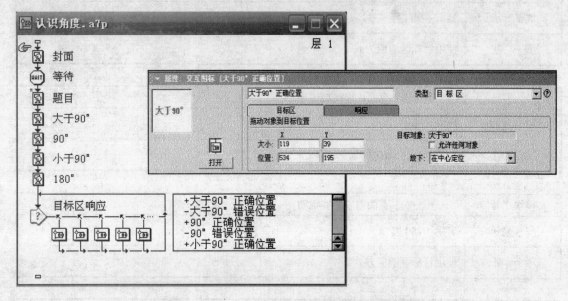

实训图24　课件程序流程结构图及目标区响应相关设置

《桃花源记》

1. 课件设计

课件教学目标等信息的描述

课件题目	桃花源记	创作思路	先进行课前引入，再对课文进行逐段解析，然后是随堂练习
教学目标	了解《桃花源记》的写作背景及作者简介，背诵全文，并能够默写	内容简介	桃园景象展示、写作背景、作者简介、文章解析、随堂练习
创作平台	Authorware7.02		

脚本卡片的编写（共11个模块）

模块序号	1	页面内容简要说明	封面
屏幕显示	用桃花图片做背景		
说　明	使用下拉菜单响应，并给该页设置特效		

模块序号	2	页面内容简要说明	桃花源景象展示
屏幕显示	用相框图片做背景 在相框中显示各种带有桃花的图片		
说　明	使用下拉菜单响应		

模块序号	3	页面内容简要说明	写作背景
屏幕显示	浅色调背景图片 左上角显示"写作背景"四个字 右边显示与写作背景有关的相关内容		
说　明	"写作背景"4个字设为红色艺术字；右边的内容设为蓝色，并使用滚动条进行展示； 给该页加特效；使用下拉菜单响应		

模块序号	4	页面内容简要说明	作者简介
屏幕显示	左边显示陶渊明肖像 右边以一张浅色的图片作背景，显示陶渊明的简介		
说　明	简介内容的文字设为红色，使用滚动条展示 给页面加特效；使用下拉菜单响应		

模块序号	5	页面内容简要说明	文章解析第一段
屏幕显示	用相框图片做背景 在矩形相框内显示课文的第一段内容		
说　明	文字伴有朗读，并给该页面加特效；使用下拉菜单响应		

模块序号	6	页面内容简要说明	文章解析第二段
屏幕显示	用相框图片做背景 在矩形相框内显示课文的第二段内容		
说　明	文字伴有朗读；给该页面加特效；使用下拉菜单响应		

模块序号	7	页面内容简要说明	文章解析第三段
屏幕显示	用相框图片做背景 显示课文第三段内容		
说　明	文字伴有朗读，给该页面加特效；使用下拉菜单响应		

模块序号	8	页面内容简要说明	文章解析第四、五段
屏幕显示	用相框图片做背景 在相框中显示：课文第四、五段内容		
说　明	课文内容伴有朗读 给该页面加特效；使用下拉菜单响应		

模块序号	9	页面内容简要说明	随堂练习之习题一
屏幕显示	用带有桃花的浅色调图片做背景 显示：习题内容		
说　明	文字颜色设为蓝色，并给该页面加特效；使用下拉菜单响应		

模块序号	10	页面内容简要说明	随堂练习之习题二
屏幕显示	用带有桃花的浅色调图片做背景 显示：习题内容		
说　明	给该页面加特效，使用下拉菜单响应		

模块序号	11	页面内容简要说明	退出
屏幕显示	（无显示内容）		
说　明	使用下拉菜单响应，结束放映		

2. 课件制作

本书资源网站提供了这个课件实例的素材及源文件，可作为参考进行上机练习。

《桃花源记》课件效果如实训图 25 所示。

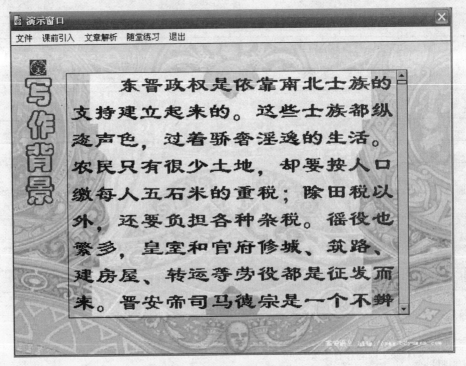

实训图25　《桃花源记》课件演示效果

《桃花源记》课件程序流程结构图及菜单响应相关设置如实训图26所示。

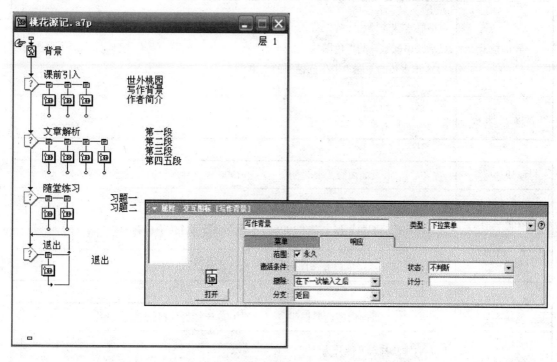

实训图26 课件程序流程结构图及菜单响应相关设置

《世界水日主题》

1. 课件设计

课件教学目标等信息的描述

课件题目	世界水日主题	创作思路	《世界水日主题》的背景及内容。
教学目标	通过了解水资源给人们带来的危害，呼吁人们重视环保并宣传《世界水日主题》	内容简介	水资源对人类的危害、《世界水日主题》的背景及内容
创作平台	Authorware7.02		

脚本卡片的编写（共6个模块）

模块序号	1	页面内容简要说明	题目
屏幕显示	用泥涸的水涡图片做背景 显示题目：昔日雨林　今日泥涸 显示：泥涸的水涡		
说　明	给该页面加特效		

模块序号	2	页面内容简要说明	2008 年世界水日的宣传内容
屏幕显示	以串联水珠的黑色图片做背景 显示：串联水珠的黑色图片 2008 年宣传的主题"卫生问题"的来由		
说　明	文字运用移动图标 给该页面加特效		

模块序号	3	页面内容简要说明	1996 年世界水日的宣传主题
屏幕显示	用人们排队打水图片做背景 显示：褐色的圆角矩形中有"1996 年的世界水日的宣传主题"		
说　明	给该页面加特效，运用等待图标、计算图标及条件响应		

模块序号	4	页面内容简要说明	2000 年世界水日的宣传主题
屏幕显示	用人们排队打水的图片为背景 显示：褐色的圆角矩形中有"2000 年的世界水日的宣传主题：'卫生用水'"		
说　明	该页面运用等待图标、计算图标及条件响应		

模块序号	5	页面内容简要说明	2004 年世界水日的宣传主题
屏幕显示	用人们排队打水图片做背景 显示：浅蓝色的圆角矩形中有"2004 年的世界水日的宣传主题：'水与灾害'"		
说　明	该页面运用等待图标、计算图标及条件响应		

模块序号	6	页面内容简要说明	2008 年世界水日的宣传主题
屏幕显示	用人们排队打水图片做背景 显示：浅蓝色的圆角矩形中有"2008 年的世界水日的宣传主题：'涉水卫生'"		
说　明	该页面运用等待图标、计算图标及条件响应		

2. 课件制作

本书资源网站提供了这个课件实例的素材及源文件，可作为参考进行上机练习。

《世界水日主题》课件效果如实训图 27 所示。

《世界水日主题》课件程序流程结构图及条件响应相关设置如实训图 28 所示。

实训图27 《世界水日主题》课件演示效果

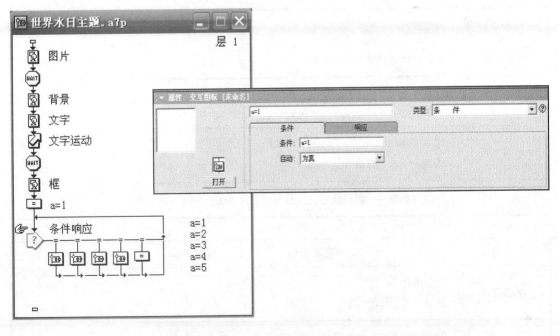

实训图28 课件程序流程结构图及条件响应相关设置

《四季诗歌》

1. 课件设计

课件教学目标等信息的描述

课件题目	四季诗歌	创作思路	写四句四季诗歌名句，然后让欣赏者填出相应的季节，最后做出相应的反馈
教学目标	学习文本响应的使用；四季诗歌名句欣赏	内容简介	春、夏、秋、冬及相应诗歌欣赏
创作平台	Authorware7.02		

脚本卡片的编写（共7个模块）

模块序号	1	页面内容简要说明	背景
屏幕显示	背景图片 显示题目：四季诗歌名句欣赏		
说　明	给该页面加特效 给题目设置大小、字体、颜色		

模块序号	2	页面内容简要说明	封面
屏幕显示	背景图片		
说　明	给该页面加特效		

模块序号	3	页面内容简要说明	春季
屏幕显示	背景图片 输入关于春的诗歌		
说　明	应用判断图标、群组图标、交互图标和文本输入响应方式设置		

模块序号	4	页面内容简要说明	夏季
屏幕显示	背景图片 显示：关于夏的诗歌		
说　明	应用判断图标、群组图标、交互图标和文本输入响应方式设置		

模块序号	5	页面内容简要说明	秋季
屏幕显示	背景图片 显示：关于秋的诗歌		
说　明	应用判断图标、群组图标、交互图标和文本输入响应方式设置		

模块序号	6	页面内容简要说明	冬季
屏幕显示	背景图片 显示：关于冬的诗歌		
说　明	应用判断图标、群组图标、交互图标和文本输入响应方式设置		

模块序号	7	页面内容简要说明	反馈
屏幕显示	背景图片 显示：你答对了，真棒！单击任意键退出		
说　明	反馈："你答对了，真棒！单击任意键退出"设置为艺术字 放一个等待图标，设置为：单击鼠标 应用计算图标退出：Quit()。		

2. 课件制作

本书资源网站提供了这个课件实例的素材及源文件，可作为参考进行上机练习。

《四季诗歌》课件效果如实训图 29 所示。

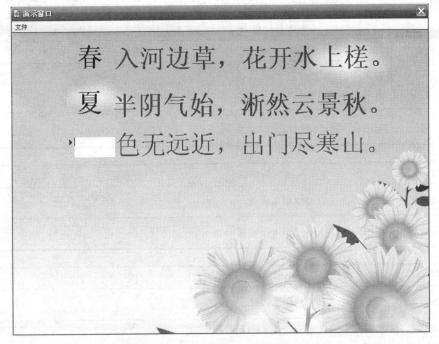

实训图29　《四季诗歌》课件演示效果

《四季诗歌》课件程序流程结构图及文本响应相关设置如实训图30所示。

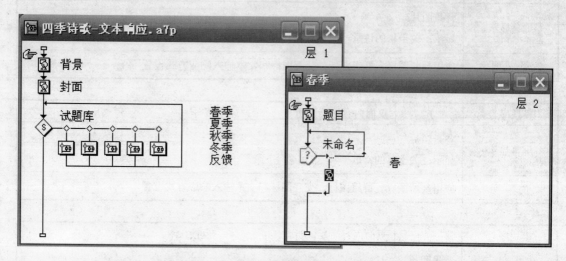

实训图30　课件程序流程结构图及文本响应相关设置

《古诗欣赏—设置课件密码》

1. 课件设计

课件教学目标等信息的描述

课件题目	古诗欣赏—设置课件密码	创作思路	设置课件密码，赏析诗词
教学目标	了解课件密码的设置方法	内容简介	设置课件密码；赏析李白、张继、杜牧、柳宗元等人的诗词
创作平台	Authorware7.02		

脚本卡片的编写（共14个模块）

模块序号	1	页面内容简要说明	题目
屏幕显示	背景图片 显示"请输入密码"		
说　　明	使用文本输入进行设置		

模块序号	2	页面内容简要说明	设置密码
屏幕显示	欢迎界面：欢迎使用本课件		
说　　明	使用文本输入响应输入正确密码		

模块序号	3	页面内容简要说明	尝试三次
屏幕显示	对不起，你不能使用本课件，单击任意键退出		
说　　明	使用文本输入响应 重试限制响应，尝试次数设置为3次，若3次都是错误密码，则退出		

模块序号	4	页面内容简要说明	诗歌乐园
屏幕显示	背景图片 显示文字：诗歌乐园		
说　明	"诗歌乐园"做成艺术字		

模块序号	5	页面内容简要说明	作者介绍——李白
屏幕显示	背景图片，显示"作者介绍" 左边显示李白头像 右边显示文字，介绍李白		
说　明	"作者介绍"四个字用艺术字 李白的介绍使用滚动条的形式 使用下拉菜单响应		

模块序号	6	页面内容简要说明	作者介绍——杜牧
屏幕显示	背景图片，显示"作者介绍" 左边显示杜牧头像 右边显示文字，介绍杜牧		
说　明	"作者介绍"四个字用艺术字 杜牧的介绍使用滚动条的形式 使用下拉菜单响应		

模块序号	7	页面内容简要说明	作者介绍——张继
屏幕显示	背景图片，显示"作者介绍" 左边显示张继头像 右边显示文字，介绍张继		
说　明	"作者介绍"四个字用艺术字 张继的介绍使用滚动条的形式 使用下拉菜单响应		

模块序号	8	页面内容简要说明	作者介绍——柳宗元
屏幕显示	背景图片，显示"作者介绍" 左边显示柳宗元头像 右边显示文字，介绍柳宗元		
说　明	"作者介绍"四个字用艺术字 柳宗元的介绍使用滚动条的形式 使用下拉菜单响应		

模块序号	9	页面内容简要说明	诗词欣赏——将进酒
屏幕显示	背景图片 文字显示《将进酒》的内容		
说　明	诗的内容用滚动条的形式 配乐朗读诗《将进酒》 使用下拉菜单响应		

模块序号	10	页面内容简要说明	诗词欣赏——梦游天姥吟留别
屏幕显示	以山水风景图片为背景 文字显示诗的内容		
说　明	配乐朗读诗《梦游天姥吟留别》 诗的内容使用运动字幕 使用下拉菜单响应		

模块序号	11	页面内容简要说明	诗词欣赏——蜀道难
屏幕显示	以高山云雾图片为背景 文字显示《蜀道难》的内容		
说　明	文字设置为运动字幕		

模块序号	12	页面内容简要说明	诗词欣赏——江雪
屏幕显示	以寒江独钓图片为背景 文字显示诗的内容及讲解		
说　明	配乐朗读，讲解诗的内容、写作背景 诗的讲解使用运动字幕 使用下拉菜单响应		

模块序号	13	页面内容简要说明	诗词欣赏——枫桥夜泊
屏幕显示	以浅色调图片为背景 文字显示诗的内容及诗讲解		
说　明	配乐朗读诗《枫桥夜泊》 诗的讲解使用运动字幕 使用下拉菜单响应		

模块序号	14	页面内容简要说明	诗词欣赏——山行
屏幕显示	以浅色调图片为背景 文字显示诗的内容及其讲解		
说　明	配乐朗读诗《山行》 诗的讲解使用运动字幕 使用下拉菜单响应 最后退出演示窗口		

2. 课件制作

本书资源网站提供了这个课件实例的素材及源文件，可作为参考进行上机练习。

《古诗欣赏—设置课件密码》课件效果如实训图 31 所示。

实训图31　《古诗欣赏—设置课件密码》课件演示效果

《古诗欣赏—设置课件密码》课件程序流程结构图及重试限制响应相关设置如实训图 32 所示。

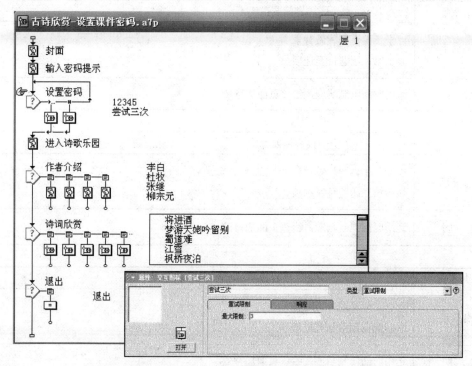

实训图32　课件程序流程结构图及重试限制响应相关设置

《十二生肖趣味谜语》

1. 课件设计

课件教学目标等信息的描述

课件题目	十二生肖趣味谜语	创作思路	通过猜谜了解十二生肖的特征
教学目标	了解十二生肖的特征	内容简介	十二生肖
创作平台	Authorware7.02		

脚本卡片的编写（共 7 个模块）

模块序号	1	页面内容简要说明	题目
屏幕显示	背景图片 显示题目：十二生肖趣味谜语		
说　明	"十二生肖趣味谜语"设置为艺术字；给该页面加特效		

模块序号	2	页面内容简要说明	第一题
屏幕显示	以十二生肖图片做背景 显示第一题题目及选项		
说　明	运用时间限制响应；给该页面加特效		

模块序号	3	页面内容简要说明	第二题
屏幕显示	以十二生肖图片做背景 显示第二题题目及选项		
说　明	运用时间限制响应；给该页面加特效		

模块序号	4	页面内容简要说明	第三题
屏幕显示	以十二生肖图片做背景 显示第三题题目及选项		
说　明	运用时间限制响应；给该页面加特效		

模块序号	5	页面内容简要说明	第四题
屏幕显示	以十二生肖图片做背景 显示第四题题目及选项		
说　明	运用时间限制响应；给该页面加特效		

模块序号	6	页面内容简要说明	第五题
屏幕显示	以十二生肖图片做背景 显示第五题题目及选项		
说　明	运用时间限制响应；给该页面加特效		

模块序号	7	页面内容简要说明	反馈
屏幕显示	显示成绩及反馈语		
说　明	给该页面加特效		

2. 课件制作

本书资源网站提供了这个课件实例的素材及源文件，可作为参考进行上机练习。

《十二生肖趣味谜语》课件效果如实训图 33 所示。

实训图33　《十二生肖趣味谜语》课件演示效果

《十二生肖趣味谜语》课件程序流程结构图及时间限制响应相关设置如实训图 34 所示。

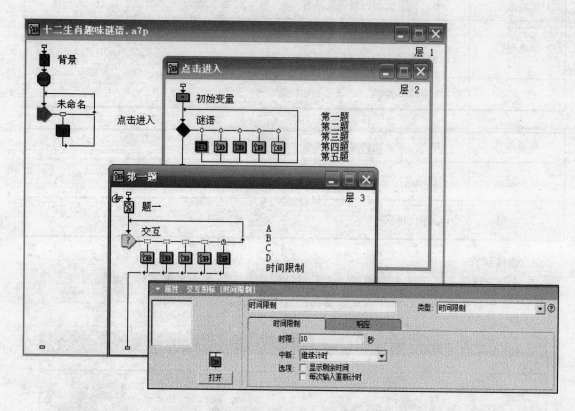

实训图34 课件程序流程结构图及时间限制响应相关设置

《一组选择题》

1. 课件设计

课件教学目标等信息的描述

课件题目	一组选择题	创作思路	利用按键响应做选择题
教学目标	利用按键响应做选择题，了解科学家的发明	内容简介	通过按键选择各科学家的研究及发现
创作平台	Authorware7.02		

脚本卡片的编写（共6个模块）

模块序号	1	页面内容简要说明	题目要求
屏幕显示		背景图片 显示题目：一组选择题 显示选择题要求	
说　　明		给该页面加特效	

模块序号	2	页面内容简要说明	第一道选择题要求及选项
屏幕显示	背景图片不变 显示第一道选择题的要求及选项		
说　明	给该页面加特效 使用按键响应		

模块序号	3	页面内容简要说明	第二道选择题要求及选项
屏幕显示	背景图片不变 显示第二道选择题的要求及选项		
说　明	给该页面加特效 使用按键响应		

模块序号	4	页面内容简要说明	第三道选择题要求及选项
屏幕显示	背景图片不变 显示第三道选择题的要求及选项		
说　明	给该页面加特效 使用按键响应		

模块序号	5	页面内容简要说明	第四道选择题要求及选项
屏幕显示	背景图片不变 显示第四道选择题的要求及选项		
说　明	给该页面加特效 使用按键响应		

模块序号	6	页面内容简要说明	反馈语
屏幕显示	背景图片不变 显示做题结果信息		
说　明	给该页面加特效		

2. 课件制作

本书资源网站提供了这个课件实例的素材及源文件，可作为参考进行上机练习。

《一组选择题》课件效果如实训图 35 所示。

《一组选择题》课件程序流程结构图及按键响应相关设置如实训图 36 所示。

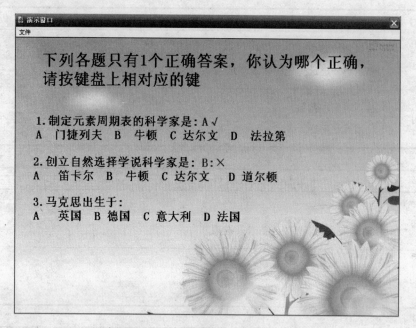

实训图35 《一组选择题》课件演示效果

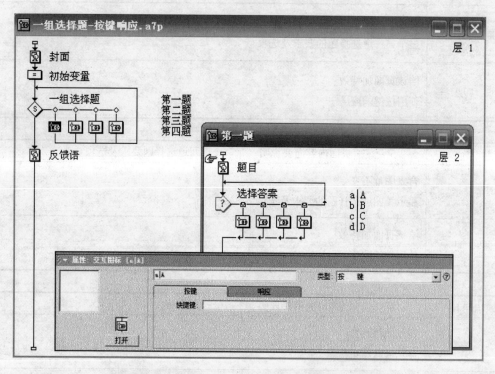

实训图36 课件程序流程结构图及按键响应相关设置

实训九 判断图标、框架图标和导航图标实训

实训目的：Authorware 提供的导航图标用于将流程导向指定的页面，非常容易实现在一组页面之间任意跳转。而框架图标是一个设置好的导航结构，通过播放面板将程序导向附着

在框架图标上的各个图标。导航图标可以在流程线的任何地方，但是它所导向的目的页面必须在一个框架图标中。另外，在 Authorware 中，具有分支结构的图标除了交互图标和框架图标外，还有决策图标。决策图标可根据条件设置选择程序的分支结构。

实训要求： 运用判断图标、框架图标和导航图标及之前所学图标制作《花的结构》、《伟大的祖国》等多媒体课件。

实训指导：

《花的结构》

1. 课件设计

课件教学目标等信息的描述

课件题目	花的结构	创作思路	先认识各种花，最后了解花的结构
教学目标	了解各种花，认识花的结构	内容简介	花瓣、花柄、花萼、花药、花柱，胚珠、柱头、子房等
创作平台	Authorware7.02		

脚本卡片的编写（共 7 个模块）

模块序号	1	页面内容简要说明	欣赏图片
屏幕显示	用花朵图片做背景 显示题目：欣赏图片		
说　明	添加背景音乐 该页文字设置为艺术字		

模块序号	2	页面内容简要说明	百合花
屏幕显示	以百合花图片做背景 显示：百合花		
说　明	给该页面加特效		

模块序号	3	页面内容简要说明	牡丹花
屏幕显示	以牡丹花图片做背景 显示牡丹花		
说　明	给该页面加特效		

模块序号	4	页面内容简要说明	玫瑰花
屏幕显示	以玫瑰花图片做背景 显示：玫瑰花		
说　明	给该页面加特效		

模块序号	5	页面内容简要说明	荷花
屏幕显示	以荷花图片做背景 显示：荷花		
说　明	给该页面加特效		

模块序号	6	页面内容简要说明	花的结构图
屏幕显示	以正在生长的小苗图片做背景 显示：通过欣赏前边的图片分析花的结构，知道花的结构是怎样构成的		
说　明	所显示文字设置为艺术字 给该页面加特效		

模块序号	7	页面内容简要说明	花的结构分解
屏幕显示	显示：花的结构分解		
说　明	给该页面加特效 通过判断图标设置，花的每个组成部分均设置为闪烁 3 次，鼠标指向时激活		

2. 课件制作

本书资源网站提供了这个课件实例的素材及源文件，可作为参考进行上机练习。

《花的结构》课件效果如实训图 37 所示。

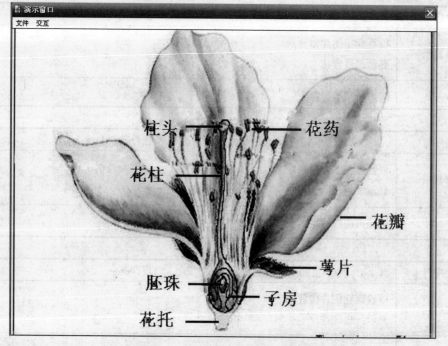

实训图37　《花的结构》课件演示效果

《花的结构》课件程序流程结构图及判断图标相关设置如实训图38所示。

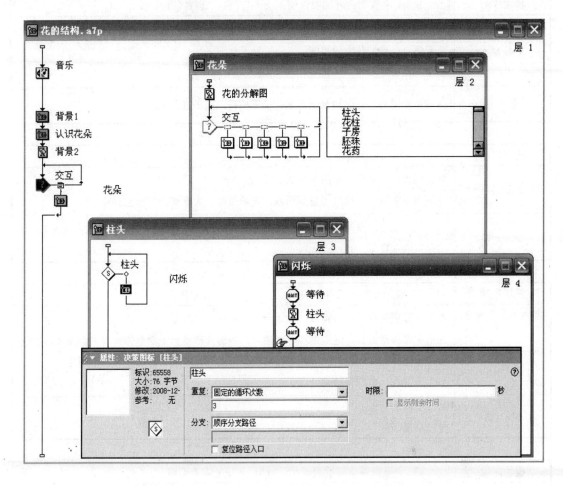

实训图38　课件程序流程结构图及判断图标相关设置

《伟大的祖国》

1. 课件设计

课件教学目标等信息的描述

课件题目	伟大的祖国	创作思路	分别介绍祖国的发展历程，灾难面前，大好河山，盛世狂欢
教学目标	了解祖国的发展历程，在灾难面前，祖国的大好河山以及盛世狂欢的各种情形	内容简介	祖国的发展历程，灾难面前，大好河山，盛世狂欢
创作平台	Authorware7.02		

脚本卡片的编写（共7个模块）

模块序号	1	页面内容简要说明	题目
屏幕显示	用一张祖国的地图图片做背景； 显示题目：我们伟大的祖国； 显示：点击进入		
说　明	给该页面加特效；添加背景音乐；设置按钮，点击进入		

模块序号	2	页面内容简要说明	首页
屏幕显示	以北京天安门，毛主席的图片做背景； 左下角显示四个小标题：发展历程，灾难面前，大好河山，盛世狂欢		
说　明	设置四个按钮：发展历程，灾难面前，大好河山，盛世狂欢； 给该页面加特效		

模块序号	3	页面内容简要说明	发展历程
屏幕显示	点击"发展历程"时分别以八路军图片，指战员抢修现场图片，雷锋图片，新中国成立毛主席讲话图片，毛主席和林彪图片，中国共产党第十次全国代表大会图片，农收图片，国庆大阅兵图片，漳州市公安局民警图片，神七图片等作为显示图片； 右上方加入一个框架结构		
说　明	给该页面加特效 使用框架图标		

模块序号	4	页面内容简要说明	灾难面前
屏幕显示	点击"灾难面前"时分别以抗击非典图片，李靖过生日图片，工人抢修图片，人民子弟兵吃快餐图片，抗雪灾图片，传奥运火炬图片，汶川大地震图片，温家宝祈祷图片，抢救小女孩图片，一个残疾小孩捐款图片，大地震残骸图片，国家领导人哀悼汶川大地震图片，用蜡烛围成5·12图片等作为显示图片； 右上方显示一个框架结构		
说　明	给该页面加特效 使用框架图标		

模块序号	5	页面内容简要说明	大好河山
屏幕显示	点击"大好河山"时分别以万里长城图片，颐和园图片，旅游胜地，风景，国内著名建筑等图片作为显示图片； 右上方显示一个框架结构		
说　明	给该页面加特效 使用框架图标		

模块序号	6	页面内容简要说明	盛世狂欢
屏幕显示		以奥运火炬图片为背景； 显示：点燃激情 右上方显示一个框架结构	
说　明		"点燃激情"用艺术字； 给该页面加特效 使用框架图标	

模块序号	7	页面内容简要说明	盛世狂欢图片
屏幕显示		分别以礼花，奥运五环，奥运会开幕式，鸟巢图片做背景；分别展示盛世狂欢的场面； 右上方显示一个框架结构	
说　明		给所有页面均加特效。 使用框架图标	

2. 课件制作

本书资源网站提供了这个课件实例的素材及源文件，可作为参考进行上机练习。

《伟大的祖国》课件效果如实训图 39 所示。

实训图39 《伟大的祖国》课件演示效果

《伟大的祖国》课件程序流程结构图如实训图40所示。

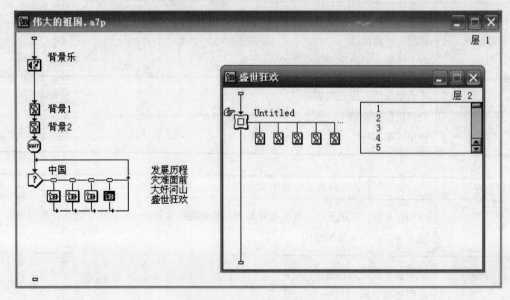

实训图40　课件程序流程结构图

实训十　知识对象实训

实训目的：知识对象是一些由Authorware提供的、逻辑完整的功能模块。通过引入知识对象可以大大提高制作多媒体课件的效率。本实训主要练习使用知识对象进行多媒体课件制作。

实训要求：运用知识对象制作《乐器的演奏类型》多媒体课件。

实训指导：

《乐器的演奏类型》

1. 课件设计

课件教学目标等信息的描述

课件题目	乐器的演奏类型	创作思路	依次显示每个乐器，最后总结
教学目标	知道每个乐器属于哪种演奏类型	内容简介	钢琴、小提琴、竖琴、吉他、琵琶、筝、笙、埙
创作平台	Authorware7.02		

脚本卡片的编写（共9个模块）

模块序号	1	页面内容简要说明	钢琴
屏幕显示	背景图片 题目：钢琴 显示文字、按钮和钢琴的图片		
说　明	单击"<"返回上一页，单击">"进入下一页，单击"X"退出 通过知识对象进行设置		

334

模块序号	2	页面内容简要说明	小提琴
屏幕显示	背景图片 题目：小提琴 显示文字、按钮和小提琴的图片		
说　明	"单击"<"返回上一页，单击">"进入下一页，单击"X"退出 通过知识对象进行设置		

模块序号	3	页面内容简要说明	竖琴
屏幕显示	背景图片 题目：竖琴 显示文字、按钮和竖琴的图片		
说　明	单击"<"返回上一页，单击">"进入下一页，单击"X"退出 通过知识对象进行设置		

模块序号	4	页面内容简要说明	吉他
屏幕显示	背景图片 题目：吉他 显示文字、按钮和吉他的图片		
说　明	单击"<"返回上一页，单击">"进入下一页，单击"X"退出 通过知识对象进行设置		

模块序号	5	页面内容简要说明	琵琶
屏幕显示	背景图片 题目：琵琶 显示文字、按钮和琵琶的图片		
说　明	单击"<"返回上一页，单击">"进入下一页，单击"X"退出 通过知识对象进行设置		

模块序号	6	页面内容简要说明	筝
屏幕显示	背景图片 题目：筝 显示文字、按钮和筝的图片		
说　明	单击"<"返回上一页，单击">"进入下一页，单击"X"退出 通过知识对象进行设置		

模块序号	7	页面内容简要说明	笙
屏幕显示	背景图片 题目：笙 显示文字、按钮和笙的图片		
说　明	单击"<"返回上一页，单击">"进入下一页，单击"X"退出 通过知识对象进行设置		

模块序号	8	页面内容简要说明	埙
屏幕显示	背景图片 题目：埙 显示文字、按钮和埙的图片		
说　明	单击 "<" 返回上一页，单击 ">" 进入下一页，单击 "X" 退出 通过知识对象进行设置		

模块序号	9	页面内容简要说明	得分
屏幕显示	显示成绩 按钮		
说　明	单击此按钮可以退出 通过知识对象进行设置		

2. 课件制作

本书资源网站提供了这个课件实例的素材及源文件，可作为参考进行上机练习。

《乐器的演奏类型》课件效果如实训图 41 所示。

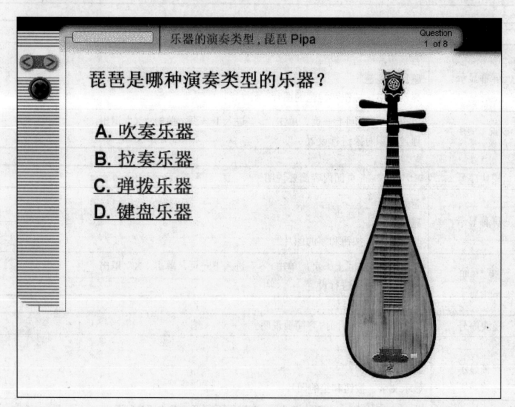

实训图41 《乐器的演奏类型》课件演示效果

《乐器的演奏类型》课件程序流程结构图如实训图42所示。

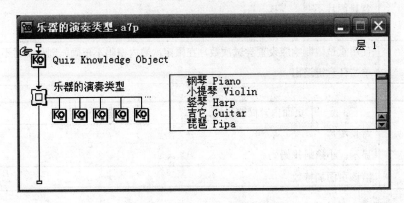

实训图42　课件程序流程结构图

实训十一　多媒体课件综合开发实训

实训目的：为促进学习的知识融会贯通，培养综合开发思路和熟悉多媒体作品创作的一般过程，这里安排一个综合实训。本实训以介绍《小蝌蚪找妈妈》开发为例。

实训要求：

(1) Authorware所有图标的综合练习。

(2) 掌握多媒体课件的调试。

(3) 掌握课件的打包和发行。

实训指导：

《小蝌蚪找妈妈》

1. 课件设计

课件教学目标等信息的描述

课件题目	小蝌蚪找妈妈	创作思路	依次介绍小蝌蚪及找妈妈的过程等
教学目标	了解小蝌蚪变成青蛙的过程	内容简介	小蝌蚪的演变过程
创作平台	Authorware7.02		

脚本卡片的编写（共8个模块）

模块序号	1	页面内容简要说明	题目
屏幕显示	背景图片 显示题目：小蝌蚪找妈妈 提示输入课件密码		
说　明	通过文本输入响应输入正确密码则进入课件主体		

模块序号	2	页面内容简要说明	尝试三次
屏幕显示	背景图片不变 显示：对不起，你不能使用本课件，单击任意键退出		
说　明	使用重试限制响应设置尝试次数，在限定次数内密码不正确，则显示对不起…，然后单击任意键退出		

模块序号	3	页面内容简要说明	标题
屏幕显示	背景图片 显示：小蝌蚪找妈妈		
说　明	给该页面加特效		

模块序号	4	页面内容简要说明	认识蝌蚪
屏幕显示	以荷塘图片做背景 显示：认识小蝌蚪 小蝌蚪的形态及其作用		
说　明	使用热对象、下拉菜单响应		

模块序号	5	页面内容简要说明	过程演示
屏幕显示	以卡通图片做背景 显示：课文过程演示		
说　明	使用下拉菜单		

模块序号	6	页面内容简要说明	小蝌蚪找妈妈的过程
屏幕显示	以卡通荷塘图片做背景 显示：小蝌蚪、鹅、乌龟、青蛙 小蝌蚪找妈妈时的询问过程；放映结束、谢谢观看		
说　明	使用运动图标		

模块序号	7	页面内容简要说明	蝌蚪到青蛙的过程
屏幕显示	以卡通图片做背景 显示：小蝌蚪变成青蛙的过程 小蝌蚪、两条前腿的蝌蚪、长出后腿的青蛙、青蛙		
说　明	给该页面加特效、设置音乐开关和退出按钮		

模块序号	8	页面内容简要说明	练习题
屏幕显示	以卡通图片做背景 显示：小蝌蚪找妈妈课后练习题		
说　明	使用决策图标、下拉菜单响应		

2. 课件制作

本书资源网站提供了这个课件实例的素材及源文件，可作为参考进行上机练习。

《小蝌蚪找妈妈》课件密码效果如实训图43所示。

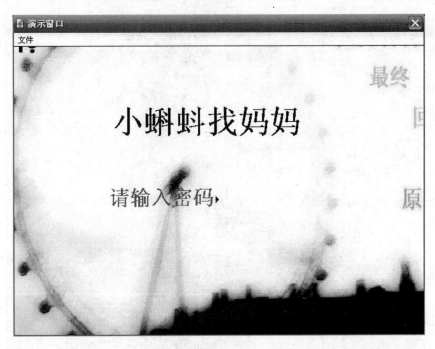

实训图43　《小蝌蚪找妈妈》课件密码演示效果

《小蝌蚪找妈妈》课件认识蝌蚪演示效果如实训图44所示。

实训图44　《小蝌蚪找妈妈》课件认识蝌蚪演示效果

《小蝌蚪找妈妈》课件小蝌蚪找妈妈过程演示效果如实训图45所示。《小蝌蚪找妈妈》课件练习题效果如实训图46所示。《小蝌蚪找妈妈》课件从蝌蚪到青蛙演示效果如实训图47所示。

实训图45 《小蝌蚪找妈妈》课件小蝌蚪找妈妈过程演示效果

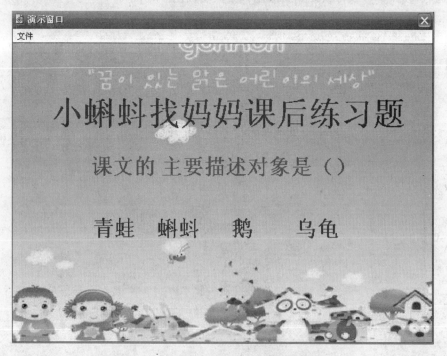

实训图46 《小蝌蚪找妈妈》课件练习题演示效果

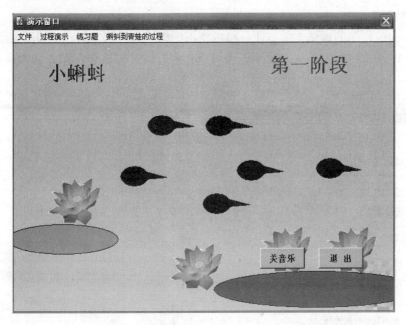

实训图47 《小蝌蚪找妈妈》课件从蝌蚪到青蛙演示效果

《小蝌蚪找妈妈》课件程序流程结构图如实训图48所示。

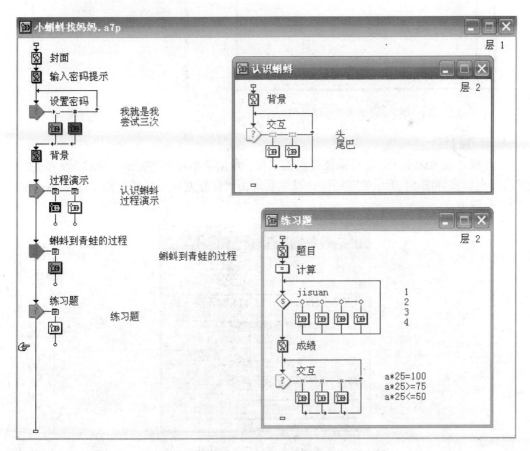

实训图48 课件程序流程结构图

3. 课件调试

Authorware 程序的调试非常方便，可以使用图标工具栏下方的开始和结束图标来指定要运行的一段程序，如实训图 49 所示；也可以在程序运行时逐步跟踪并修改，如实训图 50 所示。

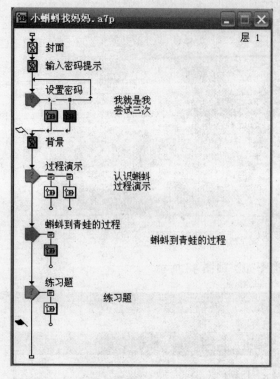

实训图49　调试课件程序结构

实训图50　跟踪调试

4. 课件打包

在打包之前考虑安全，备份需要打包的文件。单击菜单命令"文件"中的"发布"之"打包"，弹出如实训图 51 所示的对话框。设置后单击"保存文件并打包"按钮，Authorware 会给出打包进度。

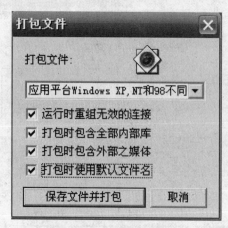

实训图51　课件打包对话框

打包完毕可以运行程序，检查打包后的文件能否正常运行。

5. Xtras 管理

由于程序中使用大量过渡效果，为了保证这些程序能够顺利运行，必须配置 Xtras。为了减少文件量，只选择复制本课件中需要的效果文件。单击菜单"命令"中的"查找 Xtras"，在弹出的对话框中单击"查找"，查找结果如实训图 52 所示，显示《小蝌蚪找妈妈》文件下用到的 9 个 Xtras 效果文件。单击"复制"按钮，将保存位置定位到综合开发课件目录中。

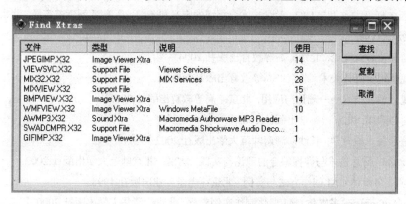

实训图52　查找Xtras对话框的查找结果

6. 一键发布

在发布之前，Authorware 将对程序中所有的图标进行扫描，找到其中用到的外部支持文件，如 Xtras、DLL 和 UCD 文件，还有 AVI、SWF 等文件，并将这些文件复制到发布后的目录。单击菜单命令"文件"中的"发布"之"一键发布"， Authorware 将开始对文件进行打包，打包完毕后出现如实训图 53 所示的发布完毕对话框。单击"OK"按钮，完成发布。

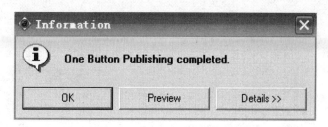

实训图53　课件发布完毕对话框

参 考 文 献

[1] 巴巴拉·西尔斯,丽塔·里齐[美]. 教学技术：领域的定义和范畴. 乌美娜,刘雍潜等译. 北京：中央广播电视大学出版社,1999.

[2] 南国农. 信息化教育概论. 北京：高等教育出版社,2004.

[3] 杨改学. 现代视觉媒体美术. 北京：高等教育出版社,2004.

[4] 张剑平. 现代教育技术——理论与应用. 北京：高等教育出版社,2003.

[5] 周谦. 学习心理学. 北京：科学出版社,2003.

[6] 彭绍东. 信息技术教育学. 长沙：湖南师范大学出版社,2002.

[7] 李克东,谢幼如. 信息技术与课程整合的理论与实践. 北京：北京师范大学出版社,2002.

[8] 郭启全,李燕. 多媒体 CAI 创作方法与实例. 北京：电子工业出版社,1998.

[9] 方其桂,等. Authorware 多媒体 CAI 课件制作实例教程. 北京：清华大学出版社,2000.

[10] 葛修娟,等. Authorware 实用教程. 北京：清华大学出版社,2008.

[11] 魏建华. Authorware 多媒体课件简易制作. 北京：北京希望电子出版社,2002.

[12] 郑向虹. Authorware7 实用教程. 北京：电子工业出版社,2007.

[13] 缪亮,等. Authorware 多媒体课件制作实用教程. 北京：清华大学出版社,2008.

[14] 朱诗兵,等. Authorware 数据库编程. 北京：清华大学出版社,2000.

[15] 毛学峰. 多媒体技术与 Authorware 应用实训. 北京：清华大学出版社,2004.